I0818307

MYSTÈRES MAGIQUES DE MERLIN

TRILOGIE COMPLÈTE

MOLLY FITZ

MINOU MYSTÉRIEUX

Rédactrice : Jennifer Lopez, Mistress with the Red Pen
Correctrice : Jasmine Jordan
Traductrice : Suzanne Voogd
Design de couverture : Amala Benny Mayflower Studio

Minou Mystérieux
PO Box 873543
Wasilla, AK 99687

REMARQUE DE L'AUTRICE

Bonjour, merci d'avoir choisi ce livre ! Si vous aimez autant que moi les *cozy mysteries* qui font rire, nous allons bien nous entendre.

Pour commencer, j'aimerais vous inviter sur ma page Facebook dédiée exclusivement à mon lectorat francophone. Vous pouvez le faire ici :

facebook.com/lapilealire

Et vous pouvez également vous inscrire à ma newsletter pour recevoir un cadeau numérique gratuit comprenant une histoire exclusive au sujet d'Octo-Chat que je réserve à mes abonnés:

minoumystérieux.com/abonnez

Nous allons bien nous amuser ensemble. Tout commence en tournant la première page...

On se revoit de l'autre côté,

MOLLY

MERLIN AFFRONTE UN FAMILIER

Je m'appelle Gracie Springs et je n'ai pas de pouvoirs magiques… mais je crois que mon chat en a. J'ai commencé à avoir des soupçons quand il a sauté un petit peu trop haut en poursuivant un rouge-gorge dans le jardin. Et j'en ai été sûre quand il a ouvert la bouche et qu'il s'est adressé à moi par mon nom !

Et qu'a-t-il dit en premier ? Qu'il n'aime pas le nom que je lui ai donné — même si Bouboule lui va comme un pull chaud à Noël. Nous avons trouvé un compromis avec « Merlin le Matou Magique », qui selon lui évoque très bien sa longue et noble lignée.

. . .

Après avoir réglé ce détail, il m'a informé que je dois garder son secret ou risquer de passer le reste de ma vie dans une espèce de prison magique. J'ai accepté, ne sachant pas que ça allait se transformer en travail à plein temps : je dois sans cesse le couvrir et mentir afin de nous sortir de quelques situations délicates.

Quand mon patron du café local est tombé raide mort, les circonstances déjà difficiles deviennent presque impossibles... d'autant plus que tous mes collègues semblent penser que je suis responsable.

J'espère vraiment que mon chat sorcier saura me sortir de là, parce que pour l'instant, j'ai le choix entre une malédiction d'un côté et une inculpation pour meurtre de l'autre. Au secours !

1

Je m'appelle Gracie Springs et j'ai toujours été une fille assez normale. Je travaille en tant que barista tout en préparant mon Master de sociologie. J'ai fini tous mes cours, mais je n'ai toujours pas trouvé le sujet parfait pour mon mémoire. Et sans lui, je ne peux pas obtenir mon diplôme.

Oups.

En attendant, je vis dans une petite ville ordinaire de Géorgie du Sud nommée Elderberry Heights. La plupart de mes voisins ont plus de soixante-dix ans. Je vis dans la maison de ma grand-mère Grace. Elle a choisi d'abandonner sa demeure en déménageant vers le sud dans un village pour retraités branchés situé sur l'archipel des Keys, en Floride.

Elle m'a donné la maison où elle a élevé mon père et mes oncles, en disant que c'était mon héritage anticipé et que j'avais toujours été sa préférée, de toute façon… et pas seulement parce que nous avions le même prénom.

Elle a laissé tous ses meubles et sa décoration, ce qui signifie que ma maison contient au moins trois dizaines de napperons en crochet faits main et que le salon est constitué de canapés fleuris marrons et de petites tables en chêne clair. Je n'ai pas le cœur — ni l'argent — de changer quoi que ce soit.

Grand-mère Grace m'a aussi laissé ce chat en piteux état qui est apparu sur le seuil de la porte quelques jours seulement avant qu'elle déménage et que j'emménage. Le vétérinaire dit qu'il s'agit d'un Maine coon. Moi je dis qu'il est bien plus grand que ne devrait l'être un chat, surtout si l'on tient compte de ses longs poils ébouriffés qui lui donnent littéralement un air de boule de poils.

Je suppose que c'est pour cette raison que je l'ai appelé Bouboule.

Garder un chat que je n'avais pas voulu était un petit prix à payer pour une maison gratuite et avec le temps, Bouboule a commencé à me plaire. Il n'est pas exactement du genre à faire des câlins. En fait, chaque fois que j'ai essayé de le soulever, il m'a attaqué. Il a réussi à me faire saigner deux fois.

Je n'essaie plus de le soulever, mais si je reste assise sans bouger et que je fais semblant de ne pas m'intéresser à lui, il vient parfois s'installer sur mes genoux. Un jour, il a même ronronné.

Bouboule aime la nourriture et il prend souvent une bouchée de ce que je mange pour le dîner. Il aime aussi courir dans les couloirs au milieu de la nuit comme une créature possédée.

Je n'avais pas eu l'intention d'en faire un chat d'extérieur, mais il est si doué pour s'échapper que j'ai fini par installer une chatière afin de ne plus avoir à m'inquiéter de ses escapades.

Ce qui me ramène à ce matin...

J'étais en retard pour le travail, parce que j'avais passé un moment particulièrement difficile à essayer de suivre un nouveau tuto maquillage de ma Youtubeuse beauté préférée. À la fin, j'avais tout retiré et gardé un regard charbonneux et des lèvres couleur chair. Ça m'apprendra à essayer une nouveauté juste avant de devoir partir au travail.

D'autant plus que mon vieux patron radin utilise la moindre excuse pour faire des retenues sur mon salaire. Il est toujours très amer parce qu'une franchise populaire de cafés s'est installée à quelques rues de lui et a considérablement diminué ses profits. Mais il est aussi entêté et pas tout à fait prêt à admettre sa défaite, c'est pourquoi il a gardé tous ses employés tout en diminuant nos heures et en cherchant n'importe quelle excuse pour nous payer moins.

Un type super, mon patron...

Je n'avais pas vu Bouboule depuis le petit-déjeuner et je voulais être certaine que tout allait bien avant de partir au travail.

— Bouboule ! Bouboule ! Viens là, minou, minou ! l'appelai-je en claquant la langue, mais il ne vint pas en courant.

Il ne vient jamais en courant. C'est toujours à moi de le trouver.

Je regardai donc sous le lit, derrière le canapé et par la fenêtre.

Je finis par l'apercevoir, le derrière en l'air et la tête au ras du sol : la posture classique précédent un bond. De l'autre côté, un rouge-gorge qui n'avait rien remarqué prenait son bain dans le bassin pour oiseaux en pierre laissé par grand-mère. Il profitait des quelques gouttes qui ne s'étaient pas encore évaporées à cause du soleil brûlant de l'été.

Le derrière de Bouboule s'agita une fois, deux fois.

Il bondit, mais le rouge-gorge le vit arriver et s'envola.

Bouboule s'envola à sa suite.

Et ce ne fut pas un bond de chat normal. Il ressemblait à un petit athlète félin sur le point de faire un smash au basket. Il monta et monta à la suite de sa cible effrayée. Il devait être monté d'au moins deux mètres et il continuait.

C'est alors qu'il a tourné la tête vers moi et qu'il m'a vue en train de l'observer. Ses yeux émeraude transpercèrent les miens et pendant un instant, il resta coincé en l'air.

Puis il se retourna et le mouvement soudain rompit le sortilège. Bouboule retomba parterre, puis détala hors de ma vue en me laissant perplexe. *Que venait-il de se passer ?*

* * *

J'attribuai tout l'épisode du chat défiant la gravité à mon manque de sommeil et à une imagination trop active, puis je me dépêchai vers la Maison du Café de Harold.

Même si j'ignorai à la fois les limitations de vitesse et les panneaux stop, j'arrivai avec trois minutes de retard à mon travail.

Mon patron, Harold lui-même, m'attendait juste à côté de la porte.

Il tapota son poignet alors qu'il ne portait jamais de montre et cria :

— Quand finiras-tu par apprendre la leçon ? Trois minutes, c'est trois dollars, et puisque c'est ton deuxième retard cette semaine, je double ta peine.

Je poussai un petit grognement de mépris et je le contournai vite pour pointer.

— Gracie ! Tu m'écoutes ? demanda-t-il en me suivant comme un caneton cinglé.

— Oui, tu retiens six dollars sur ma paie parce que j'ai trois minutes de retard, alors qu'il n'y a pas de clients et que tu ne nous paies que le salaire minimum. Et même ça, c'est parce que tu y es légalement obligé. Bientôt, c'est moi qui te paierai pour avoir le plaisir de n'avoir rien à faire pendant que nos clients traînent au Mermaid's Brew au bout de la rue. C'est à peu près ça ?

Le visage de Harold devint écarlate.

— Quelle insolence ! hurla-t-il. Si ça ne coûtait pas si cher de former un nouveau, tu n'aurais plus de travail. En fait, tu as de la chance que je...

Il fit un pas en arrière, secoua la tête et réessaya.

— Écoute-moi, Gracie. Tu as de la chance que...

Il arrêta de parler, le souffle coupé, et s'effondra sur le sol. Il était passé de furax à immobile en quelques secondes.

— Harold, Harold ! criai-je en m'agenouillant pour vérifier s'il respirait encore.

Ce n'était pas le cas.

Je pris son poignet pour trouver un pouls.

Je ne le trouvai pas.

Oh-*oh*.

2

Mon patron venait de tomber raide mort, ici devant tout le monde… enfin, devant au moins deux collègues et une cliente qui buvait un café infusé à froid dans le coin. Même si je ne percevais pas son pouls, je tentai de le réanimer. Mais Harold était déjà parti.

— J'appelle une ambulance ! cria Kelley, notre barista la plus récente, derrière la caisse.

Drake, notre chef, marcha lourdement vers la porte et retourna l'écriteau « ouvert » avant de baisser les stores.

— Je suis désolée, madame, dis-je à notre unique cliente. Nous allons devoir vous demander de partir, maintenant. Si vous avez votre carte de fidélité, je vous donnerai quelques points supplémentaires pour nous excuser du dérangement.

Si Harold avait été en vie, il m'aurait renvoyée pour ça, étant donné sa propension à grappiller le moindre centime de ses employés comme de ses clients. Je suppose que ça n'avait plus vraiment d'importance, désormais.

La femme but une longue gorgée de sa boisson, me regardant avec des yeux verts écarquillés, puis elle jeta ce qui restait à la poubelle, rassembla ses affaires, et sortit de là à toute vitesse. Je la comprenais très bien.

Kelley se précipita vers moi et resta collée.

— Une ambulance est en route.

— Ça ne servira à rien si ce con est déjà mort, dit Drake d'un air renfrogné.

— Ne parle pas de cette façon, dit Kelley d'une voix aiguë, une main sur sa poitrine. Un homme vient de perdre la vie !

— C'était sans doute une crise cardiaque, suggérai-je en haussant les épaules. C'est triste, mais ça arrive tout le temps. De plus, Harold n'était pas très en forme.

— Ouais, ajouta Drake avec un rire sarcastique en s'appuyant contre le comptoir, les bras croisés. Et comme son cœur était au moins trois fois trop petit, je pense qu'il avait du mal à assurer.

Je gardai les lèvres pincées. Même si j'étais d'accord avec l'analyse de Drake, c'était assez terrible d'être témoin de la mort de cet homme. Si l'on ajoutait à cela l'incertitude de mon emploi, la journée était vraiment pourrie.

Quelques curieux jetèrent un coup d'œil entre le rebord de la fenêtre et l'endroit où les stores étaient coupés légèrement trop court. L'un d'entre eux frappa même malgré l'écriteau FERMÉ. Drake tambourina de notre côté de la porte et hurla des menaces aux personnes qui voulaient entrer.

Je décidai de me concentrer sur mon travail même s'il n'y avait personne pour qui préparer du café. Je nettoyai toutes les tables et les comptoirs, priant pour que de l'aide arrive bientôt. C'était vraiment horrible d'être enfermés avec un cadavre.

Je pense que Drake le ressentait également, car il continua à errer en faisant les cent pas tout en marmonnant dans sa barbe.

Quand les secours arrivèrent, Kelley s'était installée sur un des fauteuils club confortables. Elle avait remonté les genoux contre sa poitrine et sanglotait en silence.

Comme aucun de mes collègues n'était d'attaque pour jouer à l'hôte, j'accueillis les secours et la policière à l'intérieur, puis je refermai la porte à clé derrière eux.

— Il est juste là, annonçai-je en les guidant vers le fond où se trouvait le petit bureau de Harold et l'endroit où nous pouvions ranger nos manteaux et pointer.

Le pauvre Harold était allongé sur le dos avec la tête appuyée contre le mur et le cou tordu de façon inconfortable. Une main était posée sur son torse et l'autre était étalée à côté de lui. Son visage avait déjà commencé à perdre de sa couleur, lui donnant cette apparence cireuse que ne pouvait cacher aucune quantité de maquillage post-mortem.

Les secouristes se penchèrent pour examiner Harold pendant que la policière restait debout à côté de moi.

— Y a-t-il un endroit où nous pourrions aller discuter? demanda-t-elle, impassible.

— Bien sûr.

Je la conduisis jusqu'à l'unique box que nous avions dans un coin au fond du café, un vestige de son ancienne vie de crêperie.

— Aimeriez-vous un café ou autre chose ?

Elle secoua la tête et pointa le doigt vers la poche de sa chemise.

— Je suis l'agent Dash. Et vous êtes ?

— Gracie. Gracie Springs.

Elle sortit un carnet, se lécha le doigt, et tourna une nouvelle page, puis elle tira un petit stylo de la couverture du carnet et le plaça au-dessus du papier.

— Et vous travailliez pour le défunt ?

— Oui. Depuis quelques mois.

L'agent Dash inscrivit cela en fronçant les sourcils.

— Pourquoi est-ce important ? demandai-je en tapotant la table du bout des doigts.

— Je note les faits maintenant, au cas où il me faudrait revenir dessus plus tard.

— Mais que voulez-vous dire ?

Elle leva un sourcil en me regardant.

— Avez-vous déjà entendu l'expression « présumé innocent jusqu'à preuve du contraire » ?

Je hochai la tête.

— Eh bien, dans ce cas, notre cadavre est présumé assassiné jusqu'à ce qu'il soit prouvé qu'il est mort de causes naturelles. Nous ne pouvons pas simplement supposer qu'il n'y a pas de crime, car quand nous recevrons le rapport du médecin légiste, nous aurons déjà perdu l'occasion d'enquêter sur la scène de crime.

J'avais la tête qui tournait. Il était impossible que Harold ait été assassiné. Et pourtant...

— Attendez, marmonnai-je, une pensée horrible s'installant dans mon cerveau. Vous ne pensez pas que j'ai un rapport avec ça. Si ?

L'agent Dash sourit d'un air satisfait.

— D'après ce que nous a dit l'opérateur, vous avez eu un échange très animé avec le défunt juste avant qu'il tombe à la renverse.

— Oui, mais vous ne pouvez pas...

— Et ces disputes étaient-elles fréquentes ?

— Oui, mais je n'ai pas...

— Eh bien, Gracie Springs. Vous avez intérêt à espérer que Harold est mort d'une crise cardiaque ou d'un anévrisme ou d'une autre tragédie médicale courante. Sinon, vous êtes tout en haut de ma liste de suspects.

3

Je rentrai à la maison physiquement épuisée et émotionnellement à bout. Tout était arrivé si vite après la chute de Harold. La sévérité des insinuations de l'agent Dash ne fit son chemin dans ma tête que lorsque je m'échappai enfin du café et que je commençai mon trajet de retour à la maison en silence. Maintenant que j'avais un moment pour réfléchir, quelques questions très importantes m'assaillirent. Pourquoi était-elle si certaine qu'il ait été assassiné ? Et encore plus étonnant, pourquoi pensait-elle que je l'avais fait ?

Il est vrai que beaucoup de gens n'aimaient pas Harold, mais personne n'avait de raison de le tuer… et surtout pas moi. Je veux dire, pourquoi l'aurais-je fait alors qu'il me suffisait de quitter mon travail et de ne plus jamais le revoir ?

Toute cette affaire me rendait malade… et terrifiée. Je voulais seulement me réveiller de cet horrible cauchemar et retourner à ma vie normale, bien que légèrement ennuyeuse.

J'enfilai donc mon pyjama en flanelle préféré, même si ce n'était que l'après-midi et que la température extérieure était bien supérieure à vingt-six degrés. Parfois, ma ville natale du Michigan du Nord me manquait : il y faisait souvent un peu frisquet, et mon pyjama — ainsi qu'un ventilateur de table surmené — aidait à apaiser le mal du pays occasionnel.

En ce moment, je voulais ma maman. J'avais beau avoir la vingtaine et être autonome, j'étais blessée et j'avais peur. Et ce n'était pas parce que j'avais grandi que je ne pouvais pas me tourner vers ma mère quand j'en avais besoin...

Cependant, le fait qu'elle ne décroche pas le téléphone quand j'appelai revenait au même. Je raccrochai au lieu de laisser un message, puis j'envoyai un texto rapide en lui demandant de me rappeler quand elle en avait le temps.

Bouboule miaula et sauta sur le canapé à côté de moi. Il agita les moustaches en essayant de voir si j'avais quelque chose d'intéressant à manger. Quand il ne trouva pas de nourriture, il plongea les dents dans le bord de ma manche et grogna doucement.

— Bonne idée, dis-je. Cette journée demande vraiment un peu de glace.

Je servis notre parfum préféré — la vanille — dans un des bols que je n'utilisais pas souvent, j'attrapai une cuillère et le reste du bac de glace et je m'installai à nouveau sur le canapé. Le bol était pour Bouboule. J'avais besoin de tout le bac pour moi.

Pendant que nous mangions ensemble, je commençai à raconter les événements de ma journée à mon compagnon félin.

— Cette policière était si méchante, me plaignis-je. Pourquoi suppose-t-elle automatiquement que j'ai tué mon patron ? C'était terrible. Affreux. Voir la vie quitter ses yeux. Je ne pense pas l'oublier un jour.

Bouboule se redressa et inclina la tête sur le côté. Parfois, dans des moments comme celui-ci, j'avais l'impression qu'il me comprenait.

— Miaou ? demanda mon Maine coon.

— Oh, oui. Je suppose que je devrais commencer par le début, hein ? Eh bien, mon patron au café, Harold. Il est mort aujourd'hui.

— Harold est un nom horrible, dit Bouboule d'une voix rauque.

— Je sais. Je n'aurais jamais cru que quelqu'un dans le…

Je m'arrêtai soudain et je fermai la bouche, puis je fixai longuement Bouboule. Étais-je vraiment si perturbée que j'entendais des choses ?

Je me moquai de moi-même.

— Que je suis bête, dis-je en soufflant. Je croyais que tu me parlais, Bouboule.

— Je ne m'appelle pas Bouboule, dit le chat avant de sauter de la table basse sur le canapé à côté de moi. Alors, ne m'appelle plus ainsi.

— Qu-qu-quoi ? bafouillai-je en me frottant les yeux jusqu'à voir des étincelles. J'ai la berlue. Je vois des choses qui n'existent pas. Ce n'est pas réel.

Bouboule fit claquer sa petite langue rugueuse.

— Tu veux dire que tu *entends* des choses, et ce n'est pas le cas. Je te parle, Gracie.

Je bondis du canapé et je pivotai sur moi-même au milieu du salon.

— Sortez de là, sortez de là, qui que vous soyez ! criai-je avec un rire de folle, sans vraiment savoir à qui j'avais affaire. La farce est finie. Ha ha, vous m'avez vraiment fait croire que Bouboule parlait. Oui, je suis folle ! Vous avez gagné ! Maintenant, sortez de là et avouez !

Bouboule poussa un grand bâillement puis il s'installa en rentrant les pattes sous lui.

— Tu agis effectivement comme une folle. De plus, je t'ai déjà dit que mon nom n'est pas Bouboule, alors veux-tu bien arrêter de m'appeler comme ça ?

Je poussai un petit cri, puis je m'abaissai lentement au sol avant de m'évanouir et de me cogner la tête.

— Ce n'est pas réel. Ce n'est pas réel, murmurai-je en agissant de façon assez similaire à Kelley quand elle s'était roulée en boule et se balançait sur son fauteuil, au café.

— Qu'est-ce qui n'est pas réel ? demanda Bouboule en sautant du canapé et en s'avançant vers moi.

— Tu ne peux pas parler.

— Je peux parler, mais il semblerait que tu n'es pas très douée pour écouter.

— Veux-tu me faire du mal ?

— Bien sûr que non. J'ai besoin de toi pour me nourrir, n'est-ce pas ? Que tu es bête !

— Que me veux-tu ?

— La nourriture susmentionnée et aussi que tu arrêtes de m'appeler Bouboule. Je préfère nettement le nom qui m'a été donné par mes ancêtres, merci bien.

— Euh… d'accord. Comment dois-je t'appeler ?

— Mon nom est Merlin, et je viens d'une longue et noble lignée de magiciens remontant jusqu'au roi Arthur.

— Tu es magique ? demandai-je en inspirant brusquement.

— Évidemment, cracha mon chat.

Je m'évanouis alors pour de bon.

4

La nuit était déjà tombée quand je repris connaissance. J'aimerais pouvoir dire que j'ai eu quelques instants paisibles en ignorant les événements de la journée, mais ce n'est pas ce qui est arrivé.

D'abord j'entrouvris un œil… et je me souvins que mon patron était mort juste devant moi et que j'étais suspectée d'avoir commis son meurtre éventuel.

Et quand j'ouvris l'autre œil… je me souvins que mon chat savait parler et qu'il affirmait également descendre de magiciens.

Argh. Je voulais simplement retourner dormir et me réveiller quand tout était fini. Était-il trop tard pour lâcher mes études et déménager loin, très loin de cet endroit ?

Eh bien, j'étais réveillée maintenant, et il fallait que je fasse quelque chose. Je ne savais pas du tout quoi faire au sujet de mon chat, et j'étais mal à l'aise à l'idée d'être seule avec lui dans ma maison sombre, alors je décidai de me rendre au café et de voir si je pouvais trouver de quoi prouver mon innocence.

Heureusement, j'avais une clé à cause des nombreuses fois où j'avais été forcée à travailler aux heures d'ouverture et de fermeture. Je me garai à l'autre bout de la rangée de boutiques du centre commercial, sans doute par instinct de survie, puis je me faufilai vers la Maison du Café de Harold et j'entrai.

Je fus parcourue de frissons en utilisant la torche de mon téléphone portable pour guider mes pas jusqu'au bureau à l'arrière. Je n'aurais sans doute pas dû être là, mais je n'aurais absolument pas dû être accusée d'un crime que je n'avais pas commis. La paperasse de Harold allait peut-être révéler une maîtresse ou un rival fâché. Je parcourus des tas de feuilles de présence, remarquant que même si elle n'avait pas autant d'ancienneté, Kelley gagnait plus d'argent par heure que moi.

Et cet enfoiré de Harold m'avait dit que le salaire minimum était ce qu'il pouvait faire de mieux ! Je continuai à parcourir les feuilles de compte, ne trouvant pas de changements alarmants parmi les sommes totales d'une semaine à l'autre. J'étais sur le point de détourner mon attention du bureau et de me concentrer sur le meuble à tiroirs quand j'entendis une espèce de *clac clac* juste de l'autre côté de la porte du bureau.

Je me figeai sur place et je forçai mon pouls à se calmer.

— Pourvu que ce soit un rat. Pourvu que ce soit un rat, chuchotai-je en comprenant qu'il m'était impossible de me cacher.

J'attrapai alors l'objet le plus gros et le plus solide que je trouvai — une agrafeuse — et je me faufilai hors du bureau.

— Tu es à peu près aussi discrète qu'un oiseau avec une seule aile, dit une voix grave et vaguement familière dans l'ombre.

Et puis Bouboule — je veux dire, Merlin — s'avança, ses yeux vert pâle émettant une étrange lueur surnaturelle.

— Que fais-tu ici ? chuchotai-je avec force.

— Je sais que tu as quitté la maison pour t'éloigner de moi, dit-il en agitant la queue derrière lui.

— Quoi ? C'est... non. Non, je n'ai pas fait ça. Euh, comment es-tu venu ici ?

Il soupira en laissant échapper une odeur désagréable de lait qui avait tourné, à cause de la crème glacée que nous avions partagée plus tôt.

— J'ai utilisé la magie, évidemment.

— Oh, euh. Pourquoi ? Je peux gérer les choses moi-même ici ?

Je ne savais pas trop pourquoi c'était sorti sous forme de question. Je suppose que j'étais encore angoissée par le fait que mon patron soit mort et que mon chat sache parler.

— Mais bien sûr, ricana Merlin en se moquant de mon autonomie supposée, puis il secoua la tête et poursuivit. Écoute, peu importe la raison pour laquelle tu as tué ce Harold. C'est ton problème, pas le mien. Mais comme tu es mon familier maintenant, je vais devoir te demander d'arrêter de prendre des risques inconsidérés avec ta sécurité.

— Pardon ? Je suis ton quoi ?

— Mon familier. Tous les bons sorciers et sorcières en ont un, et tu as l'un des meilleurs en face de toi.

— Je ne veux pas être ton...

— Trop tard ! Comme je t'ai confié mon secret, nous sommes maintenant liés. On ne peut pas revenir en arrière.

Ce félin irritant eut l'audace de sourire en annonçant cela.

J'eus soudain le tournis et je chancelai.

— Je suis désolée. Ça fait beaucoup. En outre, je n'ai pas tué Harold.

— Mais oui, bien sûr.

— Je ne l'ai pas fait ! C'est pour ça que je suis ici. Je cherche des preuves de la culpabilité de quelqu'un d'autre. Même si la meilleure option reste qu'il soit mort de cause naturelle.

— Ce n'est pas le cas, m'informa mon chat d'un ton pragmatique en reniflant l'air. Je perçois la rage et la malveillance dans cet endroit. C'est épais comme du brouillard.

Je levai un sourcil.

— Ah bon, alors sais-tu aussi qui l'a fait ?

— Aucune idée, mais il vaut sans doute mieux que tu laisses la police gérer ça. Tu auras largement assez à faire maintenant que tu dois apprendre les ficelles de ton rôle de familier.

— Je n'ai vraiment pas l'énergie pour ça, dis-je en faisant la moue avant de bâiller longuement.

Merlin toucha mon pied avec sa patte et un petit sursaut d'énergie me parcourut : un petit coup de fouet plus puissant qu'un double expresso.

Je m'arrêtai pour fixer mon compagnon félin, la bouche ouverte.

— Waouh, tu es vraiment magique. N'est-ce pas ?

— Oui, clairement.

Il leva les yeux au ciel, chose dont je pensais les chats incapables.

— Oh, et aussi, ne le raconte à personne.

— Je ne dirai rien, promis-je pendant que mes mains tremblaient de peur. À qui le dirais-je ?

— Ce n'est pas mon problème, m'informa-t-il en se tournant pour s'éloigner. Mais si tu en parles, tu seras immédiatement transportée dans la prison magique la plus sale, la plus mal famée et la plus affreuse qui existe.

— Oh.

Mes mains tremblaient encore plus fort maintenant, et je laissai tomber l'agrafeuse. Un grand fracas résonna dans le café vide et mon cœur s'arrêta presque de battre.

Mon chat se retourna avec un rictus de mépris.

— Arrête de faire n'importe quoi. Tu me représentes maintenant, et je n'aime pas que l'on me fasse honte.

Argh. Qu'allais-je devenir ?

5

Quand nous rentrâmes à la maison, Merlin disparut dans l'obscurité, marmonnant au sujet d'une affaire de sorciers à régler et sur la suite de mon éducation de familier devant attendre le lendemain.

Je me laissai tomber sur le lit en une boule épuisée avec une prière désespérée pour que le lendemain soit différent.

Je me réveillai le lendemain matin à cause de coups frappés avec insistance à ma porte d'entrée. Quand j'entrouvris les yeux, je me rendis compte que le soleil était déjà bien monté dans le ciel. Normalement, mon chat me réveillait avant l'aube pour exiger que je lui remplisse son bol de nourriture, mais aujourd'hui il m'avait permis de dormir plus longtemps. Pourquoi ?

Toc, toc.

Et qui essayait de forcer la porte d'entrée ?

— Je sais que vous êtes là, cria la policière désagréable que j'avais rencontrée la veille.

Je poussai un grognement et je me forçai à sortir du lit, passant vite les mains dans mes cheveux en cherchant vainement à les dompter. Quand j'ouvris la porte, l'agent Dash fit un petit reniflement hautain et se fraya un chemin dans la maison.

— Oh, je vous en prie. Entrez, marmonnai-je en fermant la porte derrière elle. Café ? proposai-je en marchant pieds nus vers la cuisine et en lâchant un énorme bâillement pour qu'elle puisse voir comme elle me dérangeait.

— Vous venez de vous réveiller, je vois, remarqua-t-elle en secouant la tête d'un air déçu. Vous dormez plutôt bien pour quelqu'un qui vient de commettre un meurtre. Je suppose que ça fait de vous une psychopathe.

J'ignorai son insulte exagérée et je me forçai à sourire.

— Voulez-vous du café, ou pas ?

L'agent Dash leva une main.

— Pas pour moi. Merci.

Je soupirai et je lui tournai le dos en m'affairant à récupérer ma tasse préférée dans le lave-vaisselle. Je plaçai une capsule dans la Keurig afin qu'elle puisse commencer le cycle de passage du café.

Quand je me retournai à nouveau quelques minutes plus tard avec une tasse pleine de café dans les mains, je découvris qu'elle s'était mise à l'aise à ma table mal rangée.

Je posai ma tasse et j'attrapai les articles éparpillés que j'avais imprimés pour les recherches de mon mémoire, les organisant en une pile désordonnée juste hors de portée de l'agent.

Elle attendit que je m'installe et que je boive une merveilleuse gorgée avant de me bombarder avec la nouvelle qu'elle était venue annoncer.

— Le médecin légiste a maintenant confirmé que monsieur Harold Harris a été assassiné. Nous attendons toujours un bilan toxicologique complet, bien sûr, mais vous pourriez nous faire gagner beaucoup de temps en avouant tout de suite.

Je refusais d'entrer dans son jeu, malgré l'insistance avec laquelle cette inspectrice s'accrochait à ses fausses accusations.

— Je n'ai pas tué mon patron, grognai-je en serrant les dents.

— Mm-mm. C'est ce qu'ils disent tous.

— Je ne sais pas qui sont ces « ils », mais je dis la vérité à mon sujet.

L'agent Dash écarquilla les yeux et se pencha vers moi, ce qui devait être une tactique d'intimidation.

— Si vous ne l'avez pas tué, alors qui ? Hein ?

— Je n'en ai aucune idée. Je venais d'arriver quand il est tombé à la renverse, alors n'importe qui aurait pu venir et repartir sans que je le sache. Je ne sais même pas ce qui l'a tué, je ne peux donc pas émettre d'hypothèses.

D'accord, je manquais sans doute d'égards envers le défunt, mais toute cette histoire me causait bien trop de stress, beaucoup trop tôt dans la journée. Je voulais simplement que l'agent Dash accepte mon innocence et me laisse tranquille.

Elle devint encore plus frustrée, son front se mettant à luire de transpiration.

— N'avez-vous rien écouté ? La toxicologie, cela implique qu'il est question de poison. Nous attendons simplement les détails.

— Du poison, hein ? Eh bien, Harold avait à peu près tout le temps une tasse de café dans la main. Nous plaisantions souvent en disant qu'il avait monté son entreprise pour perdre moins d'argent à cause de cette habitude.

J'examinai mon café avec suspicion, puis je décidai que je pouvais boire encore une longue gorgée. J'avais besoin de toute la caféine disponible pour supporter cette conversation.

L'agent Dash sortit un petit bloc-notes de sa poche et fit cliquer son stylo.

— Nous ? Qui est ce nous ?

Zut.

— Oh, euh. Juste les autres qui travaillent là-bas. Drake et Kelley sont les deux employés qui travaillent généralement en même temps que moi, mais il y en a d'autres également.

Elle m'étudia attentivement.

— Vous pensez donc que l'un de vos collègues a empoisonné monsieur Harris ?

— Ce n'est pas ce que j'ai dit. Je n'en ai franchement aucune idée. Je suis aussi surprise par tout ceci que vous.

— Si le poison a été administré dans son café, alors vous, les trois baristas au travail à cette heure-là, aviez le plus de chance de commettre le crime, indiqua-t-elle en haussant les épaules d'un air pas du tout naturel.

Je secouai la tête.

— Je n'ai pas dit que Kelley ou Drake l'ont fait. Kelley était vraiment, vraiment bouleversée.

— Et Drake ?

Au lieu de répondre, je bus une autre grande gorgée de café. Je ne voulais pas prouver mon innocence en jetant quelqu'un d'autre aux lions, et il n'existait pas de règle disant que je devais jouer au petit jeu de l'agent Dash. Quand je reposai ma tasse, l'agent Dash me fixait encore intensément.

Elle se leva et repoussa sa chaise contre la table.

— Si je découvre que le poison a été administré dans son café, vous pouvez être sûre que je reviendrai vous poser d'autres questions.

— Je n'ai pas tué Harold, mais je ferai ce que je peux pour vous aider à découvrir qui est le coupable, assurai-je sans grand enthousiasme.

Elle poussa un soupir.

— C'est aussi ce qu'ils disent tous, précisa-t-elle avec un sourire sarcastique. Je passerai le bonjour de votre part à votre ami Drake.

6

Quand l'agent Dash fut parti, j'enfilai un jean usé et un tee-shirt propre de mon panier à linge, je plaçai une autre capsule dans ma cafetière et j'attendis mon breuvage. Avant même d'avoir le temps de finir, Merlin arriva à toute vitesse par la chatière, comme un chat possédé.

— Viens, nous n'avons pas de temps à perdre ! cria-t-il en courant en rond dans la cuisine, la queue basse.

— Que se passe-t-il ? demandai-je d'une voix étranglée.

Je commençais peut-être à m'habituer à l'idée que mon chat savait parler, mais j'avais encore des difficultés à suivre tout son cinéma.

Il s'arrêta net, tomba sur le côté et miaula.

— Erreur ! Maintenant, nous sommes morts tous les deux.

— Morts ? Quoi ?

— Un familier devrait toujours être en phase avec son sorcier. Une réaction rapide pourrait très bien être la différence entre la vie et la mort, entre la liberté et la captivité, dit-il en me faisant la leçon depuis sa place sur le sol.

Je me frottai les yeux.

— Tu dois me donner un peu de temps pour me mettre au courant. Et me réveiller un peu.

Merlin baissa la tête et rit sèchement.

— J'ai mal choisi. Évidemment, il fallait que ça m'arrive.

— M'insulter ne va pas m'aider à apprendre plus vite, fis-je remarquer alors que les dernières gouttes de café atterrirent dans ma tasse avec un *plop* et un *plip*. Au fait, quand pourrai-je faire de la magie ?

Merlin partit d'un rire bruyant et hystérique en se roulant d'un côté à l'autre sur le sol en lino de la cuisine.

— De la magie ! Toi ? Hou, elle est bonne. Merci, j'avais besoin de rire.

— Ce n'est pas une plaisanterie. Tu m'as forcée à participer à je ne sais quoi, la moindre des choses est que ça en vaille la peine pour moi.

— Oh, ma chère humaine adorable…

— Gracie, lui rappelai-je. J'ai un prénom, utilise-le.

— Gracie, cracha-t-il avant de froncer le nez sans gentillesse. Accepterais-tu de changer ça ?

Je lui jetai un regard noir pendant qu'il se relevait sur ses pattes.

— Très bien, ce sera donc Gracie. Et non, tu ne pratiqueras pas la magie. Ça ne fait pas partie du rôle de familier.

Il s'avérait être encore plus pénible que l'agent Dash, ce matin.

— Dans ce cas, pourquoi as-tu besoin de moi ?

— En plus de tes responsabilités précédentes consistant à remplir mon bol de nourriture et nettoyer ma litière, c'est maintenant à toi d'être mon visage.

Je le regardai, impassible.

— Quel est le problème ? demanda Merlin en inclinant la tête sur le côté.

Je croisai les bras et je poussai un soupir.

— Que veux-tu dire par être *ton visage* ? Ça ne veut strictement rien dire. Tu as déjà un visage.

— Je peux te l'expliquer en racontant une histoire. Il était une fois ce type moche avec un long nez. Il aimait une femme magnifique, mais il avait peur qu'elle le rejette, alors il a conclu un marché avec un joli garçon sans cervelle pour...

— Es-tu en train de me raconter l'histoire de Cyrano de Bergerac ?

— Oh, c'est bien, tu la connais donc ?

— Et dans ce scénario, je suis ton — je levai les doigts pour faire des guillemets en l'air — joli garçon sans cervelle.

— Effectivement. Je veux dire, tu es un peu mieux que sans cervelle et un peu pire que jolie, mais l'un compense l'...

— Pardon, je ne peux pas supporter ça maintenant.

J'attrapai ma tasse de café fraîche et je marchai vers ma chambre, prête à lui claquer la porte au nez.

Merlin me suivit, trop rapide pour que je puisse fermer la porte sans renverser mon précieux café.

— Je suis désolé. J'ai oublié que vous autres les humains, vous êtes très sensibles à ce genre de choses. Je t'ai choisie parce que je pense que tu as ce qu'il faut.

— Pour être le visage sans cervelle de tes opérations ? demandai-je en grognant.

Soit Merlin ne perçut pas ma colère, soit il choisit de l'ignorer.

— Exactement. Je suis tellement content que tu le comprennes, maintenant.

— Je suis désolée, mais j'ai des projets plus intéressants dans ma vie.

Les yeux de Merlin eurent une lueur espiègle.

— Quels projets ? dis-les-moi, je peux les réaliser.

Je le fixai d'un air interrogateur, craignant de lui demander plus de détails.

— Tu ne peux pas faire de magie, mais moi oui. Tu t'en souviens ? Être un familier, c'est un travail important, mais pas sans compensation. De nombreuses personnes célèbres dans votre histoire humaine étaient secrètement des familiers.

Je croisai les bras en lui jetant un regard assassin.

— Vraiment ? Qui, par exemple ?

— Eh bien, pense à mon homonyme, dit-il avec un large sourire entre ses moustaches.

Je refusai de le croire.

— Merlin. Le magicien ?

— Ha, il aurait bien aimé ! Le Merlin que vous autres

connaissez était en réalité le familier d'un chat sorcier extrêmement puissant. Il s'appelait également Merlin, ce qui rend les choses un peu confuses. Le Merlin humain voulait le pouvoir et la célébrité en échange de l'aide qu'il apportait à son chat. Mais il est devenu cupide et imbu de lui-même, ce qui est la raison pour laquelle le véritable Merlin l'a maudit de sorte qu'il vieillisse à l'envers. Pendant ce temps, il a trouvé un familier bien plus adapté sous la forme d'un nouvel humain qui s'appelait Arthur. Lui voulait seulement le pouvoir et le prestige dans le monde humain, ce qui était bien plus facile à gérer pour mon grand ancêtre.

— Merlin était donc un charlatan et le roi Arthur était juste le familier de quelqu'un ? résumai-je.

— Il n'y a pas de *juste* qui soit. Les familiers sont incroyablement importants. Nous autres les sorciers, nous faisons ce qu'il faut pour que vous restiez heureux.

Je levai un sourcil interrogateur.

— Je pourrais donc devenir la nouvelle Lady Gaga ?

— Il faudrait un peu de talent. Tu n'es peut-être pas née de cette façon, mais je peux faire en sorte que ça arrive.

Merlin marqua une pause et étira ses pattes.

— Est-ce ce que tu veux ?

— Non, c'était juste hypothétique, précisai-je vite.

— Attention, dans ce cas, car des souhaits de cette taille n'arrivent qu'une fois. Il y a beaucoup de petites choses que je peux faire régulièrement, mais les modifications qui changent vraiment la vie ne peuvent être conclues qu'une seule fois.

— Je garderai ça en tête, promis-je, ne croyant toujours pas tout à fait à toute cette histoire.

— Comme il se doit.

Merlin semblait satisfait, maintenant.

— Viens. Nous allons commencer.

7

— Où allons-nous? demandai-je en suivant mon chat à travers la maison.

Cependant, au lieu de répondre, il passa par la chatière et sortit.

Je m'empressai de mettre une paire de tongs que je gardais près de la porte, puis j'ouvris la porte juste à temps pour le voir sauter dans le bassin des oiseaux et éclabousser partout. Je savais que les Maine coons aimaient l'eau, c'était néanmoins étrange de le voir s'amuser de cette façon. Dans mon monde, les chats étaient des chats : ils détestaient l'eau et ils ne savaient absolument pas parler.

— Je t'ai vu l'autre jour, dis-je en m'approchant prudemment. Hier, rectifiai-je.

Waouh, j'avais l'impression que ça faisait au moins une semaine.

Merlin arrêta d'éclabousser et me regarda par-dessus son épaule.

— Oui. Et qu'as-tu vu ?

— Tu as v-v-volé, bafouillai-je en serrant les bras autour de moi. À la suite d'un oiseau que tu voulais manger.

Merlin soupira.

— Tout d'abord, je ne voulais pas le manger. Ce type me devait de l'argent.

J'écarquillai les yeux.

— De l'argent ?

— Oui, de l'argent.

Il sourit alors.

— Deuxièmement, je voulais que tu me voies. C'était un test.

— Un test ?

Je fus parcourue de frissons, même si la matinée était déjà lumineuse et chaude.

Merlin leva les yeux au ciel.

— Arrête de répéter tout ce que je dis sous forme de question.

Il me fixa, attendant je ne sais quoi.

Je déglutis et je hochai la tête, toujours bloquée sur le fait que mon chat utilisait de l'argent et qu'un oiseau du quartier lui en devait.

— Il fallait que je voie comment tu allais réagir en apercevant la magie pour la première fois. Certains humains ne peuvent pas tout à fait le supporter.

— Et moi oui ? J'ai bien réagi, je veux dire ?

Mon chat me dévisagea de la tête aux pieds avant de faire un petit sourire satisfait.

— Tu es toujours debout. C'est un bon début.

— Qu'aurait-il pu se passer? demandai-je, assez fâchée qu'il me mette consciemment en danger.

— Tu aurais pu perdre l'esprit, dit-il simplement. Ça arrive souvent. C'est pour cette raison qu'il faut toujours faire preuve d'une extrême prudence en sélectionnant et en testant un familier.

— Alors, tu brises mentalement les gens?

Il me fallut faire de gros efforts pour ne pas crier. Nous nous trouvions dehors au milieu d'une rue du quartier. Si quelqu'un passait et me voyait non seulement parler — mais me disputer — avec mon chat, on allait sonner à ma porte à midi, me mettre une camisole de force et m'enfermer avant de jeter la clé.

Mon chat resta calme, nonchalant, comme si nous discutions de banalités et pas des faits très réels de nos vies.

— Oui, tout le monde n'est pas capable de gérer l'existence de la magie. C'est une triste vérité.

Merlin se redressa et bomba le torse.

— Quoi qu'il en soit, je suis ravi que tu sois encore avec moi.

— Ai-je le choix?

Il gloussa.

— Non.

— C'est bien ce que je pensais.

— Approche-toi, exigea mon chat et je fis immédiatement ce qu'il demandait.

— Que se passe-t-il ? Que faisons-nous ? demandai-je, mal à l'aise alors que nous étions au milieu de mon jardin et que nous continuions à bavarder en plein jour.

Sérieusement, pourquoi ne pouvait-il pas faire ça à l'intérieur ?

— Comment être un familier, première leçon ! déclara-t-il avec fierté avant de se déplacer vers le bord du bassin aux oiseaux, dans un équilibre un peu précaire. Protège le chaudron à tout prix.

— C'est un abreuvoir à oiseaux, fis-je remarquer.

Il leva la patte et se frappa le front.

— C'est un chaudron. La source de mon pouvoir et plus largement ma connexion à la communauté magique. Sans lui, je suis un sorcier en errance. Pas du tout un sorcier sérieux.

Je regardai tour à tour le bassin et lui.

Merlin soupira.

— Leçon numéro deux, crois tout ce que je dis sans le remettre en question. Par exemple, ceci est un chaudron. Dans l'ancien temps, les sorcières utilisaient des pots noirs géants. Mais à l'époque moderne, nous nous servons d'autres objets courants auxquels il est facile d'accéder pour un sorcier, mais qui passent largement inaperçus par les autres. Regarde.

Il marcha vers le centre de la petite fontaine et plongea sa patte dedans. La fine couche d'eau se mit immédiatement à luire d'une couleur vert pâle, assez proche de la couleur des grands yeux de Merlin.

— Waouh, dis-je, le souffle coupé de surprise.

Merlin tapota l'eau à nouveau et elle reprit son apparence normale.

— C'est pour cette raison que nous autres les chats, nous choisissons d'adopter les humains. Il n'y a aucun endroit sûr dans la rue. Nous avons besoin d'une apparence de domesticité pour protéger nos secrets. Et aussi de l'obscurité de la nuit. Naturellement, nous préférons le faire pendant la journée, mais il est plus facile de cacher nos véritables habitudes quand la plupart de vous autres les humains êtes couchés dans vos lits.

Je hochai la tête. Tout ce qu'il me disait semblait logique, maintenant que j'y réfléchissais. Tout sauf…

— Pourquoi as-tu besoin d'argent ? demandai-je, toujours bloquée sur sa révélation au sujet de ce pauvre rouge-gorge qui lui devait des sous.

— Tu es toujours coincée dans les concepts de ton propre monde. Dans le mien, nous… MIAOU !

— Hein ?

Je tournai la tête pour voir ce qu'il regardait et j'aperçus une voisine faisant de la marche sportive tout près de là.

Elle sourit et me salua de la main et j'aurais pu jurer la reconnaître. Je ne savais simplement pas où je l'avais déjà vue.

Mais elle disparut alors aussi vite qu'elle s'était approchée.

Je me retournai vers mon chat, dont la queue s'agitait follement en pendant du bassin aux oiseaux.

— Méfie-toi de celle-là, grogna-t-il.

— Quoi ? Pourquoi ? Elle m'avait l'air assez gentille.

Il sourit avec mépris en fixant la direction où avait disparu la femme.

— Tu te souviens de la leçon numéro deux ?

— De croire tout ce que tu dis ?

— Oui. C'était Virginia. Elle est le familier d'une sorcière très pénible vivant de l'autre côté de la ville. Luna, expliqua-t-il sèchement.

— Est-elle venue nous espionner ?

Merlin sauta de la fontaine.

— Ça ne m'étonnerait pas de sa part. Heureusement, le chaudron est protégé des autres pratiquants de la magie et de leurs familiers. Viens. Retournons à l'intérieur où nous ne pourrons pas être surveillés par ceux qui peuvent nous vouloir du mal.

Du *mal* ? Apparemment, j'avais seulement survécu à la première de nombreuses épreuves en rejoignant mon chat dans son monde magique, ce qui laissait une question tournant en boucle dans ma tête : POURQUOI MOI ?

8

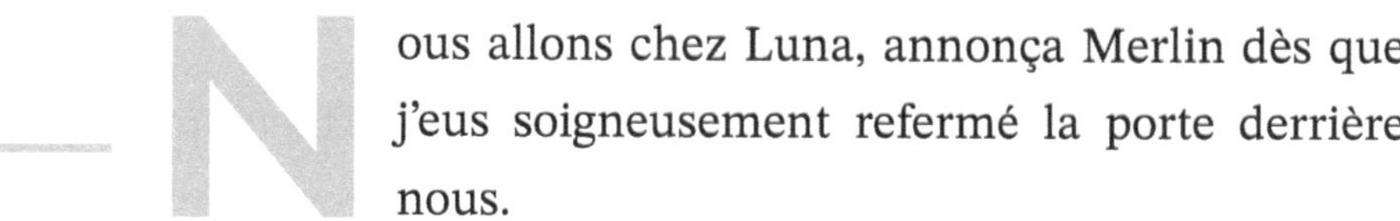

— Nous allons chez Luna, annonça Merlin dès que j'eus soigneusement refermé la porte derrière nous.

Bien sûr, ça ne me plaisait pas du tout.

— Quoi ? Pourquoi ? râlai-je.

Malheureusement, Merlin resta intraitable.

— Si elle nous espionne, ça signifie qu'elle a elle-même probablement quelque chose à cacher.

— Nous allons entrer par effraction en nous basant sur un « probablement » ? Au cas où tu ne l'aurais pas remarqué, je suis déjà soupçonnée dans une enquête pour meurtre ! explosai-je, et je devais admettre que c'était agréable de crier après avoir travaillé si dur à me retenir.

— Leçon numéro deux, me rappela-t-il encore, et je savais

déjà que cette leçon allait être celle que j'aimais le moins, peu importe ce qui suivait.

Je soufflai en croisant les bras. Il ne pouvait pas m'obliger à faire ce que je ne voulais pas... N'est-ce pas ?

Merlin se radoucit un peu.

— Écoute, je sais que tout ça est nouveau pour toi, mais tu dois me faire confiance. Je vais te protéger. Et pour l'instant, te protéger signifie m'assurer que Luna ne tente pas quelque chose pendant que je travaille à former mon nouveau familier. Nous sommes tous les deux incroyablement vulnérables en ce moment, ce qui signifie que nous devons être vigilants.

Il marqua une pause pour inspirer, puis il recommença d'un ton encore plus sombre.

— Tu penses que la prison humaine est effrayante ? Elle n'arrive pas à la cheville de l'horreur que représente une prison magique. Si Luna nous dénonce, nous irons tous là-bas sans aucun espoir d'en sortir un jour. Si tu es conduite dans une prison humaine, je peux te faire sortir en un clin d'œil et t'aider à créer une nouvelle identité. Crois-moi, le meurtre de ce Harold est le cadet de tes soucis en ce moment.

— D'accord, dis-je, trop fatiguée pour continuer à argumenter et trop effrayée pour en apprendre davantage sur les répercussions possibles si je ne réussissais pas tout de suite dans mon rôle de familier.

Il m'examina avec ses yeux verts curieux et demanda :

— D'accord, quoi ?

— J'ai confiance en toi, dis-je en priant pour ne pas avoir à regretter cette affirmation.

— Vraiment ? Je m'attendais à ce que tu me contredises plus longtemps.

Je haussai les épaules.

— À quoi ça servirait si nous finissons de toute façon par faire ce que tu veux ?

— Je suis content de voir que nous sommes d'accord.

Merlin hocha la tête avant de cligner deux fois lentement des yeux.

J'avais dû cligner des paupières également, car une seconde nous étions debout à côté de ma cuisine, et la suivante, je me retrouvai sous l'ombre d'un magnolia inconnu près d'une petite maison de style ranch avec un jardin soigneusement entretenu.

Je fis un pas en arrière et je m'appuyai contre l'arbre pour ne pas tomber.

— Que... qu'est-il arrivé ?

Merlin s'avança vers moi et ricana.

— Ta première téléportation. C'est trop mignon.

— Téléportation ? chuchotai-je au cas où quelqu'un se trouvait à proximité. La prochaine fois, préviens-moi, s'il te plaît.

— Non, dit-il fermement. C'est bien plus facile si tu ne sais pas que je vais le faire.

Je poussai un grognement et je serrai ma tête entre les mains. En réalité, c'était plus pour l'effet dramatique, car même si j'étais complètement abasourdie, je me sentais très bien.

— Où sommes-nous ?

— Chez Luna. Viens.

Merlin se détourna de moi et commença à trotter vers l'arrière de la maison toute proche, tenant sa queue touffue et rayée bien droite.

— Attends. Comment allons-nous entrer ? demandai-je.

Merlin se contenta de courir plus vite, puis il sauta dans une jardinière remplie de belles jonquilles.

Je me faufilai à sa suite, avançant d'abord à travers l'herbe douce et spongieuse avant de me retrouver tout à coup sur un parquet lisse. Super, maintenant nous étions dans la maison.

— Arrête de faire ça, sifflai-je.

— Arrête de te plaindre, siffla-t-il à son tour, et aide-moi à chercher.

— À chercher quoi ? dis-je en observant le décor douillet.

La propriétaire de Luna — ou son familier, je suppose — devait aimer les motifs floraux. Tout en était couvert. J'étais à peu près certaine d'avoir un jour vu exactement le même motif que celui du canapé sur une célébrité de deuxième classe enceinte. En plus du tissu floral, des rideaux et du décor, plus d'une douzaine de vases de fleurs fraîchement coupées emplissait la maison modeste.

Je ne pus m'empêcher d'éternuer en réaction.

— Luna est une sorcière des jardins, expliqua Merlin quand il me vit écarquiller les yeux.

— Quelle sorte de sorcier es-tu ? demandai-je, bouche bée.

D'abord j'apprends que les sorciers existent, puis je découvre qu'il y en a de toutes sortes.

— Du ciel, m'informa-t-il tranquillement.

J'avais la tête qui tournait à cause de toutes les nouvelles informations qui me parvenaient les unes à la suite des autres.

— Pardon ? dis-je d'une petite voix.

Je ne pouvais pas laisser passer cette donnée sans demander au moins une explication rapide.

— Je suis assez bien dans tous les domaines, mais ma spécialité se rapporte aux choses qui viennent du ciel. Tu sais, le vent, l'eau, la glace. Parfois un peu de foudre, si je suis d'humeur.

Enfin, une partie de tout ça commençait à faire sens.

— Oh, alors vous êtes tous élémentaires ? Comme dans Pokémon.

Il se renfrogna immédiatement.

— Non, pas comme dans un jeu vidéo pour enfants.

— Si, en réalité, je pense que oui. Luna est une sorcière des jardins, alors ce sont les plantes et la terre, n'est-ce pas ? Elle est donc de type plante et sol, récitai-je, ravie que les nombreuses heures passées à jouer à Pokémon Go servent à autre chose qu'à faire mes pas quotidiens. Et toi tu es de type eau, vol et glace, alors vous devez être de force égale. Je te suggère d'utiliser tes pouvoirs de glace au combat.

— Ceci n'est pas un jeu, il n'y a pas de combat. Maintenant, arrête de bavarder et aide-moi à chercher tout ce qui te paraît suspect.

— Comme ça ? demandai-je en indiquant un vieux carnet en cuir ouvert sur la table basse.

— Non, commença Merlin, mais quand il se retourna pour

voir ce que je montrais, ses yeux s'illuminèrent. En réalité, si. Bien joué. Maintenant, attrape le livre et sortons de là avant que quelqu'un remarque notre intrusion.

Eh bien, il n'avait pas besoin de me le dire deux fois. Je me précipitai vers le carnet aussi vite que mes pieds en claquettes voulaient bien me porter, plus que prête à rentrer chez moi.

9

Merlin cligna des paupières une fois, et je me préparai à un autre trajet inquiétant par téléportation. Cependant, avant qu'il puisse cligner des yeux une deuxième fois, un vase de fleurs près se brisa près de lui et les tiges piquantes volèrent vers mon chat, le coinçant sur place.

— Tiens, tiens, tiens...

Une voix rauque féminine flotta vers nous depuis la porte d'entrée. Je n'avais entendu personne arriver. Comment avions-nous pu être aussi imprudents ?

J'étirai le cou, trop effrayée pour bouger le reste de mon corps, et j'aperçus un long chat blanc qui me fixait avec des yeux d'un vert très vif.

— Luna, grogna Merlin. Que veux-tu ?

Elle s'avança vers lui et tourna lentement autour de son rival emprisonné.

— Je pense que c'est moi qui devrais poser les questions ici, puisque tu es celui qui est entré dans ma maison.

— Je ne te dois rien, cracha Merlin avant de siffler.

Pendant que les deux félins continuaient à argumenter, je rangeai soigneusement le journal intime que nous avions trouvé dans la ceinture de mon pantalon.

— Pourquoi ton familier se trouvait-il près de ma maison ? demanda Merlin.

Il semblait si pathétique dans sa cage de tiges et de pétales de fleurs.

— Pourquoi ton familier est *dans* ma maison ? Nous pouvons faire ça toute la journée, Bouboule.

Elle caqueta méchamment, ne laissant aucun doute quant à celle qui avait le rôle de la méchante sorcière dans ce scénario.

— Il s'appelle Merlin, rectifiai-je avec colère avant d'essayer d'attraper le chat blanc.

Même si je ne pratiquais pas la magie, je faisais presque soixante-huit kilos de plus que ce minou maigrichon. Je pouvais certainement le maîtriser.

Mais non. Luna s'échappa de mes bras tendus et se retourna pour siffler dans ma direction.

— Je ne te dirai ça qu'une seule fois, alors prends garde de bien écouter, avertit-elle en faisant le dos rond et en ébouriffant sa queue.

— Si jamais tu entres encore par effraction dans ma maison, je ne serai pas aussi magnanime.

Je déglutis, choisissant de ne pas faire remarquer que nous

étions entrés par téléportation, et qu'il n'y avait pas eu d'effraction du tout.

Luna s'avança en sortant les griffes.

— Tu es stupide ou quoi ? Sortez d'ici !

Inutile de me le dire deux fois. Je ramassai Merlin avec sa cage piquante et je filai par la porte d'entrée. Une fois dehors, je courus vers la route que j'apercevais tout juste, au loin. Le grand jardin de Luna était situé à l'intersection de deux rues. J'essayai de lire les panneaux en m'approchant, mais je luttai pour les distinguer clairement.

Persimmon, lus-je lorsque mes pieds entrèrent en contact avec le trottoir. Maintenant que nous avions quitté la propriété de Luna, les piquants et les fleurs qui retenaient Merlin tombèrent.

Il bondit de mes bras, s'ébroua, cligna des yeux une fois, puis deux… Et nous fûmes de retour à la maison.

— Tout ça pour rien, miaula-t-il en avançant vers son bol d'eau pour boire quelques gorgées rafraîchissantes.

— Pas pour rien, révélai-je en sortant le carnet volé de mon pantalon pour le montrer.

— Gracie ! s'exclama mon chat. Gentille fille. C'est très bien.

Je profitai de ces compliments malgré son ton déshumanisant.

— Je comprends pourquoi tu n'aimes pas tellement Luna, ajoutai-je doucement. Ou le nom Bouboule. Je suis désolée.

— Elle m'aurait tué si tu n'avais pas été là, dit-il en haussant nonchalamment les épaules. Elle est comme ça depuis que je l'ai larguée pour prendre ma place de véritable sorcier.

Je levai les mains en l'air et je reculai d'un pas.

— Wow, wow, wow. Reviens en arrière.

Merlin se détourna mais il me regarda de côté.

— Un chat ne devient un vrai sorcier que lorsqu'il prend un familier.

— Pas cette partie-là. Celle où tu l'as larguée ? clarifiai-je en me demandant pourquoi il ne m'avait pas parlé de son passé avec Luna avant notre intrusion chez elle… et mon vol du carnet.

Merlin bâilla et étira paresseusement ses pattes arrière.

— Ah, oui. Nous étions ensemble. Ce n'est pas important.

— À vrai dire, j'ai l'impression que c'est très important, rectifiai-je en espérant qu'il m'en raconte davantage.

— Ce n'est pas de ma faute si les règles stipulent que deux sorciers ne peuvent pas vivre sous le même toit. C'était très bien quand j'étais un chat errant, mais les choses changent. Il n'y avait pas moyen que j'abandonne mes merveilleux pouvoirs pour une amourette. Non. Quoi qu'il en soit… Inutile de remuer le passé alors que nous devons nous inquiéter pour notre avenir. Maintenant, montre-moi le livre, ordonna Merlin sans autre pensée pour son ancienne relation amoureuse.

Je marchai d'un pas lourd vers le canapé et je posai le journal sur mes genoux afin que nous puissions le lire ensemble.

— C'est quoi, tout ça ? demandai-je en plissant les yeux pour examiner les étranges symboles saupoudrés de croquis de faune et de flore.

— Il semblerait que c'est un grimoire. Pas son grimoire principal, cela dit, mais un nouvel élément sur lequel elle travaille.

— Un livre de sorts ? Tu en as un, toi aussi ?

Il hocha la tête en continuant à étudier la page.

— J'en ai beaucoup, mais je ne les laisserais jamais traîner au grand jour.

— Où sont-ils? songeai-je à voix haute.

— Il s'agit d'une information privilégiée, c'est-à-dire que je n'informe que les personnes qui ont besoin de le savoir. Et tu n'as pas besoin de le savoir maintenant.

— Ouille. D'accord.

Merlin marmonna en feuilletant les pages, pas du tout gêné de m'avoir vexée.

— Alors, qu'avons-nous là? demandai-je après avoir regardé, attendu, et rien compris du tout.

— Elle développe une nouvelle potion. Une potion puissante. Mais elle ne semble pas être arrivée au bout, pour l'instant.

Je fixai le livre avec plus d'attention, mais je ne comprenais toujours pas un traître mot.

— Pour faire quoi?

— Je ne le sais pas vraiment. Ce sont des choses de sorcières des jardins. Elles aiment les concoctions. Moi? Pas tellement.

— Penses-tu qu'il pourrait s'agir d'un poison? m'enquis-je en pensant au pauvre Harold.

Oui, il était peut-être avare et désagréable, mais il ne méritait certainement pas d'être assassiné pour cette raison.

Merlin considéra immédiatement ma suggestion et réfléchit à voix haute.

— Penses-tu que Luna serait à l'origine de la mort de Harold?

Je hochai la tête.

— Oui. Je veux dire, pourquoi pas? Nous n'avons pas vraiment d'autres suspects logiques.

Merlin referma le carnet d'un seul coup.

— C'est une théorie très intéressante. Elle a peut-être essayé de t'atteindre, mais elle a tué Harold à la place.

Je poussai un petit cri, inconsciente du danger que j'avais couru tout ce temps. Que je courais encore.

— Elle ferait ça? Elle me tuerait?

— Évidemment.

Merlin bâilla comme si cette conversation importante l'ennuyait.

— Luna est très dangereuse et elle m'en veut, ce qui signifie qu'elle t'en veut aussi, maintenant.

— Tu n'aurais peut-être pas dû lui briser le cœur dans ce cas, maugréai-je en ajoutant un élément de plus à la longue liste des raisons pour lesquelles j'étais très contrariée par mon chat.

Si seulement j'avais adopté un chien…

10

— Je dois partir au travail, dis-je avant d'avancer d'un pas traînant vers la douche.

Nous avions passé la majeure partie d'une heure à contempler ce grimoire volé et nous n'avions toujours aucun résultat. Enfin, sauf mes pauvres nerfs éprouvés.

— Si Luna est si dangereuse, nous devrions peut-être lui rendre ce carnet, criai-je à Merlin avant de fermer la porte et de profiter d'un moment de solitude dont j'avais bien besoin.

Il sembla suivre mon conseil, car quand j'eus fini de me préparer, le carnet et lui avaient disparu.

Franchement, je ne savais pas si l'on s'attendait à ce que je me rende au travail ce jour-là, étant donné toute l'affaire de la scène de crime, mais je décidai qu'il valait mieux essayer de faire honneur à mes responsabilités envers feu Harold.

Quand j'arrivai au café, je découvris qu'il était toujours fermé par les scellés de la police, mais que ma collègue Kelley se trouvait à l'intérieur.

J'entrai également.

Kelley leva brusquement la tête depuis sa place derrière le comptoir à pâtisserie en verre.

— Oh, bonjour, Gracie, dit-elle en fronçant les sourcils.

— Tiens-tu le coup? demandai-je doucement en venant me placer à côté d'elle.

Elle haussa les épaules.

— Honnêtement, je ne sais pas.

Je regardai ses mains, mais elles étaient vides. En fait, Kelley semblait ne rien faire d'autre que rester plantée là, dans une sorte de transe de chagrin.

Elle avait été bouleversée quand nous attendions la police la veille, mais j'avais supposé que c'était une réaction à chaud. Si c'était possible, elle semblait encore plus anéantie aujourd'hui.

Je me sentis coupable de ne pas avoir passé de temps à regretter Harold. À la place, j'étais trop focalisée sur mon inquiétude concernant mon éventuelle inculpation pour meurtre.

Même si Harold avait été un mauvais patron, je voulais néanmoins être quelqu'un de bien. Si j'aidais Kelley maintenant, cela compensait-il mes défauts précédents?

— Oui, c'est dur, dis-je en gardant les yeux baissés. Il n'était peut-être pas le meilleur patron, mais il était quand même une personne que nous connaissions.

Kelley sanglota entre ses mains.

— Pas moi. Je le connaissais à peine. Pas encore. Je pensais que nous aurions plus de temps.

Je ne connaissais pas très bien Kelley non plus. Je n'avais pas remarqué qu'elle voulait davantage qu'une simple relation de travail. Avait-elle eu besoin d'amis et avions nous été trop occupés pour nous en rendre compte ? Si c'était le cas, je me sentais très mal.

Kelley travaillait au café depuis environ un mois seulement. C'était une gentille fille qui avait récemment eu son diplôme du lycée et qui avait déménagé dans notre région pour une année sabbatique. Je m'étais toujours demandé pourquoi elle avait choisi de venir vivre en Géorgie rurale plutôt que de voyager en Europe, mais qui étais-je pour juger ? Elle avait peut-être hérité d'une maison, comme moi. J'aurais pu lui poser la question, cependant. J'aurais dû lui demander.

Je posai une main hésitante sur son épaule.

— Crois-moi, dis-je avec un petit sourire. Tu ne rates pas grand-chose.

Elle se tourna vers moi avec des yeux tout rouges.

— Et pourtant... j'ai passé toute ma vie à me poser des questions sur lui, à imaginer comment ça allait se passer quand j'allais enfin le rencontrer en face à face, et maintenant je n'aurai jamais l'occasion de former une véritable relation.

Cette révélation m'écrasa comme un tas de briques tombées du ciel.

— Kelley, Harold était-il... ?

— Mon père, termina-t-elle en tirant un mouchoir froissé de

sa poche. Il est sorti avec ma mère il y a longtemps. Quand elle a découvert qu'elle était enceinte de moi, ils avaient déjà rompu et il avait déménagé.

Je la serrai dans mes bras.

— Je suis tellement, tellement désolé.

Elle essaya de sourire, sans réussir.

— Je suppose que je n'étais pas faite pour avoir un père. Je suppose aussi qu'il n'y a plus aucune raison pour moi de rester ici. Je n'aurais jamais dû venir. Cet agent de police dit que mon père a été assassiné. Et si d'une façon ou d'une autre, c'était de ma faute ?

— Oh non, ma chérie. Ce n'était certainement pas de ta faute, la rassurai-je.

Kelley ne fut pourtant pas rassurée si facilement.

— Penses-y, dit-elle en fronçant les sourcils de frustration. J'arrive en ville et un mois plus tard, il est mort. Ça ne peut pas être une coïncidence.

— Bien sûr que c'est une coïncidence. C'est horrible, mais ce n'est absolument pas de ta faute. Tu n'es pas responsable des décisions de tes parents, et tu n'es certainement pas responsable de la mort de Harold.

Elle me regarda avec de grands yeux.

— Tu es sincère ?

Je hochai vivement la tête.

— Oui, tout à fait.

Kelley se hasarda enfin à sourire.

— Merci.

— Si tu as un peu de temps, je peux te raconter des histoires sur lui.

Son sourire devint plus grand et plus lumineux.

— Vraiment ?

— Oui. Ce n'est pas comme si nous étions ouverts aux clients. Attrape de quoi grignoter et installons-nous pour bavarder.

— Je vais nous préparer des lattes *pumpkin spice*, proposa Kelley.

— Et je vais aller chercher de quoi manger !

Je me dirigeai vers la salle de congélation et j'attrapai du cake à la banane « fraîchement préparé » pour le faire décongeler. Quand je ressortis, Kelley me fit signe de m'asseoir pendant qu'elle finissait de préparer les boissons.

— Tu sais, me dit-elle en venant me rejoindre dans l'unique box. Ma mère m'a dit que j'étais folle de venir ici. D'essayer d'apprendre à le connaître. J'aurais sans doute dû l'écouter. J'aurais au moins pu imaginer comment il était, ce qu'il pouvait être en train de faire. Plutôt que de savoir qu'il était mort.

Et c'est ainsi que commença une conversation qui mettait très mal à l'aise.

Enfin, pour moi, du moins.

11

Je pinçai les lèvres et je hochai la tête pendant que Kelley donnait un petit aperçu de son histoire de famille. Tout l'objectif de cette conversation était que je l'aide à mieux connaître feu son père, mais si elle en savait plus qu'elle ne l'imaginait ? Et si Kelley avait des connaissances particulières sur la vie de Harold servant à indiquer son tueur ?

Elle avait certainement fait plus attention à ses allées et venues que moi.

Mais ma jeune collègue était déjà si perturbée par sa mort que ça ne me semblait pas bien d'insister pour qu'elle me donne des informations. Cela risquait d'empirer la situation pour elle.

Et pourtant, si personne ne découvrait qui avait tué Harold — et vite — je risquais de finir par porter le chapeau. Quand je pensais aux choses de cette façon, la voie à suivre était évidente.

Je me raclai la gorge et je baissai les yeux.

— Ton père et ta mère se sont-ils séparés en mauvais termes ? demandai-je en ne voyant d'autre choix que de l'orienter doucement, tout en espérant que ça se passe pour le mieux.

Kelley soupira et voulut attraper un des morceaux de cake à la banane et aux noix, mais quand elle se constata qu'il était encore congelé, elle le reposa sur l'assiette et plaça ses mains autour de son gobelet.

— Maman m'a dit que si elle ne le revoyait jamais, c'était déjà trop, murmura-t-elle.

— À ce point, hein ?

Kelley s'appuya contre le dossier de sa banquette et laissa sa tête tomber sur le coussin en vinyle usé.

— Oui.

— Ai-je déjà parlé de la première fois que j'ai rencontré Harold ?

Kelley secoua la tête et écarquilla les yeux.

— Non, mais s'il te plaît, raconte.

— Eh bien, je venais pour mon entretien d'embauche. J'étais en retard. Et quand je suis arrivée, je l'ai trouvé assis dans son bureau à faire de la paperasse tout en chantant cette chanson du Fantôme de l'Opéra.

Kelley se redressa et laissa échapper un petit gloussement.

— Tu rigoles !

— Je t'assure. Et ce n'est pas tout...

Je racontai les quelques souvenirs agréables que j'avais de mon ancien patron, et Kelley s'avéra être un public captivé. Quand nous eûmes vidé nos gobelets de café, je n'avais plus d'histoires à relayer. De plus, le cake à la banane était enfin décongelé.

J'en saisis un morceau et je hochai la tête vers Kelley avant de prendre une énorme et exquise bouchée. Hé, même s'il n'était pas fraîchement préparé, il était tout de même absolument délicieux.

— Alors, que penses-tu faire maintenant? demandai-je pendant que Kelley retirait toutes les noix de son cake et les mettait une à une dans sa bouche.

— Ma mère est en route pour passer me chercher et me reconduire à la maison, révéla-t-elle avec une grimace.

— D'où vient-elle? demandai-je sur le ton de la conversation, même si je ne manquai pas de remarquer que Kelley semblait ennuyée par la visite prochaine de sa mère.

— L'Ohio.

— Sans rire.

Je tendis le bras et je lui donnai une légère tape sur la main.

— Je viens du Michigan.

— Nous sommes des ennemies naturelles, me taquina Kelley en faisant référence à la grande rivalité de nos États d'origine.

En réalité, le fait que nous venions toutes deux du Midwest signifiait que nous avions plutôt des choses en commun.

Je voulais en apprendre plus sur sa mère, au cas où elle était suspecte dans cette enquête, mais je devais faire attention à ne pas trop insister. Avec un peu de chance, ce moment plus léger allait m'aider à faire avancer mon interrogatoire. Encore une fois, je ne voulais surtout pas enfoncer Kelley alors qu'elle était déjà à terre. Je voulais encore moins aller en prison pour un crime que je n'avais pas du tout commis.

— Ta mère doit être heureuse que tu rentres à la maison, hein ? tentai-je en me léchant le pouce avant de le poser sur les miettes éparpillées sur mon assiette.

— Oui, admit Kelley en prenant enfin une vraie bouchée de son dessert. Comme je l'ai dit, elle ne voulait pas que je vienne. Elle a dit que la seule bonne chose que mon père ait faite de sa vie, c'était de lui donner ma naissance.

Elle sourit timidement.

— Pourquoi ont-ils rompu ? Te l'a-t-elle dit ?

— Elle ne voulait pas gâcher mon image de lui. C'est assez ironique, hein ? Elle a simplement dit de la croire et de faire attention.

Cela me rappela la règle numéro deux du travail de familier pour Merlin : faire tout ce qu'il disait sans poser de questions.

— Je sais que ça ne s'est pas bien terminé, mais je pense que c'est vraiment bien que tu aies pu avoir l'occasion de le rencontrer, suggérai-je avec un petit sourire.

Kelley renifla et secoua la tête.

— Je ne sais pas.

— Tu finiras par le voir, dis-je comme si je parlais d'expérience.

— Tu as sans doute raison.

Elle haussa les épaules et s'appuya contre la banquette en fermant les yeux.

— C'est juste que tout est encore si récent. Je ne sais pas si je saurai supporter le fait que ma mère le dénigre avant même qu'il soit enterré.

— Oui, c'est dur.

J'eus soudain une idée qui pouvait nous aider toutes les deux.

— Tu sais quoi, si elle t'embête trop, viens me voir. Dis-lui que nous avions déjà prévu quelque chose avant tout ça. Je peux servir de tampon entre vous.

Kelley ouvrit les yeux et me fixa, stupéfaite, avant de dire :

— Waouh. Merci, Gracie. Tu es si gentille.

— Tu mérites une amie en ce moment, et je suis prête à parier que tu en as besoin.

Je poussai mon téléphone vers elle.

— Tiens, entre ton numéro de téléphone et je t'enverrai mon adresse par texto.

Gracie s'empressa de le prendre et composa son numéro. Ce faisant, j'entendis frapper à la porte du café.

Je jetai un coup d'œil et je reconnus immédiatement la silhouette de la dernière personne que je voulais voir.

L'agent Dash était venu nous rendre visite.

12

Dès que nous entendîmes frapper, Kelley bondit de sa banquette pour laisser entrer la policière.

L'agent Dash eut un petit sourire narquois en me voyant.

— Ça ne m'étonne pas que vous soyez ici, précisément là où vous ne devez pas être.

— Nous devions travailler aujourd'hui, expliqua Kelley en venant à ma rescousse.

Maintenant que j'apprenais à mieux la connaître, elle me plaisait vraiment.

— Eh bien, je suis désolée de vous le dire, mais ce café est fermé jusqu'à nouvel ordre.

Dash ne semblait pas désolée du tout. Absolument pas.

— Savez-vous environ jusqu'à quand? demandai-je en

rassemblant les deux assiettes vides et en les ramenant jusqu'au petit évier que nous utilisions pour tout nettoyer.

Les yeux de Dash me suivirent, scrutant chacun de mes mouvements.

— Pas avant la fin de notre enquête et l'organisation de la succession de Harris par son avocat.

— Savez-vous par hasard qui s'occupe de son testament? demanda Kelley en faisant passer ses cheveux derrière ses oreilles et en baissant le regard.

Eh bien, je n'étais pas la seule à être intimidée par cette policière bourrue.

— Ce sont des affaires de famille, aboya l'agent Dash en jetant seulement un court regard à Kelley avant de me fixer à nouveau.

— Je sais, marmonna Kelley en examinant ses chaussures. Je suis sa fille.

— Si vous êtes concernée, son avocat vous contactera, expliqua l'agent avec un regard dur. Comment se fait-il que vous n'ayez pas parlé tout de suite de votre relation avec le défunt?

Kelley secoua la tête.

— Je suis encore un peu sous le choc.

— Ils ne se sont pas fréquentés pendant longtemps, intervins-je. Elle ne l'a rencontré que très récemment.

— C'est intéressant.

L'agent Dash sortit son petit carnet de notes et y écrivit quelque chose.

— Ça vous gêne de m'accompagner au poste pour quelques questions?

Kelley écarquilla les yeux, horrifiée.

— Est-ce vraiment nécessaire? argumentai-je en me plaçant devant Kelley comme pour la protéger. Ne voyez-vous pas comme elle est déjà bouleversée?

— Oh, ai-je blessé votre amie? demanda-t-elle avec un sourire cruel. Que je suis bête, j'essayais simplement de livrer un meurtrier à la justice!

L'agent Dash tapa du pied et Kelley posa ses doigts tremblants sur mon bras.

Je me tournai vers ma jeune collègue effrayée.

— Tu n'as rien fait de mal, ce qui signifie que tu n'as rien à cacher. Même elle va le comprendre, dis-je en désignant l'agent Dash très grincheux d'un mouvement du pouce.

— Tu restes? supplia Kelley.

— Je dois interroger chaque suspect séparément, nous informa la policière.

Kelley eut le souffle coupé.

— Suspect?

— Écoute, elle est un peu brutale… enfin, très. Mais elle ne peut rien te faire. Tu as mon numéro maintenant, tu peux m'appeler chaque fois que tu en as besoin. Quelle que soit la raison.

Kelley hocha la tête et je fis un pas sur le côté.

— Avez-vous déjà fait un tour à l'arrière d'une voiture de police? demanda l'agent Dash d'un air amusé, poussant Kelley à se recroqueviller à nouveau.

— Ça suffit, grognai-je.

Dès la fin de cette enquête, j'allais envoyer une bonne grosse plainte concernant le manque de professionnalisme de l'agent Dash. Anonymement, bien sûr.

— Vous pouvez parler ici, poursuivis-je. Je vais vous laisser.

Je serrai la main de Kelley et je lui dis que tout allait bien se passer, puis je sortis. Elles n'essayèrent pas de m'arrêter.

J'attendis quelques minutes sur le parking, juste pour m'assurer que l'agent Dash ne cherchait pas sérieusement à conduire la pauvre fille endeuillée au poste pour un interrogatoire.

Quand je vis que ce n'était pas le cas, je démarrai la voiture et j'entamai le court trajet jusqu'à la maison.

J'étais si préoccupée que je faillis passer à un feu rouge et que je me pris plusieurs fois le trottoir. Pourquoi Dash était-elle aussi agressive dans son enquête ? Et pourquoi était-elle venue au café cet après-midi-là ? Me cherchait-elle ?

Je craignais que si je ne trouvais pas très vite le véritable tueur, l'agent Dash se rabaisse à fabriquer des preuves juste pour pouvoir clore l'enquête et passer à autre chose.

C'était effrayant.

Je devais peut-être vite m'occuper de cette plainte contre elle…

En me garant dans mon allée, je décidai de lui laisser une dernière chance. Une rencontre de plus. Si l'agent Dash ne commençait pas à se comporter de façon plus professionnelle à sa prochaine visite, j'allais me rendre au poste et discuter de cette affaire avec son patron.

Après avoir décidé cela, je coupai le moteur, j'inspirai profondément, et j'entrai dans la maison pour voir dans quels nouveaux problèmes mon chat nous avait fourrés durant ma courte absence.

13

Je me faufilai dans la maison, ne sachant pas ce que j'allais y trouver. Merlin était resté seul pendant presque deux heures à cause de mon étrange période de travail. C'était drôle, je n'avais jamais auparavant eu à m'inquiéter de ce qu'il faisait pendant mon absence. Maintenant, je ne faisais rien d'autre que m'inquiéter… pour lui, au sujet de Harold, de la vie en général.

Enfin, quoi qu'il ait fait pendant mon absence, ça n'avait pas causé de dégâts évidents. En fait, la maison était exactement comme je l'avais laissée. Même le carnet de Luna était encore ouvert sur le canapé, exactement comme quand nous l'avions lu ensemble plus tôt. Il avait dû le prendre, puis le ramener. Mais pourquoi ?

— Merlin ? criai-je en m'avançant vers le canapé et en jetant un coup d'œil à l'objet volé.

Les deux pages ouvertes étaient remplies de gribouillages illisibles et je n'y comprenais rien.

Aïe. J'avais espéré qu'il ramène le carnet de son ennemie jurée après avoir fini avec, ou au moins qu'il le cache quelque part. C'était comme s'il cherchait les problèmes et qu'il le faisait exprès.

Je pris une rapide photo des pages du carnet avec mon téléphone portable, puis je le saisis et je sortis pour le ramener moi-même.

Le problème était que je ne savais pas exactement comment me rendre à la maison de Luna, puisque nous nous étions téléportés à l'aller et au retour, mais je me souvenais d'avoir vu le croisement au bord de la propriété quand nous nous étions échappés. Une des rues s'appelait Persimmon. Je tapai le nom de la rue et celui de la ville dans le GPS de mon téléphone et je reçus des indications sur les lieux. Heureusement que nous disposions des technologies modernes.

Persimmon se trouvait à l'autre bout de la ville, mais il ne me fallut que dix minutes pour trouver la maison de Luna et me garer à l'extérieur. Je rangeai le carnet dans mon sac et je m'avançai vers la porte.

Une dame plus âgée ouvrit avant que je puisse frapper.

— Bonjour. Virginia ? demandai-je avec espoir.

— Gracie, répondit-elle avec un soupir, puis elle fit un pas en arrière et me laissa entrer.

Bien. C'était bien.

Il me suffisait maintenant de trouver un moyen de rendre le carnet sans qu'elle remarque que je l'avais pris.

J'affichai donc mon meilleur sourire de politesse et je dis :

— Je voulais juste passer me présenter. Je sais que nos chats sont en mauvais termes, mais je ne vois pas de raison pour que nous ne puissions pas nous entendre.

Même si elle était bien plus âgée que moi, Virginia semblait posséder une grâce et une aisance que je n'avais jamais connues moi-même. Ses cheveux blonds étaient évidemment colorés, même si je ne voyais pas apparaître de racines plus sombres. Ses yeux verts m'étudièrent avec une intelligence calme que je trouvais apaisante.

— Aimeriez-vous un peu de thé glacé ? proposa Virginia en flottant vers la cuisine.

— S'il vous plaît.

Je savais que c'était impoli de ne pas accepter, mais c'était aussi assez stupide de boire ce qu'elle allait me donner, puisque je ne savais pas si nous étions en bons termes. Cependant, elle me plaisait, malgré les avertissements de Merlin. Je m'identifiai immédiatement à quelque chose chez elle, mais je ne savais pas quoi. Les familiers avaient peut-être davantage en commun que simplement leur travail. Je réfléchis à tout cela en attendant près de la porte, mal à l'aise.

Virginia fit craquer un bac à glaçons et en laissa tomber plusieurs dans chacun des deux verres.

De la concentration. Je devais me concentrer. Me souvenir de l'objectif de cette visite.

Bon. Pouvais-je simplement poser le carnet sur la table à l'entrée et en être débarrassée ?

Non, non. C'était trop évident.

— Venez. Asseyons-nous.

Virginia me conduisit jusqu'au canapé floral kitsch que j'avais aperçu lors de ma première visite, et nous nous installâmes toutes deux avec notre thé glacé. Elle me sourit chaleureusement comme si nous étions de vieilles amies et pas de nouvelles connaissances.

Je posai mon sac sur le sol près de mes pieds. Pendant un moment d'inattention, j'allais pouvoir sortir le carnet et l'envoyer sous le canapé d'un coup de pied pour qu'elle le retrouve plus tard. Il suffisait que j'attende une occasion.

— Vous êtes encore très nouvelle, fit remarquer Virginia.

Quand je la regardai en penchant la tête, elle ajouta :

— Dans votre rôle de familier.

Je hochai la tête en faisant semblant de boire une gorgée de ma boisson.

Le sourire décontracté de Virginia s'estompa immédiatement. Même le côté apaisant de ses yeux verts sembla devenir plus dur.

— Les querelles de nos sorciers sont également les nôtres. Nous n'avons pas d'autonomie dans leur monde. Ainsi, si nos chats se disputent, nous nous disputons aussi.

Je toussai et je posai mon thé glacé sur la table basse. Apparemment, il était inutile de sauver les apparences, puisqu'elle avait l'intention d'afficher son hostilité au grand jour.

— En êtes-vous sûre ? demandai-je en fronçant les sourcils. Ça me semble si bête. Les sorciers et les familiers ne devraient-ils pas se serrer les coudes ?

— Ce n'est pas notre décision. Maintenant que nous nous sommes rencontrées, j'espère que vous êtes satisfaite. Vous pouvez finir votre thé et partir.

Virginia but le sien en une seule gorgée, puis elle partit dans le couloir et entra dans une pièce privée.

Je devais agir vite. Quelque chose m'indiquait que si je n'étais pas partie lors du retour de Virginia, je risquais de ne plus pouvoir sortir d'ici. Elle s'était transformée si vite. C'était effrayant. Allais-je un jour devenir comme elle, moi aussi ? Était-ce la vie à laquelle mon chat m'avait condamnée en me choisissant pour familier ?

Cherchant à sortir vite de là, je renversai mon sac sur le côté avec mon talon, essayant de faire semblant que c'était un accident au cas où j'étais observée. Puis je me penchai et je récupérai mon sac en prenant soin de pousser le carnet aussi loin que possible sous le canapé.

Satisfaite de mon travail, je ramenai mon verre toujours plein à la cuisine et je le vidai dans l'évier, puis je sortis dans le jardin et je filai vers ma voiture.

C'était raté pour la diplomatie.

Quel que soit le problème entre nos chats, les deux félins allaient simplement devoir trouver un moyen de se débrouiller.

14

Je songeai à mon étrange rencontre avec Virginia pendant tout le trajet de retour à la maison. Comment elle s'était transformée en un clin d'œil, passant d'agréable à effrayante. Merlin avait dit que les familiers eux-mêmes ne possédaient pas de pouvoirs magiques, mais le changement de personnalité de Virginia m'avait paru totalement surnaturel. Avait-elle été ensorcelée par Luna ?

Et, surtout, Merlin allait-il me faire quelque chose de similaire ?

Ça ne me plaisait pas du tout. Était-ce trop tard pour lui dire « merci, mais non merci » et le laisser trouver quelqu'un de mieux adapté à toute une vie de servitude magique ?

J'avais l'impression que peu importe où j'allais, Merlin allait me trouver et me ramener. Et en dehors d'être un peu impoli, il ne m'avait pas fait le moindre mal. En fait, il avait promis de me protéger, du moins en ce qui concernait l'enquête sur l'assassinat de Harold.

Quoi qu'il en soit, lui et moi devions avoir une longue discussion avant qu'il exige autre chose de ma part. La leçon numéro deux stipulait que je devais lui faire confiance, mais il devait lui aussi me faire confiance. Et il devait me donner une espèce de manuel sur ma nouvelle vie afin que je puisse m'y adapter.

Oui, nous allions avoir une longue discussion... si j'arrivais à le trouver. J'inspirai profondément et j'ouvris la porte de ma maison, prête pour une conversation à cœur ouvert.

Mais je ne trouvai pas Merlin.

À la place, la maison avait été retournée de fond en comble pendant ma brève visite chez Virginia. J'étais seulement partie une demi-heure, maximum, mais les coussins avaient été arrachés du canapé, les chaises retournées, et tout le tintouin.

En réfléchissant à toute vitesse, j'attrapai un balai dans le placard de l'entrée et j'avançai plus loin dans ma maison en le levant comme une batte de base-ball.

— Qui est là ? criai-je en regardant tout autour de moi.

Qui pouvait bien me cambrioler en plein jour ? Et pourquoi ? Je n'avais rien d'intéressant.

Le balai vola soudain de mes mains et fit demi-tour pour me coincer contre le mur.

— Où est-il ? demanda un long chat blanc en s'avançant vers moi sans un bruit. *Luna.*

— Laisse-moi partir, criai-je en luttant contre le balai, mais la magie de Luna était plus forte que mes muscles.

— Pas tant que tu ne me diras pas où il est !

Elle s'arrêta à une trentaine de centimètres de moi et sortit les griffes.

— Dis-le-moi tout de suite !

Je pouvais jouer les ignorantes et faire comme si je ne savais pas de quoi elle parlait, mais il semblait plus facile de céder à ses demandes.

— Le carnet ? demandai-je.

Ses yeux verts et brillants s'écarquillèrent.

— Tu admets donc le vol ?

— J'avoue que je l'ai pris, mais je l'ai également ramené tout de suite. Je suis désolée.

— Tu n'as pas idée de ce que tu as fait. Des problèmes que tu as causés.

— Encore une fois, je suis vraiment désolée. Laisse-moi partir, s'il te plaît ? suppliai-je faiblement.

— Non, me dit-elle avec un grognement bestial. Tu as commencé ça et c'est toi qui le termineras.

Le balai tomba et je trébuchai en avant. Dès que je fus libérée, une de mes chaises en bois me frappa par-derrière. Je retombai en position assise, puis le balai m'appuya contre la chaise, me maintenant en place.

— S'il te plaît...

Je pleurais pour de bon, maintenant.

— Je n'ai jamais demandé à devenir le familier de Merlin. Je n'ai jamais demandé tout ça.

— Tu vas venir avec moi, dit Luna avant de cligner des

paupières une fois, deux fois…

Et nous étions de retour chez elle.

— Vas-tu me tuer maintenant ?

— Où est le carnet ? siffla Luna en ignorant ma question désespérée.

— Sous le c-c-canapé, bafouillai-je en ne voyant pas l'utilité de mentir.

La chatte courut sous le canapé, puis elle en ressortit avec le carnet dans la gueule.

Je restai coincée sur la chaise, uniquement capable de la regarder faire planer le livre jusqu'à la table basse et feuilleter les pages.

Ayant apparemment trouvé ce qu'elle cherchait, elle sourit, cligna des paupières et nous ramena dans le jardin derrière sa maison. Puis elle s'approcha d'un vieux puits en pierre en me traînant avec elle par magie.

— Que fais-tu ? grognai-je.

— Ceci ne te regarde pas.

Luna sauta sur mes genoux et ramassa quelque chose sur mon pantalon qu'elle jeta dans le puits.

Ensuite elle revint en courant et mordit mes cheveux, repartit vers le puits et cracha dedans.

— Est-ce ton chaudron ? devinai-je.

— Ah, il t'a donc au moins appris quelque chose. Mais pas suffisamment pour t'empêcher de faire exactement ce que je voulais.

— Quoi ? Je ne comprends pas.

— Bien, ton patron ne le verra pas non plus venir, dans ce cas.

— Que complotes-tu ?

— Rien qui te regarde. Je répare juste une injustice, dit-elle en traversant son jardin pour cueillir des feuilles et des pétales qu'elle jeta dans le puits.

Je la regardai travailler pendant au moins vingt minutes, mais rien de ce que je dis ne put la convaincre de me révéler autre chose. Peu de temps après, une petite bouffée de fumée scintillante couleur émeraude émergea du puits et Luna eut un rire de petite fille plutôt qu'un rire de méchante sorcière.

— C'est parfait, s'exclama-t-elle. Maintenant, rentre chez toi et mélange ça au bol d'eau de ton maître.

Elle poussa une bouteille en plastique vide dans le puits avec sa patte. Quand elle la fit remonter par magie, elle contenait une petite quantité de liquide. Pas plus d'un centimètre de hauteur.

— Je ne le ferai pas, dis-je en luttant encore contre le balai et la chaise.

Luna rit quand le balai s'écarta brusquement et que la chaise s'effrita en un tas de sciure.

— Le plus drôle, c'est que tu n'as pas le choix. Et tu ne pourras pas non plus l'avertir. C'est prévu par le sortilège.

— C'est pour cela que tu as pris mes cheveux !

— Oui. Et les siens. J'ai de la chance qu'il perde autant ses poils et qu'il ne sache pas résister à des genoux chauds, hein ?

— Je ne sais pas ce que tu as prévu, mais tu ne t'en sortiras pas comme ça.

— C'est déjà fait, dit Luna avec un sourire narquois.

Elle cligna des paupières une fois, puis deux…

Et je fus de retour chez moi avec la bouteille d'eau serrée dans la main. Avant de pouvoir m'en empêcher, je versai son contenu dans le bol de Merlin. Ensuite, le contenant en plastique s'évanouit dans les airs et disparut complètement.

Non, non, non! Je luttai pour attraper son bol, mais quelque chose me retint. Je ne pouvais pas mettre un terme à ce que Luna avait prévu et je ne trouvais pas Merlin pour qu'il garde un œil sur la situation.

Que faire maintenant ?

15

Je dus m'endormir, car un peu plus tard, le soleil s'était faufilé entre les stores de ma chambre et il brillait directement dans mes yeux.

Merlin sauta sur ma poitrine et frôla mon visage avec sa queue touffue.

— Tu dors beaucoup pour une humaine. Es-tu certain de ne pas être un peu chat ? plaisanta-t-il.

Un sourire ironique s'étira entre ses moustaches blanches.

Et c'est alors que tout me revint : Luna, la potion, mon rôle dans tout cela.

— Merlin ! criai-je en le serrant contre moi. Tu vas bien !

Il lutta pour s'échapper de mon emprise, puis il bondit hors d'atteinte en me regardant comme si j'étais folle.

— Bien sûr que je vais bien. Pourquoi n'irais-je pas bien ?

Son pelage tressaillit sous l'effet de spasmes étranges dans son dos, un signe évident que j'avais franchi les limites en le serrant dans mes bras.

— Parce que je... commençai-je, mais ma phrase fut brutalement interrompue.

— Eh bien, hier... essayai-je encore. L...

Chaque fois que j'essayais de parler, j'étais rendue muette au milieu de ma phrase.

— Tu es bizarre, dit mon chat en aplatissant les oreilles.

Et il avait raison, j'étais bizarre. Je ne savais pas non plus comment m'arrêter. Peut-être que si j'essayais de parler d'autre chose...

— Veux-tu petit-déjeuner ? demandai-je d'un ton décontracté.

Je pus effectivement le dire sans être rendue muette par magie. Je ne savais pas ce que Luna avait mis dans son sortilège, mais il me semblait impossible de le contourner.

Peut-être qu'avec plus de connaissances ou de conseils, j'allais pouvoir trouver un moyen... mais seul Merlin pouvait me donner les réponses et je n'étais même pas capable de lui poser les bonnes questions.

— Oui, je veux petit-déjeuner. As-tu besoin de poser la question ?

Merlin sauta du lit et se faufila hors de la chambre.

Je le suivis, rongée par l'inquiétude.

Dans la cuisine, je découvris que son bol d'eau avait été entièrement vidé. Je voulais lui demander comment il se sentait après avoir bu la potion de Luna, mais c'était impossible. Je me contentai donc de secouer la tête et je remplis le bol au robinet.

— Vas-tu aller travailler aujourd'hui? demanda Merlin lorsque j'ouvris une boîte de pâté et que j'en déposai le contenu dans son bol.

— Pas aujourd'hui.

— Bien. Nous pourrons continuer ton entraînement.

Ayant dit ce qu'il avait à dire, Merlin reporta son attention sur son petit-déjeuner.

Attendre le déclenchement du sort de Luna fut un calvaire. J'étais ravie que tout paraisse normal jusqu'ici, mais attendre le pire m'empêchait de me concentrer sur autre chose.

— Ne vas-tu pas faire du café? me demanda Merlin un peu plus tard.

Je jetai un coup d'œil à son bol et je vis qu'il avait déjà fini son petit-déjeuner. Waouh, je devais être restée perdue dans mes pensées pendant plusieurs minutes.

— Oui, le café, dis-je comme un zombie en m'avançant vers la Keurig pour me préparer de l'énergie liquide.

— Leçon numéro trois, annonça Merlin depuis l'endroit qu'il occupait sur le sol en lino de la cuisine. Dans tout ce que tu fais, tu me représentes. Si tu fais quelque chose de bien, je recevrai les compliments. Si tu fais quelque chose de mal, je recevrai la punition.

— Pourquoi me dis-tu ça? demandai-je nerveusement.

Il me fixa sans cligner des paupières, sans même bouger tout court.

— Afin que tu ne fasses pas de bêtises.

Je déglutis. J'avais déjà fait une bêtise, et une grosse, mais je n'avais aucun moyen de le lui dire. Zut.

— Tu n'as pas de pouvoirs magiques, continua-t-il sans remarquer mon conflit interne. Mais tu es un réservoir. Un peu comme un chaudron qui vit et qui respire. Ta présence amplifie ma magie. Plus nous passons de temps ensemble, plus ma magie va se lier à toi. Tu ne peux pas l'utiliser pour toi-même. Seulement la contenir pour mon usage ultérieur.

Ceci était une grande révélation, bien trop grande pour que je la comprenne avant le café.

Merlin sauta sur le comptoir et étudia mon visage.

— En fait, il semblerait que tu en as déjà récolté une partie.

— Quoi ? dis-je d'une voix rauque un posant mes doigts sur mon visage.

Mon chat fit un sourire en coin.

— Tes yeux.

— Que se passe-t-il avec mes yeux ?

— Arrête de paniquer et va jeter un coup d'œil.

Je marchai vers la salle de bains et j'allumai la lampe. Au lieu de leur couleur marron sombre habituelle, mes yeux étaient maintenant d'un profond vert forêt.

— Vert ! criai-je, incapable de croire l'image qui flottait devant moi. Pourquoi mes yeux sont-ils verts ?

— Eh bien, c'est facile, expliqua Merlin en apparaissant dans le couloir devant la salle de bains. Les yeux sont le miroir de l'âme. La couleur verte est la couleur de la magie. Maintenant que tu es magique, ton âme est teintée de vert.

— Tu as dit que je n'étais pas magique, argumentai-je d'un air abattu.

C'était vraiment difficile de croire tout ce qu'il disait alors qu'une grande partie me semblait contradictoire.

Merlin bâilla et s'étira comme s'il faisait du yoga.

— Tu n'as pas de *pouvoirs magiques*. Mais tu es magique. C'est une distinction subtile, mais tu finiras par la comprendre, assura-t-il.

Soit Merlin avait foi en moi, soit il était trop entêté pour avouer qu'il s'était trompé en me choisissant pour familier. Et à ce moment précis, je me moquais de savoir ce qu'il en était.

Argh. Pourquoi ma vie était-elle ainsi ?

16

J'espérais toujours parler de Luna avec Merlin, mais les liens magiques me bloquaient chaque fois que j'y pensais un peu trop fort.

Pour éviter de complètement perdre mon temps, je décidai de lui poser une question dans un domaine plus sûr : l'enquête pour meurtre en cours.

— Merlin? demandai-je pendant que ma deuxième tasse de café se remplissait. Peux-tu utiliser la magie pour découvrir qui a tué Harold?

Il réfléchit un moment en se déplaçant pour suivre le rayon de soleil qui avait lentement commencé à migrer à travers le salon.

— Éventuellement. Mais il me faudrait voir son corps.

Je frissonnai.

— Faisons du cambriolage de la morgue notre plan B, suggérai-je en serrant les bras autour de moi.

— Comme tu voudras, répondit Merlin avant de fermer les yeux en ronronnant. Si tu as besoin de moi, tu sais où me trouver.

Oui, pour le moment, du moins. Je n'avais jamais été très perturbée par ses allées et venues permanentes. Mais maintenant ? Chaque fois que nous étions séparés, nous courions le risque que l'un de nous se fasse enlever.

Oh, si seulement je pouvais le prévenir !

Je savais qu'il n'était que récemment devenu sorcier à part entière... ce qui selon lui n'arrivait que lorsqu'un chat prenait officiellement un familier. Malgré tout, sa nonchalance pouvait nous mettre tous les deux en danger. De mon côté, je débutais dans toute cette histoire de pouvoirs magiques, ce qui signifiait qu'il n'avait aucune raison de m'écouter si j'exigeais une meilleure protection.

Et comme je ne pouvais pas expliquer pourquoi j'avais besoin de cette protection, nous étions coincés tous les deux.

Je soupirai et j'ajoutai du lait dans ma nouvelle tasse de café, puis je touillai en organisant mentalement ce que je pensais déjà savoir sur la mort de mon patron. Il allait être plus facile de me concentrer sur mes problèmes magiques si je me débarrassais des ennuis plus ordinaires.

Évidemment, je n'avais jamais discuté avec Harold en dehors du travail, et il était parfaitement probable qu'un scandale de sa vie personnelle ait conduit à ce décès forcé. Cependant, comme je risquais ma peau, il était logique que je tienne au moins compte des indices que j'avais rassemblés.

Tout d'abord, sa fille Kelley perdue de vue avait récemment

réapparu dans sa vie. Et la mère de Kelley avait essayé d'empêcher ces retrouvailles. Kelley était également présente quand Harold avait poussé son dernier soupir, mais elle était trop perturbée pour être envisagée comme une suspecte.

Drake avait aussi été là. À vrai dire, je ne l'avais pas vu depuis. Était-il possible qu'il déteste tellement notre patron qu'il lui avait administré un poison ?

J'allais vraiment devoir me pencher là-dessus plus tard.

Le café avait été pratiquement vide en dehors de nous trois et Harold. Une seule cliente était assise dans un coin à boire son café et elle était partie dès qu'on le lui avait demandé.

Mmm.

Un autre élément à prendre en compte était que le poison pouvait m'être destiné, et que Harold était simplement un dommage collatéral. Plus j'y réfléchissais, plus je craignais que ce soit vrai. Je venais d'être témoin de la magie de Merlin pour la première fois quand je m'étais pressée de partir au travail. Cela avait été un test, m'avait-il dit, pour voir si j'étais prête à lui servir de familier. Plus tard ce soir-là, il s'était révélé à moi.

Je savais déjà que Luna était son ennemie et qu'elle vivait près de chez nous. Elle était aussi assez folle pour m'enlever et concocter une espèce de potion vaudoue, qu'elle m'avait forcé à donner à mon chat la veille.

Était-ce parce que sa première tentative de m'atteindre avait échoué quand Harold avait pris le poison à ma place ?

L'agent Dash avait mentionné un rapport de toxicologie mais

n'avait jamais révélé les résultats. Avait-il abouti à quelque chose ? Étions-nous certains d'avoir affaire à du poison ? Ou bien s'agissait-il d'une forme de magie ?

Tant de questions et personne à qui les poser. Si je faisais attention à ma façon de parler avec Merlin, je pouvais sans doute indirectement comprendre des choses sur Luna. Je terminai mon café et je m'installai à côté de lui sur le tapis du salon.

— As-tu la moindre idée de qui pourrait avoir tué Harold ? lui demandai-je doucement.

Merlin garda les yeux fermés, mais ses moustaches s'agitèrent, indiquant qu'il avait entendu ma question mais qu'elle ne lui plaisait pas beaucoup.

— Veux-tu pénétrer dans la morgue ?

Je frissonnai à cette idée.

— Peux-tu y aller sans moi ? demandai-je en préférant de loin cette possibilité. Tu te téléportes là-bas, tu jettes un coup d'œil et tu reviens.

— Je le pourrais, dit-il en entrouvrant un œil pour me regarder. Sauf que je ne sais pas le reconnaître.

Crotte. Je ne voulais pas du tout avoir à chercher parmi un tas de cadavres, mais je ne voulais pas non plus aller en prison. Pouvais-je surmonter mes réticences ?

— As-tu une photo ? demanda Merlin en roulant sur le ventre et en se levant sur quatre pattes tremblantes.

Oh, une photo. C'était malin ! Pourquoi n'y avais-je pas pensé ?

— Laisse-moi chercher sur la page Facebook du café. Je suis

certaine qu'il y a au moins une image utilisable là-dessus, lui dis-je avant de partir à la recherche de ma tablette.

Pourquoi n'avions-nous pas pensé plus tôt à cette possibilité ?

Enfin, je supposai qu'il valait mieux tard que jamais...

17

Il ne me fallut pas longtemps pour trouver une photo nette de Harold sur la page Facebook de l'entreprise. Même si la Maison du Café de Harold n'avait que quelques commentaires positifs, son ancien patron ne ratait pas une occasion de se mettre devant la caméra et de montrer à tout le monde comme il se trouvait important.

— Ça fera l'affaire, m'informa Merlin quand je lui montrai l'image. Je ne peux pas me téléporter directement dans la morgue, alors cette petite mission pourrait me prendre un moment.

— Pourquoi ne le peux-tu pas ? demandai-je, mal à l'aise à l'idée d'être loin de lui — et de ses protections magiques — pendant un certain temps.

— Pour la même raison que je nous ai conduits devant la maison de Luna, puis téléportés à travers la fenêtre. Si tu vas dans un endroit que tu ne peux pas voir et que tu ne connais pas bien, tu risques d'être coincé dans un mur ou une autre situation précaire de ce genre, expliqua le sorcier novice.

— Ah, dis-je bêtement.

— Leçon numéro quatre. La magie est bien plus difficile à maîtriser qu'elle n'y paraît, annonça-t-il avant de faire craquer son cou d'un côté et de l'autre.

— Je commence à le voir.

Quelqu'un frappa à la porte d'entrée et j'y jetai un bref coup d'œil. Quand je me retournai vers Merlin, celui-ci avait déjà disparu.

Je poussai un grognement et je partis découvrir ce que voulait l'agent Dash. Parce que oui, je savais déjà que c'était elle. Elle m'avait si souvent ennuyée au cours des derniers jours, que je reconnaissais facilement sa façon distinctive de frapper à la porte.

Boum. Boum. Tap, tap, tap. BOUM !

J'ouvris la porte en grand, me rappelant que si elle ne se comportait pas de façon plus professionnelle, j'allais faire le trajet jusqu'au poste pour déposer une plainte. Cela me réconforta un peu lorsque je me trouvai nez à nez avec la personne que j'aimais le moins de toute la planète.

— Le rapport de toxicologie est arrivé, m'informa l'agent Dash en passant un doigt dans la boucle de sa ceinture.

Je croisai les bras et je restai plantée dans l'entrée, lui empêchant l'accès de ma maison.

— Et alors ?

L'agent Dash passa l'autre pouce dans la boucle de sa ceinture et se balança sur les talons.

— De l'antigel. Ce n'est pas quelque chose dont la plupart des gens ont besoin pour passer l'été à Elderberry Heights. Dites, vous venez du Nord, n'est-ce pas ?

— Du Michigan, parvins-je à répondre, l'estomac noué. Où voulez-vous en venir ?

— Et c'est votre voiture dans l'allée ?

— Oui.

Je n'aimais pas du tout la direction que prenait cette discussion.

— Ah, dit simplement la policière.

— Allez. Vous ne pouvez pas sincèrement penser que cela prouve quoi que ce soit ! L'antigel est disponible partout. Même ici en Géorgie du Sud, j'en suis sûre.

Elle sortit alors son stupide carnet.

— *D'accord. D'accord.* Et comment le savez-vous ?

— Je n'ai pas tué Harold, dis-je en grinçant des dents.

— Mais bien sûr, rétorqua-t-elle en souriant. Je vais revenir avec un mandat de perquisition. Oh, et je ne quitterais pas la ville, si j'étais vous.

Fantastique.

Je claquai la porte dès que l'agent Dash s'était éloigné d'un pas léger. Elle ressemblait à une gamine sur le point de mettre la main dans le pot de confiture, si heureuse de ce qu'elle allait manger qu'elle ne voyait rien d'autre… Comme le fait que je n'étais pas coupable !

Mon téléphone vibra dans ma poche. Je le sortis et je découvris un nouveau texto de Kelley.

J'ai dit à ma mère que j'allais te rejoindre pour le déjeuner. Elle a insisté pour m'accompagner.

Bon. La mère de Kelley était maintenant en ville et elle lui causait des ennuis.

Où ? lui envoyai-je.

Le BBQ Shack à midi.

Je serai là.

Je pensais toujours que l'agent Dash se raccrochait à n'importe quoi, mais si sa théorie de l'antigel s'avérait juste, alors je connaissais au moins une autre suspecte potentielle qui venait d'un climat plus froid.

Et j'étais sur le point de déjeuner avec elle.

18

Malgré mes grands espoirs, Merlin ne revint pas avant mon départ pour le déjeuner improvisé. J'aurais aimé pouvoir le rappeler maintenant que l'agent Dash m'avait informé de la cause exacte de la mort, mais je n'avais malheureusement aucun moyen de le contacter.

Je supposais qu'il allait le découvrir assez vite. Et je pouvais être un peu rassurée par le fait que notre pauvre Harold n'avait pas été tué par la magie.

J'appliquai mon maquillage normal pour sortir. Puis, détestant ce que je vis, je nettoyai tout. Le fard à paupières bleu électrique que je portais d'habitude pour souligner mes yeux marron foncé me donnait un air de clown quand je l'associais avec mes nouveaux iris vert forêt. À ma longue liste de choses à faire, j'allais devoir ajouter un passage au rayon beauté du supermarché pour trouver un maquillage plus adapté… ou bien je pouvais simplement m'habituer à me promener sans maquillage.

Ha ha, mais bien sûr. Je n'avais pas beaucoup de rides ou de boutons à cacher, mais le simple geste d'appliquer mes gloss et mes fards quotidiens me donnait une forme de courage. Savoir que j'étais apprêtée m'aidait à supporter la journée. Je n'avais jamais été d'une grande beauté, mais j'aimais montrer que je me souciais de mon apparence et donc de moi-même. C'était une routine que ma mère m'avait apprise alors que j'étais encore assez jeune. Je me souvenais avec tendresse des matinées de collège où nous appliquions notre fond de teint et notre blush, côte à côte devant l'énorme miroir de la salle de bains.

Je souris en pensant à ma mère, là-bas dans le Michigan. Dès la fin officielle de cette enquête, j'allais devoir lui passer un coup de fil pour avoir des nouvelles. Malheureusement, si je l'appelais plus tôt, elle percevrait immédiatement mes tentatives pour dissimuler mon angoisse.

J'allais donc devoir attendre.

Avec toutes les discussions au sujet de Harold et les non-discussions au sujet de Luna, je n'avais pas réussi à manger mon petit-déjeuner. Quand j'atteignis le restaurant, mon estomac commença donc à chanter un air triste sur sa négligence, un grognement et un gargouillis après l'autre.

Le BBQ Shack était une sorte de légende locale et il fallait souvent attendre longtemps avant de pouvoir s'asseoir. Je n'y avais encore jamais mangé, mais dès que j'entrai et que je sentis les odeurs sucrées et acidulées du barbecue, ma bouche se mit à saliver.

Kelley était déjà assise à une table vers l'avant et elle me fit signe de la rejoindre. Elle se leva à mon arrivée et elle me présenta à sa mère, une femme à l'air austère qui était si fine que ses joues semblaient creusées.

— Gracie, voici ma mère. Maman, Gracie.

La mère de Kelley resta assise, mais elle me serra mollement la main. Je ne savais pas si elle ne me plaisait pas ou si je réagissais mal parce que je pensais qu'elle ne m'aimait pas. Quoi qu'il en soit, je me sentis immédiatement très mal à l'aise. Le seul côté positif était que les festivités bruyantes des autres clients suffisaient à noyer les chants de mon estomac.

Personne ne dit rien jusqu'à ce qu'une serveuse vienne prendre ma commande de boisson. Kelley et sa mère s'étaient déjà installées avec des thés glacés Arnold Palmer, alors je commandai la même chose.

Quand il devint évident que Kelley ne savait toujours pas quoi dire et que sa mère n'avait aucune envie de démarrer une conversation, je croisai les mains devant moi et je m'en chargeai.

— Alors, que pensez-vous d'Elderberry Heights, madame… ?

Mince, je ne connaissais même pas le nom de famille de Kelley.

— Carmine, me dit mon amie avec un sourire pincé.

— Et c'est mademoiselle, si vous voulez bien. Je ne me suis jamais mariée après qu'un certain petit-ami m'a dégoûtée pour toujours de l'amour et du mariage.

Elle renifla et attrapa le petit panier en fil de fer grillagé abritant des paquets de sucres multicolores et des édulcorants.

— Maman, gémit Kelley en frappant les pieds de sa chaise avec les talons, faisant vibrer la table. Tu as promis de ne plus parler de papa.

— Eh bien, ce n'est pas de ma faute, c'est ton amie qui a abordé le sujet. Et aussi, ne l'appelle pas « papa ». Cet homme n'a jamais été un père pour toi.

— Je n'ai pas... je veux dire, je suis désolée si...

— Non, non. Ne t'excuse pas, me dit gentiment Kelley avant de tourner la tête pour jeter un regard noir à sa mère. Arrête de lui casser du sucre sur le dos. Je sais que ce qui est arrivé entre vous n'était pas fabuleux, mais cet homme est mort. Lâche l'affaire.

Mademoiselle Carmine ricana avant de vider deux sachets de Splenda dans sa boisson froide, prenant soin de touiller vigoureusement avec sa paille.

Comme la situation était déjà tendue, je décidai de me renseigner un peu.

— Qu'est-il donc arrivé entre vous ?

Kelley écarquilla les yeux et se renfrogna, mais elle ne dit rien. Son visage était largement assez expressif : je l'avais trahie de la pire des manières.

Je détestais avoir blessé ma nouvelle amie, mais je pouvais m'en excuser plus tard. Elle allait me remercier si j'aidais à conduire l'assassin de son père devant la justice... même si cet assassin s'avérait être sa propre mère.

— Que s'est-il passé entre nous? répéta mademoiselle Carmine d'une voix aiguë et agitée. Que s'est-il passé entre nous?

Kelley posa une main sur l'épaule de sa mère et articula silencieusement quelque chose que je ne pus pas déchiffrer.

— La vieille histoire habituelle d'une fille qui aime un garçon, d'un garçon qui trompe la fille, et d'une vie malheureuse pour toujours, me dit-elle avant de lever un bras et de crier : Serveuse! Je pense que nous sommes prêtes à passer commande.

— Il ne m'a pas simplement trompée, aboya mademoiselle Carmine. Il l'a fait avec ma colocataire qui était aussi ma meilleure amie. Je n'avais pas d'endroit où aller, alors j'ai quitté la ville. Je me suis juré que s'il remettait les pieds chez moi, j'allais l'étrangler de mes propres mains.

— Maman! cria Kelley en se levant d'un bond. Ça suffit!

Mademoiselle Carmine continua à siroter son thé en silence. Je dus lui accorder le mérite d'être de bien meilleure humeur pendant le reste de notre repas, après avoir dit ce qu'elle avait à dire.

Et pendant tout le repas et nos bavardages banals, je n'arrêtais pas de me demander : la mère de Kelley venait-elle d'avouer le meurtre de Harold?

Et si c'était le cas, que devais-je faire?

19

Quand je rentrai à la maison après ma sortie pour déjeuner, je trouvai mon chat qui m'attendait devant la porte d'entrée.

— Où étais-tu ? demanda-t-il en agitant la queue d'un air fâché.

— Il est arrivé quelque chose et j'ai dû aller aider une amie, expliquai-je en traversant la pièce et en me laissant tomber sur le canapé.

— Tu as une odeur de sauce barbecue, m'accusa Merlin.

Il fronça le nez d'un air mécontent.

— Pour l'aider, il fallait que je l'emmène à déjeuner. Mais ce n'est pas ce qui est important ici.

Je me penchai en avant et je joignis les bouts de mes doigts avant de révéler :

— Je pense savoir qui a tué Harold.

Merlin sauta sur le canapé à côté de moi et m'autorisa à passer les doigts dans son pelage épais.

— Tu as donc tout compris ? Raconte-moi ça, alors.

— C'était mademoiselle Carmine. Elle est la mère de l'une des autres baristas, Kelley. Et Harold était le père de Kelley. Je peux te dire qu'ils ne s'appréciaient pas. Si l'on ajoute à ça le fait que Harold a été empoisonné par de l'antigel et que l'agent Dash est convaincu que quelqu'un d'un autre État a commis le crime, et le fait qu'elle a plus ou moins avoué pendant le déjeuner, tu as ta réponse.

— C'est intéressant, dit Merlin à côté de moi. À cent pour cent faux, mais intéressant quand même.

— Faux ?

Abattue, je retirai ma main.

— Pourquoi penses-tu ça ? J'ai déjà beaucoup réfléchi et la coupable est vraiment mademoiselle Carmine.

— Ce n'est pas simplement que je *pense* que tu as tort. Je le sais.

Il se redressa et bomba son torse poilu.

— Je viens de rendre une visite à ton vieil ami Harold, et je peux dire avec une certitude absolue qu'il a été empoisonné par une potion magique. Pas par… qu'as-tu dit ? De l'antigel ?

Il gloussa doucement et secoua la tête.

— Mais l'agent Dash a dit…

— L'agent Dash a menti, dit-il simplement.

Non, ça n'avait aucun sens, et j'allais le lui dire s'il voulait bien me laisser finir une phrase.

— Pourquoi une policière mentirait-elle ?

Merlin pencha la tête, consterné, les oreilles en arrière.

— C'est une bonne question. Tu ne peux pas vraiment le lui demander. Elle mentirait encore.

— Je vais au poste de police, dis-je en m'approchant de la porte. Quelque chose cloche.

— Je t'accompagne, insista-t-il.

— Allons-nous nous téléporter ? Parce que le poste de police se trouve dans une rue assez fréquentée. Quelqu'un nous verra.

Merlin sauta du canapé puis se tourna vers moi.

— Vas-y en voiture. Je te rejoindrai là-bas. J'ai d'abord des choses à faire avec mon chaudron.

— Que vas-tu faire ? Ne pouvons-nous pas y aller ensemble ? Je me sentirais plus en sécurité si tu étais avec moi.

J'étais dans un bien triste état si l'on considérait que j'avais besoin de la compagnie de mon chat pour être en sécurité.

Malgré mes suppliques, il ne céda pas.

— Je suis un chat, Gracie. Les chats n'aiment pas les voitures. De plus, je serai déjà au poste à t'attendre quand tu arriveras. J'ai simplement besoin de quelques minutes pour mélanger une potion de vérité. Comme je suis un sorcier du ciel, je peux l'administrer par les airs. Tout ce que ton agent… qui est-ce déjà ? Nash ?

— Dash, rectifiai-je. C'est celle qui a la mauvaise attitude et l'air renfrogné permanent, tu t'en souviens ?

Il grimaça alors en montrant une canine blanche.

— Dash, d'accord. Mais comment pourrais-je m'en souvenir alors que je ne l'ai pas encore rencontrée ?

— Elle est déjà venue ici deux fois en moins de vingt-quatre heures. Comment se fait-il que tu n'aies pas été là lors d'une de ses petites visites ?

— Je ne sais pas, mais ne t'inquiète pas trop pour ça. Ma potion de vérité sera un gaz plutôt qu'un liquide. Il suffit que je l'expire et qu'elle le respire pour qu'elle tombe sous le sortilège. Nous saurons tout en l'espace de quelques minutes.

— Super, parce que j'en ai déjà plus qu'assez de cette enquête.

Merlin secoua la tête.

— Nous devons encore t'endurcir. Tu auras affaire à des choses bien pires dans ton rôle de familier.

Je levai les yeux au ciel.

— Oh, super. Il me tarde.

Il était évident que Merlin n'appréciait pas mon comportement, mais ça ne m'empêchait pas de me sentir épuisée, effrayée, et de très méchante humeur.

— Arrête tes sarcasmes. Ce n'est pas très seyant pour un familier, siffla-t-il.

— Je suis plus qu'un simple familier. Je suis une personne également, lui rappelai-je, sans vraiment savoir ce qui me prenait.

Je suppose que j'avais des choses à dire, des questions qui étaient restées sans réponse trop longtemps, alors que ça ne faisait pas très longtemps du tout.

— Pourquoi m'as-tu choisie ? lâchai-je.

Merlin se tourna pour me fixer. Il cligna lentement des paupières, puis il s'arrêta.

— Je ne t'ai pas choisie, Gracie. J'ai choisi ta grand-mère. Souviens-toi que j'étais déjà ici quand tu es arrivée.

— Alors, c'est elle que tu voulais, et pas moi. D'accord, je suis juste une grosse erreur, râlai-je.

Son aveu me vexait bien plus que prévu.

— Un accident, oui. Une erreur, non. Je t'ai observée pendant des mois avant de me révéler. Je devais être absolument certain de mon choix, confessa-t-il doucement. Je n'avais pas prévu que ce soit toi, mais j'en suis très content.

Je hasardai un sourire.

— Vraiment ?

— Vraiment. Maintenant, ça suffit les mièvreries.

Il s'avança vers la porte et s'arrêta devant la chatière.

— Nous devons nous concentrer sur la tâche qui nous attend. Je veux que tu roules tout droit vers le poste de police. Pas d'arrêt pipi ou de détours. Tu y vas tout droit, et je t'y attendrai avec la potion de vérité. Nous entrerons ensemble.

— Oui, patron, dis-je en hochant la tête.

Notre courte discussion m'avait donné l'impression d'avoir à nouveau une utilité. Merlin ne m'avait pas choisie au départ, mais il me choisissait maintenant.

Et apparemment, c'était important.

Avec son soutien et ses encouragements, tout allait bien se passer. Et grâce au plan qu'il avait préparé, nous allions effacer mon nom de la liste des suspects en l'espace de quelques minutes.

Tout allait bien se passer…

En partie parce que je n'avais pas vraiment d'autre choix.

20

Merlin et moi sortîmes de la maison. Il se dirigea vers le jardin pour travailler avec son chaudron pour oiseaux, et je montai dans ma voiture avant de sortir de l'allée en marche arrière. Il allait me falloir environ cinq minutes pour atteindre le poste de police, ce qui signifiait que j'avais très peu de temps pour faire le tri dans mes pensées.

D'après Merlin, l'agent Dash m'avait menti au sujet du poison ayant tué Harold. Mais pourquoi ? La réponse simple était sans doute que le médecin légiste ne pouvait pas détecter la présence de magie et pensait réellement que le problème venait de l'antigel.

Mais j'avais l'intuition que ce n'était pas tout à fait correct.

L'agent Dash m'avait-elle volontairement menti pour voir ma réaction ? Mais si elle avait volontairement menti, était-ce parce qu'elle savait que la magie était responsable ? Ou bien devait-elle encore apprendre quoi que ce soit de probant de la part de l'équipe médicale ?

Une fois de plus, je me perdis dans la mer agitée de mes pensées. J'étais si perdue, en fait, que j'oubliai de faire attention aux panneaux de circulation. Je passai sans m'arrêter devant un panneau stop à un croisement calme qui conduisait hors de mon quartier, ne le remarquant qu'une fois qu'il était trop tard pour freiner.

Crotte. Il fallait vraiment que j'arrête de me laisser emporter par mes pensées et que je fasse plus attention à la circulation. Tout irait mieux après ce rapide trajet au poste de police. J'allais peut-être commencer à me garer sur le côté quand le besoin de réfléchir devenait trop pressant.

Oui, je serais ainsi moins dangereuse pour moi et pour les autres. Et pourtant...

Apparemment, je me promis cela trop tard, car une voiture de patrouille s'engagea sur la route derrière moi et alluma sa sirène.

Non, non, non !

Oui, j'avais été prise sur le fait et je méritais d'être punie. J'allais trouver un moyen de payer l'amende. Pour l'instant, j'étais surtout inquiète de mon retard pour rejoindre Merlin au poste de police. Avec un peu de chance, cette contravention de routine n'allait pas ajouter trop de temps à mon trajet. Et oui, Merlin serait peut-être furieux d'avoir dû attendre quelques minutes supplémentaires, mais ce n'était pas comme si je pouvais fuir la police, d'autant plus que je me dirigeais tout droit vers leur QG, de toute façon.

Je poussai un grognement et je me garai sur le côté de la route. La voiture de patrouille se gara derrière moi et dans mon rétroviseur, je vis l'agent en uniforme sortir et claquer la portière de sa voiture.

L'agent Dash en personne.

Double crotte.

Elle me fit signe de baisser ma vitre et j'obéis immédiatement.

— Tiens, tiens, tiens, dit-elle en gloussant. Vous avez du mal à rester loin des problèmes, n'est-ce pas Springs ?

— Je suis désolée, murmurai-je, détestant la situation... la détestant énormément.

— Permis, carte grise et assurance, s'il vous plaît, aboya-t-elle, tout à son travail.

Je passai lentement la main dans la boîte à gants et j'attrapai les documents nécessaires, puis je sortis mon permis de mon sac et je lui tendis également.

— Je reviens tout de suite, me dit l'agent Dash.

Je regardai droit devant moi en attendant qu'elle vérifie mes papiers et qu'elle prépare ma contravention. Le temps passa bien plus vite que je ne l'aurais imaginé, car j'eus l'impression que quelques instants plus tard seulement, l'agent Dash revint du côté conducteur de ma voiture.

— Sortez du véhicule, ordonna-t-elle d'un air froid en me jaugeant.

— Quoi ? Pourquoi ?

— Ne posez pas de questions. Faites ce que je vous dis ! cria-t-elle.

Sa colère soudaine m'effraya tant que je sortis péniblement de la voiture. Même si elle me faisait peur, j'espérais qu'elle fasse moins peur si j'obéissais à ses ordres.

— Les mains contre le véhicule, crachat l'agent Dash.

— Quoi ? Non. Je n'ai rien fait de mal ! m'écriai-je.

Dash me poussa contre ma voiture. Avec force.

Une douleur enflamma mon épaule, brûlant encore plus quand elle saisit mes poignets et les menotta.

— Je n'ai rien fait, sanglotai-je. Laissez-moi partir, s'il vous plaît.

— Arrête de pleurnicher et tourne-toi vers moi !

Quand je me retournai, un immense sourire de chat du Cheshire couvrait le visage de la policière. Elle profitait de cet instant.

— Je ne comprends pas, murmurai-je. Avez-vous trouvé de nouvelles preuves ?

Au lieu de répondre, l'agent Dash posa une main sur mon épaule et me força à la regarder dans les yeux. Je restai muette d'horreur quand ses yeux changèrent de couleur et de forme, passant d'un gris ordinaire à un vert très vif.

Elle cligna des paupières une fois… deux fois…

21

Je m'écrasai par terre, incapable de me rattraper parce que mes poignets étaient menottés dans mon dos. À force d'agiter les jambes et de me contorsionner, je finis par me mettre en position assise. Je heurtai enfin un épais tronc d'arbre et je pus me relever en gigotant.

Quand j'eus le temps d'observer l'endroit où je me trouvais, je reconnus presque immédiatement la petite maison au jardin. Nous étions chez Luna, et j'étais appuyée contre le même magnolia auquel je m'étais accrochée après ma toute première téléportation.

La porte de la petite maison pittoresque en briques s'ouvrit et Virginia courut à l'extérieur, pieds nus. Les ongles de ses orteils étaient couverts de vernis lavande brillant, une couleur à laquelle je ne m'attendais pas de sa part.

— Oh, super ! s'exclama-t-elle en accourant. Est-ce enfin le moment ?

— Effectivement.

L'agent Dash avait parlé dans mon dos. Je me tordis pour essayer de la voir, mais le gros magnolia bloquait ma vue.

— Que me voulez-vous ? criai-je à quiconque voulait bien répondre.

— Je m'en occupe, annonça Virginia en sautillant vers moi avec un visage doux qui démentait le vitriol de ses paroles. Tu aurais dû être en prison, mais ton lien avec ce stupide chat a été formé trop vite, ce qui signifie que le plan B est devenu nécessaire.

— Je n'ai pas tué Harold, lui dis-je en luttant pour retirer mes poignets des menottes.

La tâche semblait impossible, mais je n'allais pas arrêter d'essayer pour autant. Surtout que c'était une de ces situations où il fallait essayer ou mourir.

— Bien sûr que non, dit Virginia avec un sourire presque agréable. C'est moi qui l'ai tué.

— Toi ? répétai-je d'une voix qui tremblait de peu, désormais.

Je ne l'avais même pas considérée. Luna, oui. Mais son familier sans pouvoirs ? Jamais.

Virginia minauda.

— Ne te souviens-tu pas de m'avoir demandé de quitter le café ce jour-là ? J'étais assise juste là. Je me suis dit que tu avais compris quand tu es venue chez moi, hier, mais non. Finalement, tu n'es pas si intelligente.

— Tu étais la cliente ! criai-je lorsque les dernières pièces du puzzle se mirent en place.

Pas étonnant que Virginia m'ait semblé si familière. Elle avait été assise en pleine vue ce jour-là. Enquêtrice débutante ou pas, comment avais-je pu rater quelque chose d'aussi important dans mon enquête ?

Le sourire de Virginia s'élargit. J'eus soudain très envie de la gifler, en partie pour Harold, et en partie pour moi.

— Tu vois, Dash. Elle finit par comprendre au bout d'un moment.

L'agent Dash ne répondit pas, je saisis donc l'occasion pour poser une question très importante.

— Vas-tu me tuer également ?

Enfin, le sourire de Virginia disparut.

— Malheureusement, non. Tu as rendu les choses assez difficiles pour nous, figure-toi. Tu étais censée porter le chapeau pour la mort de ce vieux radin afin que les autorités t'enferment avant que ton lien avec Merlin n'ait le temps de se solidifier. C'était notre meilleure chance de nous débarrasser de lui, mais tu as gâché tout cela pour nous.

— Quoi ? aboyai-je en lui jetant un regard noir. Tu veux que je m'excuse ?

— Pff ! Quel manque de politesse.

Virginia soupira plusieurs fois avant de continuer.

— Tous les meurtres qui se passent au sein de la communauté magique sont immédiatement repérés. Si je t'avais tuée directement, j'aurais été enfermée. Mais comme ton ancien patron de café ne connaît rien du monde magique, sa mort n'aura pas été remarquée.

— Devons-nous vraiment faire tout le monologue du méchant maintenant ? grogna Dash d'un endroit que je ne voyais toujours pas. Nous l'avons attrapée. Maintenant nous devons nous en débarrasser.

— Alors, vous allez bien me tuer ? criai-je triomphalement.

J'avais eu raison, mais je le regrettais.

— Pire, révéla Virginia avec de grands yeux lumineux.

Elle aimait ça, cette méchante.

— Quoi ? Qu'est-ce qui est pire que la mort ? demandai-je.

Il fallait que je la fasse parler, que je donne à Merlin le temps de me trouver et de me sauver.

Virginia se conforma au stéréotype et rejeta la tête en arrière en partant d'un rire diabolique.

— Tu le verras bien assez vite, ma petite.

— Mais je ne comprends pas. Pourquoi voulez-vous vous débarrasser de moi ? Que vous ai-je fait ?

— Absolument rien, admit Virginia avec un reniflement de dédain. Mais Dash voulait se débarrasser de Merlin et j'étais très heureuse de lui obéir, étant donné le passé entre ma patronne et lui.

Tout ceci était donc parce que mon chat playboy avait brisé le cœur de la mauvaise chatte. *Argh !*

— Les gens tombent amoureux et rompent tout le temps, argumentai-je. Ça ne veut pas dire qu'on les tue.

— Oh, je me moque de tout cela. Même si le fait que Luna se

languisse incessamment de ce sac à puces misérable me tape sur les nerfs.

— Alors, que veux-tu ?

— La magie est volatile. Le savais-tu ? Plus il en existe dans une même zone, plus elle est susceptible de causer une réaction non souhaitée. Quand Merlin t'a prise pour familier, la magie de Luna a dû être freinée pour protéger la ville. Je ne vois absolument aucune raison pour laquelle nous devrions être privées du niveau de pouvoir auquel nous avions l'habitude, alors quand mon partenaire ici même a proposé un plan pour se débarrasser de vous deux, je me suis empressée de faire ma part du marché.

— Mais comment le fait de se débarrasser de moi peut-il empêcher Merlin de trouver un nouveau familier ?

Elle baissa la tête et laissa échapper un rire sonore.

— Tu ne connais vraiment pas grand-chose au fonctionnement de cette communauté, n'est-ce pas ? Une fois qu'un familier a été initié, il est presque impossible pour un sorcier d'en obtenir un nouveau. Pas après tout ce bazar avec les deux Merlins et Arthur il y a très longtemps. Et sans avoir son familier près de lui, *notre* Merlin ne peut pas légalement pratiquer la magie. Le pouvoir en place l'enfermerait si vite qu'il n'aurait même pas le temps de cligner des paupières pour s'enfuir.

— Ça suffit ! cria Dash derrière moi. Elle essaie simplement de gagner du temps au cas où son minou viendrait la sauver. J'en ai assez de traîner. Terminons ce que nous avons commencé.

22

En faisant le serment de « terminer ce que nous avons commencé », l'agent Dash s'avança enfin dans mon angle de vue. Elle était comme avant, en dehors de ses yeux verts brillants. Des yeux comme les miens, comme ceux de Virginia, comme tous ceux qui avaient été touchés par la magie.

— Tu n'es pas une vraie policière, crachai-je.

— Ah, vraiment ? Quel a été le premier indice pour toi ?

Le faux agent Dash se moqua cruellement de moi, puis leva les deux mains et claqua des doigts au-dessus de sa tête.

L'air autour d'elle ondula et scintilla d'une teinte légèrement verte alors que la policière sarcastique se métamorphosait en une chatte noire trapue avec une queue tordue.

Je restai bouche bée, tout comme Virginia.

— Tu es une sorcière, cria cette dernière en pointant un doigt accusateur vers sa complice. Et pendant tout ce temps, tu m'as dit que tu étais un familier. Que tu en avais assez du statu quo.

La chatte noire fit un sourire diabolique.

— Ma chère Virginia, une de ces affirmations est vraie. L'autre ? Eh bien, tu as si facilement joué le jeu, chose que j'apprécie vraiment. Mais maintenant que ton utilité n'est plus avérée, je n'ai plus besoin de toi.

La version féline de Dash claqua la langue et le visage de Virginia devint un masque de terreur. Sa bouche s'ouvrit en un cri silencieux et ses pieds s'agitèrent vainement sous elle pendant qu'elle flottait à trente centimètres du sol.

— Que lui as-tu fait ? demandai-je en luttant encore davantage contre mes liens.

Je n'arrivais pas à arracher le regard de Virginia, terrifiée de devoir subir le même sort. Pourquoi ne criait-elle pas ? J'aurais eu moins de mal à le supporter si elle criait.

Dash sortit ses griffes et les observa en réfléchissant.

— En quoi ça t'intéresse ? Elle a tué ton patron et elle a essayé de t'envoyer en prison.

— Nous savons tous les deux que tu étais la tête pensante. Virginia n'était qu'un pion dans ton plan, criai-je.

Nous étions au bord d'un grand lotissement. Si je criais assez fort, un des voisins allait peut-être m'entendre et venir à la rescousse.

— Je parie que tu ne lui as même pas dit pourquoi tu voulais te débarrasser de Merlin, marmonnai-je quand Dash continua à fixer ses griffes sans même tenir compte de mon accusation précédente.

— Virginia avait ses propres raisons idiotes de faire ce qu'elle a fait. Elle n'avait pas besoin de connaître les miennes.

— Explique-les-moi, exigeai-je en balançant mes pieds devant moi pour faire croire à une plus grande menace. Je mérite de le savoir.

— Tu ne mérites rien ! siffla Dash. Et tu n'auras rien en dehors de ce qui t'attend !

Là-dessus, elle bondit vers moi. Au lieu de déchaîner une tempête de magie, elle me griffa la joue. J'oubliai immédiatement la douleur sourde de mes épaules, remplacée par la vive brûlure de cette plaie. Je poussai un cri de douleur, mais le mouvement de mes muscles du visage amplifia la sensation. Une goutte de sang frais roula sur ma joue et tomba sur mon tee-shirt où elle laissa une vilaine tache rouge.

Dash ne tint pas compte de ma détresse pendant qu'elle retournait en flottant jusqu'au sol avant d'étudier ses griffes couvertes de sang, ses yeux verts écarquillés d'étonnement.

— *Ça alors.* Eh bien, ça explique un certain nombre de choses.

— Quelles choses ? Que se passe-t-il ? Pourquoi me fais-tu ça ?

Je me recroquevillai contre l'arbre, ce qui sembla faire plaisir à la chatte noire diabolique.

Elle fit les cent pas devant moi avant de se retourner.

— Mon assistante trop bavarde t'a déjà révélé plus que tu as besoin de savoir, mais je vais te donner cette dernière petite information.

Dash regarda Virginia par-dessus son épaule. Elle était toujours coincée dans un tourment silencieux.

— Regarde-la. Elle vit son pire cauchemar en ce moment.

Et d'après le masque de terreur figé sur le visage de Virginia, je sus que Dash était maintenant sincère.

Je frissonnai, détestant le fait que la vérité soit plus effrayante que le mensonge. Sinon, pourquoi Dash m'aurait-elle fait cette révélation ?

— De quoi s'agit-il ? bafouillai-je en cherchant mes mots, souhaitant faire mon possible pour que la conversation dure plus longtemps. Des araignées ? Des clowns ? De grands requins blancs ?

Dash sourit.

— C'est la beauté de la magie des illusions. Je n'ai pas besoin de le savoir. La magie trouve les craintes, les désirs, tout ce dont j'ai besoin et elle s'y accroche. Virginia était une idiote, mais c'était encore plus facile de la convaincre de m'écouter une fois que ma magie a sondé son cœur et trouvé ce dont j'avais besoin.

— Tu es une sorcière de l'illusion ?

Je ne savais pas exactement ce que cela signifiait, mais ça me paraissait effrayant.

Dash me sourit encore.

— La meilleure qui ait jamais vécu.

— Je sais pourquoi Virginia voulait se débarrasser de Merlin, mais pourquoi toi ?

Bizarrement, je commençais à souhaiter que Dash veuille bien se retransformer en policière grincheuse. Cette nouvelle version féline était bien pire.

Elle secoua la tête.

— *Ha, ha, ha!* Je n'ai aucun besoin de révéler mon plan à quelqu'un comme toi. Je ne t'ai parlé de Virginia que pour que tu saches ce qui allait arriver et que tu le craignes davantage.

Je la regardai dans les yeux, ne souhaitant plus me recroqueviller de peur.

— Tu ne t'en sortiras jamais…

Mais Dash m'interrompit en faisant bruyamment claquer sa langue par deux fois. Dès cet instant, le monde tout entier disparut, me laissant coincée dans une mer d'obscurité infinie.

Nooooooooon!

23

— Bonjour ? criai-je dans le vide qui résonnait, mais personne ne répondit.

Troublée, je trébuchai en avant, incapable de sentir le sol sur lequel mes pieds se déplaçaient. Je ne sentais rien, pas même le métal froid qui avait précédemment attaché mes poignets.

Un tout petit rayon de lumière apparut sur l'horizon et je me précipitai dans sa direction, cherchant désespérément à sortir de cet endroit sombre. Je ne pouvais toujours pas ramener mes mains en avant, même si je ne sentais plus les menottes sur ma peau, alors je me dandinai plus que je ne sprintai vers ma destination.

Quand je m'approchai, la petite lumière se mit à pulser et à s'agrandir, et Merlin en sortit dans toute sa gloire de Maine coon.

Au lieu du vert brillant habituel, ses yeux étaient profondément noirs, sans vie, sans âme.

— Je ne t'ai pas choisie. Je me suis retrouvé coincé avec toi, dit-il d'un air méprisant en s'attaquant directement à ma peur secrète.

— Non, non. Ce n'est pas vrai, dis-je en me souvenant de notre conversation.

Je n'avais pas été son premier choix, mais il était très heureux que nous ayons fini ensemble.

— Tu mens, affirmai-je en serrant les dents.

Et là-dessus, le faux Merlin s'évanouit en un nuage de fumée qui disparut dans l'obscurité.

— Tu étais une illusion, me rassurai-je. Juste une illusion.

J'avais perçu le mensonge du chat imposteur et il m'avait laissé tranquille. Il me suffisait de ne pas oublier de trouver la vérité. Avec un peu de chance, cela allait me libérer de cet endroit horrible.

Une autre lueur vacillante apparut au loin à ma droite, et je m'avançai vers elle, me préparant à ce que je risquais d'y trouver.

Une grande silhouette d'homme apparut. Je ne pouvais pas distinguer ses traits, mais je le reconnus dès qu'il parla. *Harold*.

— Tu ne m'as peut-être pas tué, mais c'est de ta faute si je suis mort, me dit-il avec beaucoup de colère.

Que pouvais-je répondre à ça? Je ne pouvais pas nier le rôle que j'avais joué. Cette accusation était parfaitement vraie.

Harold continua, nourrissant ma culpabilité, la faisant grandir encore et encore.

— J'ai toujours su que tu étais une employée qui ne valait rien, mais je t'ai gardée par bonté de cœur. Et comment m'as-tu remercié ? Ha !

— Je suis désolée, marmonnai-je alors que des larmes commençaient à se former aux coins de mes yeux, troublant ma vue. Je suis vraiment, vraiment désolée.

— C'est un peu trop tard pour ça, ricana-t-il. Et que se passera-t-il si tu sors d'ici en vie ? Vas-tu aussi tuer ton prochain patron ?

— Je...

Ma voix se brisa.

— Je n'ai pas voulu tout cela. Je suis vraiment, vraiment désolée.

— Je n'ai personne pour me pleurer et c'est de ta faute, s'emporta-t-il.

— Non, chuchotai-je en redressant la tête. Vous manquez beaucoup à votre fille Kelley. Tout ce qu'elle voulait, c'était une occasion de vous connaître. Et elle cherche toujours à découvrir qui vous étiez, même si vous êtes parti, même si sa mère ne le souhaite pas. Et j'essaie de l'aider. Je lui ai raconté des anecdotes. Je l'ai aidée à tenir tête à sa mère...

Et c'est alors que je compris.

— Je ne vous ai jamais beaucoup aimé, continuai-je en utilisant cette occasion pour me soulager d'un poids. Mais je ne voulais pas vous voir mourir. Et ce n'est pas de ma faute. Oui, ils ont essayé de me faire porter le chapeau, mais je n'ai pas choisi ce monde magique. C'est lui qui m'a choisi. Même si je suis vraiment désolée pour ce qui vous est arrivé, Harold, ce n'était pas de ma faute.

Pouf! Sa silhouette se transforma en un nuage de poussière sombre et s'envola dans l'abîme.

— J'ai fini de me mentir ! hurlai-je dans l'obscurité envahissante. Tu m'as peut-être coincée dans une illusion, mais je connais mon propre cœur ! Je connais mon propre esprit !

L'agent Dash apparut devant moi sous la forme d'un hologramme semi-transparent. Pas dans une nouvelle version féline, mais dans sa tenue de policière.

— Tu penses être plus rusée que mon illusion ?

— Je sais que je le suis, criai-je en regrettant de ne pas pouvoir secouer le poing dans sa direction.

Elle rit doucement au début, puis de plus en plus fort jusqu'à être à bout de souffle. L'agent Dash respirait difficilement.

— Ne sois pas stupide. Il ne s'agit pas d'un film familial dans lequel la princesse a simplement besoin de croire en elle pour battre son adversaire bien plus qualifiée. Tu n'es pas une princesse. Tu n'as pas de pouvoirs, et tu ne gagneras pas.

— Si, je gagnerai ! criai-je à l'hologramme, mais elle se contenta de rire plus fort.

— Très bien. Choisis la méthode la plus dure. Je m'en moque. Tu finiras par comprendre que c'est inutile.

Et là-dessus, l'agent Dash disparut, me laissant dans l'obscurité la plus totale.

Je trébuchai en avant, ne souhaitant pas abandonner. J'avais battu les deux premières illusions. Je pouvais en battre d'autres. Je pouvais m'échapper de cet endroit.

Et j'eus beau errer pendant des lustres, aucune nouvelle lumière n'apparut, et je me lassai bientôt de les chercher…

Était-ce vraiment ainsi que tout allait se terminer ?

24

Même le temps était une illusion dans cette prison de l'esprit. Il s'écoulait à l'infini en ne conduisant nulle part. J'allais perdre l'esprit ici, si ce n'était pas déjà le cas. Je ne pouvais rien faire de bien pour Merlin non plus, ce qui signifiait qu'il allait bientôt se faire dominer par la sinistre Dash.

Je ne savais pas pourquoi cette sorcière s'était focalisée sur nous, mais je savais maintenant que nous ne pouvions pas gagner. Elle était simplement trop puissante.

Éprouvée, mais pas encore complètement vaincue, je fermai les yeux et j'essayai de créer ma propre série d'images mentales afin de rompre la monotonie de ce vide. Le sourire de ma mère quand nous mettions du maquillage côte à côte devant ce vieux miroir, grand-mère Grace m'apprenant à danser la valse pour me préparer à mon premier bal du collège, même Merlin me parlant pour la première fois et m'ouvrant les yeux sur un nouveau monde magnifique et dangereux.

— Montre-moi la vérité, dit-il dans mon souvenir, puis il ouvrit la bouche et laissa échapper un petit souffle de magie scintillante.

L'obscurité se replia sur elle-même, révélant l'herbe verte, le ciel bleu et un grand soleil.

Non, ceci n'était pas un souvenir. Cela se produisait vraiment.

— Je savais que ce sérum de vérité méritait les quelques minutes supplémentaires nécessaires à le préparer, me dit mon chat en frôlant mes poignets avec son pelage doux, me libérant des menottes.

— Que se passe-t-il ? cria Virginia en s'éveillant de son illusion et en chancelant dans notre direction.

— Pas si vite ! ordonna Merlin, puis il frappa le sol de ses pattes arrière et envoya deux petits cyclones tourbillonner en direction de Virginia. Quand ils l'atteignirent, ils s'entrecroisèrent autour de son torse, la piégeant entre les vents violents.

Je n'avais encore jamais vu une manifestation aussi puissante de la magie de mon chat auparavant, et maintenant que c'était fait, j'étais très contente qu'il soit de mon côté.

— Comment m'as-tu retrouvée ? demandai-je en ramenant mes bras devant moi pour apaiser la douleur dans mes épaules.

Maintenant que je m'étais échappée de l'illusion, j'avais à nouveau mal partout.

— Facile, révéla Merlin en déclenchant une autre paire de

tornades avec la patte et en les envoyant vers Dash. J'ai suivi notre lien familier. C'est comme une balise.

Je vis la chatte noire éviter les tourbillons avec agilité, filant d'un côté à l'autre.

— Si tu veux bien m'excuser un instant, dit mon chat en passant sur les pattes arrière, avant de retomber à quatre pattes en martelant le sol.

Une volée de stalactites de glace descendit du ciel et forma une cage autour de Dash, ressemblant beaucoup à la prison de fleurs et de piquants que Luna avait créée pour enfermer Merlin.

— Tu ne me battras jamais, siffla Dash en se jetant contre les barreaux de sa prison glacée.

— Ce sont de bien grands mots pour quelqu'un qui est coincé dans une cage, plaisanta mon chat. Pourquoi as-tu enlevé mon familier ? Et que fait l'autre ici ?

Dash hérissa les poils.

— Je ne te dois...

— Dis la vérité, ordonna Merlin en soufflant ce qu'il restait du brouillard scintillant de potion.

Waouh, mon chat était un sorcier et un dragon crachant de la magie. J'allais devoir penser que c'était cool plus tard. Enfin, après être sortie d'ici en vie.

Le chat noir lutta pour ne rien dire, mais les mots sortirent un par un.

— La... seule... qui... peut... m'empêcher... d'accomplir... ma... destinée.

Elle souligna cela en sifflant longuement avec colère.

Merlin s'avança d'un pas léger vers la cage et s'installa juste hors de portée de Dash.

— Oh, ceci est donc une de ces drôles d'affaires de prophétie ? Bizarre, je croyais qu'elles avaient été interdites.

— Pas la prophétie. La *lignée.*

Pendant que Dash s'étranglait et cherchait à respirer, Merlin inclina nonchalamment la tête sur le côté.

— Quel est le rapport avec la lignée ?

— Mon... ancêt...

Dash retint sa respiration et tomba sur le côté, avant de laisser échapper un long miaulement aigu.

— Mon secret mourra avec vous deux ! cria-t-elle, n'étant plus affectée par le sortilège.

— Eh bien, c'est dommage, dit Merlin en faisant le tour de la cage de glace. Parce que nous n'avons pas envie de mourir aujourd'hui. N'est-ce pas, Gracie ?

Je secouai la tête et je marmonnai :

— Non.

À l'intérieur de la cage, Dash fit claquer sa langue et se transforma en insecte minuscule, s'envolant facilement entre les barreaux. Elle se retransforma en chat noir en plein vol et tomba sur le sol avec un bruit sourd perturbant.

— Bien joué, dit Merlin en faisant le dos rond et en gonflant sa queue comme un chat à Halloween. Attends de voir ce que je sais faire avec un peu d'électricité statique.

Le ciel s'assombrit et quelque part au loin, le tonnerre gronda. J'espérais que l'arbre allait m'abriter de l'orage terrible qui arrivait. Ou au moins que mon chat avait assez de maîtrise pour éviter de me frapper par la foudre.

— Non ! Merlin, stop ! cria une voix féminine.

Un mouvement flou et blanc se précipita au milieu de la scène et se jeta entre les deux sorciers en guerre. *Luna !*

La sorcière absente de Virginia était arrivée et je songeai qu'elle n'allait sans doute pas être de notre côté. Merlin s'était bien battu contre Dash, mais il était impossible qu'il gagne contre deux sorcières plus expérimentées.

Je chuchotai une prière pour nous deux en observant, impuissante, depuis l'ombre des grandes branches d'arbre. J'espérais avoir déjà stocké assez de magie pour être utile à Merlin, car je n'avais rien d'autre à lui offrir dans ce combat.

25

— Je vous ai dit de rester loin de ma propriété ! cria Luna contre Merlin et moi, nous regardant tour à tour. Maintenant, libère immédiatement mon familier !

Merlin regarda droit devant lui en écarquillant les yeux, obéissant immédiatement à l'ordre de la sorcière des jardins.

— Non, Merlin. Ne fais pas ça ! criai-je en essayant de le tirer du sortilège qu'il subissait.

— Mais je dois écouter Luna, me dit-il, le regard vide.

Oh oh, le sort qu'elle m'avait forcé à lui donner l'autre jour ! Il faisait maintenant effet. Je me souvins de mon sentiment d'impuissance quand j'avais lutté contre son ordre de verser la potion dans le bol d'eau, et quand j'avais essayé de le prévenir le lendemain matin.

Je n'avais pas pu m'empêcher de faire ce qui avait été ordonné, et il semblait que c'était maintenant le cas de Merlin.

Argh. Nous étions complètement foutus.

Luna courut vers Virginia et l'examina vite à la recherche de blessures.

— Que se passe-t-il ? demanda-t-elle à son familier.

— Je ne sais pas, sanglota la vieille femme élégante.

— Mensonges ! hurla Dash qui semblait maintenant complètement dérangée avec les yeux qui sortaient de leurs orbites.

Elle regarda droit vers le ciel, puis elle fit ce bruit de claquement qui signalait l'arrivée d'un sort. Un mirage prit forme devant nous.

Dans l'image vacillante, Virginia était assise et elle discutait avec l'agent Dash pendant qu'ils prévoyaient de tuer Harold et de rejeter la faute sur moi.

— Mais qu'en est-il de ta sorcière ? avait demandé Dash à Virginia.

— Elle peut mourir aussi, je m'en moque, fulmina Virginia dans le mirage.

Je ne voyais pas Luna à travers ces images, mais je l'entendis demander :

— Tu serais prête à me trahir ?

— Elle l'a déjà fait, annonça Dash en faisant claquer sa langue pour supprimer l'image.

Je ne savais pas si elle nous avait montré une illusion ou un souvenir. Les deux étaient aussi probables… et tout aussi accablants.

Luna agita la queue et poussa un cri de lamentation. L'énorme magnolia derrière moi s'éleva hors de terre.

Virginia essaya de courir, mais l'arbre utilisa un de ses membres pour la soulever très haut dans les airs et la maintenir captive.

— Pourquoi ? cria Luna en luttant pour commander l'arbre gigantesque.

— Tu ne m'as pas laissé le choix, aboya Virginia. La magie était importante pour toi autrefois, mais dernièrement tu as agi comme une idiote en mal d'amour au point de ne pas faire attention à ce qui est vraiment important. Avec son nouveau familier en prison, Merlin n'aurait pas pu continuer à pratiquer la magie, et tu aurais été forcée d'arrêter de te languir pour lui et de te concentrer sur l'accroissement de notre pouvoir.

Luna baissa les yeux et l'arbre jeta Virginia en l'air, puis la rattrapa avec ses branches juste avant qu'elle s'écrase sur le sol.

La pitoyable femme hurla tout le long en montant et en descendant.

Tout le corps de Luna tremblait, mais elle ne semblait pas vouloir céder.

— Ce n'est pas *notre* pouvoir. C'est le mien. Ça a toujours été le mien. Tu n'étais qu'une servante.

— Je te considère comme bien plus qu'une servante, m'assura Merlin pendant que nous regardions tous les deux la scène, médusés.

— Tu ne mérites pas la magie dont tu as été dotée, cria Virginia à sa sorcière.

Luna inclina la tête sur le côté en luttant sous le poids de sa magie.

— Ah bon ? demanda-t-elle avant de hocher la tête en direction de l'énorme trou dont l'arbre avait émergé.

Nous regardâmes tous l'arbre marcher sur ses racines et se replanter dans la terre avant de s'immobiliser. Quand il fut installé à sa place, Luna chassa sa fatigue et se mit à courir.

Virginia descendit de l'arbre et dès qu'elle toucha le sol, Luna sauta sur ses épaules, les griffes sorties.

— Aïe ! cria Virginia, mais personne n'eut pitié d'elle.

— Tu penses que je ne mérite pas ma magie ? demanda Luna sans attendre de réponse à sa question. Comme tu veux ! Je renonce à mon pouvoir et je coupe le lien qui existe entre nous.

Le sol trembla et Virginia tomba à genoux.

Luna bondit sur le côté juste avant l'impact.

— Que se passe-t-il ? cria Virginia pendant que son image clignotait et devenait floue.

Un nuage vert s'éleva de leur corps, créant un brouillard épais à travers lequel il était difficile de voir.

— Je ne suis plus une sorcière et tu n'es plus mon familier. La magie est libérée ! déclara Luna.

— Noooooooon ! hurla Virginia en courant à la suite du brouillard et en cherchant à l'attraper comme si elle pouvait saisir l'air.

Je ne la voyais pas très distinctement à travers le brouillard magique. À la place, j'observai l'air qui bougeait autour d'elle.

Et si je ne voyais rien, je me dis que Virginia non plus.

Petit à petit, le brouillard se condensa en formant une épaisse vague qui ondulait.

Virginia resta fixée sur sa poursuite de la magie, emportée dans la vague, si concentrée pour essayer de saisir le pouvoir qu'elle ne réfléchit pas à l'endroit où se dirigeait maintenant la magie expulsée.

Horrifiée, je la vis se cogner contre le puits qui avait servi de chaudron à Luna et basculer par-dessus le rebord, incapable de se rattraper avant de disparaître dans le trou sombre avec le reste de la vague... retournant à la source du pouvoir.

Un instant plus tard, la magie avait disparu et un craquement bruyant s'éleva dans les airs.

— Bon, elle est morte, dit Merlin à côté de moi, sans le moindre regret.

C'est alors que je me mis à pleurer, inutile créature non magique que j'étais. Même si Virginia avait essayé de me faire porter le chapeau d'un meurtre et de m'envoyer en prison, elle avait été une personne vivante.

Maintenant, elle ne l'était plus.

Et avec Luna et Dash toujours là et prêtes au combat, je pouvais très bien être la suivante.

26

Luna poussa un hurlement de lamentation et courut vers le puits à la poursuite de son familier perdu.

— Je ne voulais pas la tuer, seulement l'arrêter ! cria-t-elle. Son contact avec le pouvoir l'a rendue folle. J'aurais dû faire plus attention avant de l'engager. Tout est de ma faute.

— Ce n'est pas de ta faute, affirmai-je en me souvenant de ma conversation avec le faux Harold dans l'illusion de Dash.

Même si j'avais joué un rôle dans la mort de mon patron, ça n'avait pas été de ma faute.

La même chose était vraie pour Luna maintenant : Virginia avait fait ses propres choix. Elle avait trahi sa sorcière. Elle avait aveuglément poursuivi la magie qui s'évaporait, et elle était par conséquent tombée dans le puits.

C'était drôle de me dire que j'avais considéré Luna comme une ennemie alors qu'elle était tout aussi blessée par les événements de la journée que Merlin et moi. Je compatissais avec cette fine chatte blanche, dont les yeux précédemment verts commençaient à devenir d'un bleu presque maladif.

Cela me rappela qu'elle avait abandonné sa magie. Elle ne pouvait plus nous faire de mal, désormais. Elle ne pouvait plus jamais nous faire de mal.

— Où est l'autre ? cria Merlin à côté de moi, préparant déjà ses pattes arrière à invoquer une tornade et reprendre le combat.

Je regardai Merlin, puis le jardin. Luna sanglotait à côté du puits, mais Dash, bien plus dangereuse, avait disparu.

— Non ! Elle s'est enfuie, grognai-je.

Apparemment, notre véritable ennemie s'était servie du brouillard magique pour partir sans se faire repérer. Je me demandai alors si cet épais brouillard venait du lien rompu ou bien si c'était un sort d'illusion lancé par Dash.

— Quelle lâcheté ! cracha Merlin avec un rictus de dégoût.

— Non, au contraire, rétorquai-je en secouant la tête, souhaitant vainement que mon chat ait raison. Son plan A et son plan B ont échoué, alors elle a battu en retraite. Elle reviendra avec un nouveau plan et elle sera encore plus difficile à battre.

— Merlin, je suis vraiment désolée, miaula Luna depuis le rebord du vieux puits en pierre.

Quand il devint évident qu'elle n'avait pas l'intention de quitter sa veillée funèbre, Merlin et moi nous nous avançâmes pour la rejoindre.

Luna fixa son regard sur Merlin, les yeux ternes et remplis de chagrin.

— Mon familier a essayé de te détruire. Je pensais rendre service en coupant nos liens magiques, mais j'ai simplement aidé l'autre à s'échapper.

Même si je me sentais mal pour Luna après la mort de Virginia, je ne pouvais pas complètement laisser passer son rôle dans toute cette histoire.

— Tu as créé une potion, l'accusai-je, enfin capable de prononcer les mots que j'avais tant de fois échoués à dire.

Maintenant que la magie de Luna avait disparu, les sorts qu'elle avait lancés semblaient ne plus fonctionner.

— Tu m'as forcée à la donner à Merlin et tu as fait en sorte que je ne puisse pas l'avertir.

Luna écarquilla les yeux alors que Merlin se redressait sur ses pattes arrière et courbait le dos.

— Luna ! est-ce vrai ? demanda-t-il.

La chatte blanche baissa la tête, honteuse.

— C'est vrai ! criai-je en me tordant les mains. Elle m'a enlevée et elle a utilisé des cheveux de nous deux pour préparer sa potion. Je voulais te le dire, Merlin. J'ai vraiment essayé.

— Gracie, tout va bien. Je comprends pourquoi tu n'as pas pu résister au sort. Tu débutes dans tout ça, mais nous allons travailler à augmenter tes défenses afin que les autres aient du mal à te lancer des sorts. Tout ira bien.

Merlin avait un ton presque paternel. Il était peut-être déçu par l'enchaînement des événements, mais il ne m'aimait pas moins.

Les autres avaient raison. Notre lien était fort. Pas seulement au niveau magique, mais émotionnellement aussi.

Le ton tendre de Merlin s'évanouit quand il se tourna pour s'adresser à l'autre chat.

— Pourquoi, Luna ? Tu as dit ne pas avoir participé au complot pour mettre mon familier en prison avant que notre lien soit entièrement créé, et pourtant tu as fait ça ?

Elle poussa un soupir en tremblant.

— Parle ! aboya Merlin, ce qui était un bruit étrange venant d'un chat.

Luna poussa un petit cri et descendit d'un bond du rebord du puits contre lequel elle s'appuya. Elle regarda Merlin, puis elle détourna les yeux comme si elle venait de se brûler.

— Parle ! cria Merlin avec encore plus de force.

La fine chatte blanche tourna ses yeux pâles vers moi.

— Je ne voulais faire de mal à aucun de vous deux. C'était un…

Elle continua à parler, mais en marmonnant si doucement que je ne parvins pas à distinguer ses paroles.

— Quoi ? insistai-je en me penchant plus près pour l'entendre.

— Un sortilège d'amour. Une potion pour que Merlin retombe amoureux de moi !

La voix de Luna devint plus forte à chaque mot.

Je me tournai pour regarder Merlin qui écarquillait les yeux, la bouche légèrement entrouverte.

— Je t'aime, Merlin, continua-t-elle en s'avançant et en venant se placer à moins de deux centimètres de son ex stupéfait. Depuis toujours. J'ai fait un effort pour te détester depuis que nous avons tous les deux pris nos familiers. Je connaissais les lois de notre société. Et pourtant… T'oublier était l'unique sort que je ne pouvais pas lancer.

Elle s'arrêta quand ils se regardèrent dans les yeux, puis elle avança d'un pas hésitant.

— Maintenant, j'ai abandonné ma magie dans l'espoir que nous puissions être ensemble. Je te protégerai toute ma vie, avec ou sans magie pour m'aider. Je t'aimerai pour toujours, quoi qu'il arrive. M'aimeras-tu aussi ?

Je retins ma respiration en attendant la réponse de Merlin… Franchement, je ne savais pas à quoi m'attendre.

27

Le Maine coon fatigué par la bataille fit un pas en arrière, puis un autre.

Luna venait de lui ouvrir son cœur et pourtant il semblait chercher un moyen de fuir. J'aimais mon chat, mais j'allais le tuer s'il avait vraiment l'intention de briser son cœur une deuxième fois.

Oui, Luna m'avait enlevée, mais maintenant que je comprenais pourquoi, c'était en réalité assez mignon. Si l'on ajoutait le fait qu'elle avait abandonné sa magie au cas où il l'aimait en retour, ces chats méritaient de figurer dans les histoires d'amour classiques. Tant que l'affection de Luna était réciproque.

Allez, Merlin ! Dis-lui que tu l'aimes, espèce de crétin poilu !

Merlin fit un autre pas en arrière, puis il se tourna dans la direction opposée.

Et il courut.

Je ne l'avais jamais vu courir aussi vite. Il se déplaça rapidement, proche du sol, puis il zigzagua et piqua un sprint dans une autre direction.

— *RAOURAOURAOU!* cria-t-il comme un chat possédé.

Sa queue était ébouriffée. Il haletait. Mais il continua à courir et à miauler et à courir encore.

— Je suis désolée pour son comportement, dis-je à Luna pendant que nous observions le spectacle.

— Pourquoi être désolée? Il m'aime. Il m'aime tant qu'il a les *zoomies*!

Luna regarda Merlin faire la fête avec l'émerveillement d'une femme très amoureuse.

J'éclatai de rire, de joie et de soulagement à la fois.

— C'est ça qu'il a? Les *zoomies*?

Merlin ralentit et revint vers nous en trottinant. M'ignorant complètement, il garda les yeux rivés sur Luna, puis il se colla contre elle et frotta son visage contre le sien.

Les deux chats se mirent à ronronner bruyamment en continuant à se lécher et se frotter. Toute la scène me mit un peu mal à l'aise, pour être honnête. Je me demandais si nous allions avoir une portée de chatons sorciers très prochainement.

Quand il s'arrêta enfin pour respirer, Merlin gémit :

— Oh, Luna. Tu n'étais pas obligée de me jeter un sort. Je n'ai jamais arrêté de t'aimer. Pas un instant.

Je m'éclaircis la gorge, sachant que si je ne parlais pas maintenant, j'allais très vite être sujette à une autre marque d'affection en public de leur part.

— Euh, les gars. Je suis vraiment heureuse pour vous, mais nous avons toujours quelques problèmes à régler.

— Elle est toujours concentrée sur le travail, celle-ci, plaisanta Luna. Apparemment, tu as bien mieux choisi ton familier.

Elle jeta brièvement un regard vers le puits et soupira.

Merlin s'avança vers Luna et appuya son corps contre elle. Même si elle était une grande chatte fine, la masse de poils marron de Merlin le faisait paraître beaucoup plus grand qu'elle. En fait, la moitié du corps de Luna semblait disparaître dans ses poils magiques.

Les deux chats me regardèrent attentivement et je supposai que c'était pour m'indiquer de parler librement.

Je lâchai donc tout ce que j'avais sur le cœur.

— Harold a malgré tout été assassiné et je suis encore une suspecte, je crois.

— Tu crois ? demanda Merlin.

— Eh bien, l'agent Dash menait l'enquête, et apparemment ce n'était pas une vraie policière. C'est la partie dont je ne suis pas certaine.

Je me mordis la lèvre en attendant sa théorie sur tout cela.

— La sorcière de l'illusion ? demanda Luna.

Je hochai la tête. J'acceptais les réponses de n'importe quel chat qui voulait bien me les donner.

— Elle ne restera pas dans les parages où elle est facile à trouver, assura Luna. En outre, ton lien avec Merlin est maintenant impossible à briser. Il pourra te trouver et te sauver où que tu sois.

— Cette enquête est donc tuée dans l'œuf ?

— L'enquête n'a jamais vraiment existé. Dash a tout fabriqué depuis le début, conclut Merlin avec un sourire satisfait.

Je me sentais néanmoins mal à l'aise.

— Comment le sais-tu ?

— Parce que j'ai vu le corps, tu t'en souviens ? J'ai vu qu'il avait été assassiné par magie, mais pour un observateur humain ordinaire, cela donnait l'impression que Harold était mort d'une crise cardiaque sévère et soudaine.

Je secouai la tête, souhaitant lui faire confiance là-dessus, tout en ayant besoin d'être certaine de son information.

— Je ne comprends pas. Comment Dash s'attendait-elle à ce que je porte le chapeau si tout était normal ?

— Nous ne connaissons pas ses motivations précises, mais comme elle était sorcière de l'illusion, elle avait de nombreuses possibilités, expliqua Luna pendant que Merlin ronronnait à ses côtés. Elle aurait pu faire semblant d'être une gardienne de prison, imiter des rapports, te faire croire que tu avais été arrêtée par les humains alors qu'elle te conduisait dans une espèce de prison magique. La bonne nouvelle est qu'elle n'essaiera pas deux fois la même chose, alors pour l'instant, tu peux arrêter de t'inquiéter à son sujet.

Je poussai un soupir.

— Comment puis-je ne pas m'inquiéter en sachant qu'elle reviendra presque certainement ?

— C'est un problème pour plus tard, me dit Luna. Pour l'instant, profite du moment. Vis et aime.

Oh non. Je levai les yeux au ciel mais aucun des deux tourtereaux ne sembla le remarquer.

Malgré tout, je me sentais très mal.

— Très bien, très bien, je suis tirée d'affaire pour l'instant, mais un homme innocent est quand même mort.

— C'est malheureux, mais ce n'est pas comme si nous pouvions nous faire pardonner par lui, me dit Merlin.

— Par lui, non. Mais il y a quelqu'un d'autre. Et j'ai une idée…

28

Après la fin de notre grande confrontation, Merlin nous téléporta tous les trois à la maison.

J'allais devoir trouver un moyen de retourner à ma voiture, si elle n'avait pas été mise à la fourrière pendant mon absence. Pour l'instant, il fallait simplement que je prenne quelques antidouleurs et que je passe du temps à ne rien faire sur mon canapé.

J'avais enfilé mon pyjama préféré et je m'étais étalée sur le sofa avec ma tablette, tout à fait prête à regarder cette nouvelle série sur Netflix dans tout le monde parlait. Malheureusement, le générique de début n'était même pas terminé quand Merlin sauta sur ma poitrine et bloqua ma vue de l'écran.

— J'ai demandé à Luna d'emménager avec nous, et elle a accepté, m'informa-t-il en ronronnant.

Eh bien, j'avais l'impression qu'il aurait dû me poser la question d'abord, mais même moi, je comprenais que Luna n'ait pas d'autre endroit où vivre. Et même si je n'avais jamais connu de grand amour, je le reconnaissais clairement chez eux. Je voulais qu'ils soient ensemble et heureux, même si cela obligeait à accepter une autre colocataire.

— Félicitations, dis-je avec un sourire endormi.

Merlin hocha la tête.

— D'accord. Je voulais juste m'assurer que tu saches comment ça allait se passer. Je te laisse continuer.

Pendant que je profitais de ma série, Merlin fit faire à Luna le grand tour de notre maison, qui n'était pas si grande que ça. Elle était même plutôt petite et remplie de meubles démodés. Malgré tout, je l'entendis de temps en temps s'exclamer pour des choses comme le rideau de douche, la cafetière et la litière. Il est vrai que la cafetière était impressionnante, mais le reste? Je suppose qu'elle préférait l'esthétique hétéroclite de ma grand-mère aux fleurs de Virginia.

Quelque part au cours de mon troisième épisode, la chatière s'ouvrit et se referma. Je supposai que les deux tourtereaux étaient partis se promener dans le quartier, mais juste après, Luna sauta sur la table basse et attendit que je mette ma série en pause avant de parler.

— J'ai envoyé Merlin dehors pendant un moment, dit-elle en s'installant dans une position plus confortable. Afin que nous ayons un peu de temps pour parler.

Je me redressai et je tapotai le canapé à côté de moi.

— Que se passe-t-il?

Luna s'approcha et inspira profondément avant de se lancer dans ce qui me sembla être un discours préparé.

— Au début, je n'étais pas certaine que tu sois à la hauteur de mon Merlin. C'est pour cette raison que je t'ai donné du fil à retordre. Mais aujourd'hui, tu as prouvé que tu étais plus que méritante. Tu as été très courageuse, mais surtout, tu as été là pour lui dans une situation terrifiante. Et tu ne t'es pas enfuie, tu ne l'as pas abandonné. J'ai eu tort à ton sujet et je voudrais m'excuser.

J'écarquillai les yeux en comprenant l'importance de ses mots.

— Bien sûr que j'étais là pour lui, c'est mon chat. Et maintenant que tu vas vivre avec nous, je serai là pour toi aussi.

Luna se mit à ronronner.

— Ce sera agréable d'avoir une humaine qui m'aime, pour changer. Virginia aimait seulement mon pouvoir. J'aurais dû faire plus attention en la choisissant, mais j'étais blessée et j'avais l'esprit ailleurs, car Merlin et moi allions devoir mettre fin à notre relation pour prendre nos véritables places dans la communauté magique.

Elle marqua un temps d'arrêt avant de reprendre.

— Je sais que nous venons juste de nous rencontrer et que la plupart de nos confrontations ont été négatives jusque-là, mais Merlin a confiance en toi, et cela me suffit. Je t'aime, comme il t'aime.

— Merci, Luna. Ça me touche.

Elle se frotta le nez contre mon visage pour montrer son affection, mais je m'écartai et je laissai échapper un sifflement de douleur.

— Que se passe-t-il? demanda Luna, dont l'inquiétude se refléta dans ses yeux couleur de bleuet.

— Dash m'a fait une coupure assez horrible, dis-je un levant les doigts vers mon visage et en grimaçant encore.

— Oh non, gémit-elle. Merlin et moi avons été si absorbés l'un par l'autre que nous n'avons même pas soigné tes blessures. Dès qu'il reviendra, il te préparera un baume agréable.

— Ce serait bien, avouai-je, incapable de refuser la promesse d'une aide.

— As-tu mal autre part? voulut savoir Luna.

— J'ai mal aux épaules à force d'être restée menottée trop longtemps, mais Dash ne m'a pas du tout touchée. Sauf quand elle m'a griffée. C'était vraiment bizarre, à vrai dire. Elle a regardé mon sang et a dit que cela expliquait certaines choses. Que penses-tu qu'elle voulait dire?

Luna secoua la tête.

— Je ne sais pas. Normalement, les sorcières d'illusion ne savent pas lire les matériaux biologiques, alors si Dash l'a fait, elle est exceptionnellement puissante.

Cela me fit frissonner.

— Eh bien, ça ne me rassure pas du tout pour notre prochain combat.

— Non.

Le regard de Luna se perdit dans le vide comme si elle voyait quelque chose qui m'échappait.

— Mais il y a un moyen d'apprendre ce qu'elle sait.

— Ah bon ?

Elle avait piqué ma curiosité.

— Merlin t'a-t-il parlé de Nocturna ?

Je secouai la tête, même si ce mouvement réveilla la douleur de ma coupure.

— Ce n'est accessible que la nuit, mais un grand nombre d'entre nous y vivent au grand jour, expliqua Luna en chuchotant presque, comme si l'endroit était sacré. Nous pouvons t'y conduire, trouver un sorcier du sang et lui demander de nous dire ce qu'il voit.

— Pouvons-nous nous y rendre ce soir ? demandai-je avec espoir.

— Je ne vois pas d'objection. Mais ce sera à Merlin de décider. C'est le seul d'entre nous avec un passeport magique, maintenant.

— D'accord, je lui poserai la question quand il rentre, dis-je avec un petit sourire de gratitude.

— À vrai dire, ma chérie, laisse-moi faire. Je sais exactement comment obtenir un accord de la part de notre Merlin.

Elle me fit un clin d'œil avant de partir d'un bond.

Je grimaçai, mais je parvins heureusement à éviter l'image mentale des méthodes de persuasion de Luna. J'avais déjà assez de raisons de m'inquiéter, merci beaucoup.

29

Je ne faisais que retarder le moment. Je savais qu'il me fallait être debout et active la nuit pour visiter la ville magique que Luna avait appelée Nocturna, mais avant de pouvoir y aller, je devais m'occuper d'une dernière chose aujourd'hui.

Après une rapide conversation avec Merlin pour confirmer que ce que j'avais prévu était possible, j'envoyai un texto à Kelley en lui demandant de me rejoindre. Elle m'invita au café pour une autre tournée de lattes et de cake congelé à la banane et aux noix.

Quand j'eus récupéré ma voiture et roulé jusque chez Harold, je la découvris travaillant avec la machine à expresso. Un grand sourire s'étala sur son visage quand elle m'aperçut.

Je me précipitai pour la serrer dans mes bras.

— Tu as l'air d'aller bien mieux aujourd'hui. Est-ce que ça veut dire que tu as eu une bonne nouvelle ?

Le sourire de Kelley s'élargit.

— L'avocat de mon père m'a contacté aujourd'hui au sujet du testament. Il l'a modifié il y a environ quatre semaines et il m'a tout légué. Il n'a peut-être pas pris beaucoup de temps pour apprendre à me connaître, Gracie, mais mon père m'aimait.

Je la serrai encore dans mes bras.

— Oh, je l'ai toujours su ! m'exclamai-je, alors que je n'en avais eu aucune idée. Il voulait sans doute juste aborder votre relation avec prudence, en se disant qu'il avait plus de temps.

On s'assombrit ensuite.

— Je suis sûre que tu as raison, dit Kelley.

— L'agent Dash m'a contactée aujourd'hui, révélai-je.

Ceci était la seule partie vraie de mon aveu, mais je savais que Kelley avait besoin de l'entendre pour passer à autre chose.

— Ton père n'a pas été assassiné, finalement. Il a eu une crise cardiaque. Le médecin légiste qui a suggéré sa mort par empoisonnement a été renvoyé pour son erreur.

— Je suis ravie qu'il n'ait pas été assassiné, dit Kelley. Mais je suis toujours très triste qu'il soit parti.

Elle finit de préparer nos boissons et nous nous installâmes dans le grand box dans le coin. Bien sûr, je n'avais toujours pas révélé la plus grande partie de mon plan, et je savais que je ne pouvais pas le retarder encore, sinon je risquais de perdre courage.

— Alors, que vas-tu faire ensuite, Kelley ? Vas-tu retourner dans l'Ohio avec ta mère ?

Elle secoua la tête.

— Non, certainement pas. Je veux dire, pourquoi le ferais-je alors que j'ai maintenant ma propre affaire à gérer ?

— Tu veux dire... ?

— Oui ! Le café est à moi. Je vais faire de gros changements au menu et au paiement des salaires... tu devrais gagner plus que ce que tu gagnes en ce moment... mais je vais garder le nom en l'honneur de papa.

— C'est merveilleux, Kelley. Tu seras une super patronne et il me tarde de connaître toutes tes idées !

Il s'avéra qu'elle était très pressée de les partager avec moi.

— Je peux t'en révéler quelques-unes maintenant, si tu veux. Pour commencer, les pumpkin soy latte ne sont plus réservés à l'automne. Nous en servirons toute l'année. De plus...

— Je déteste t'interrompre, particulièrement parce que j'adore cette idée, mais il y a quelque chose que je dois te dire, commençai-je, le cœur battant.

Kelley me regarda avec inquiétude :

— Tout va bien, promis-je.

— Alors, que se passe-t-il ?

Je sortis une bouteille d'eau vide de mon sac. Merlin m'avait aidé à préparer la potion que je lui avais demandée, même s'il avait essayé de m'en dissuader plus d'une fois. Malgré tout, je savais que je prenais la bonne décision.

Je débouchai la bouteille d'eau et je la posai au milieu de la table. Il ne se passa rien. Du moins, c'est ce qu'aurait pensé quelqu'un qui ne savait pas qu'elle contenait une forme de magie invisible.

— Que fais-tu avec cette bouteille vide ? demanda Kelley en levant un sourcil.

— Ne t'inquiète pas pour ça, dis-je en attendant qu'elle me regarde à nouveau.

Je ne poursuivis pas tant qu'elle ne me regardait pas dans les yeux.

— Cette question est un peu bizarre, mais je veux que tu me révèles la première réponse qui te passe par la tête. D'accord ?

Kelley haussa les épaules, puis elle acquiesça.

— D'accord.

— Si tu pouvais souhaiter n'importe quoi, n'importe quoi dans le monde entier, que demanderais-tu ?

Elle ricana.

— Un peu comme s'il existait une marraine la fée ?

— Quelque chose du genre, répondis-je avec sourire discret. Tu n'es pas obligée de te presser. Tu peux prendre un moment si nécessaire, mais pas beaucoup plus. Alors, dis-moi, quel est ton grand souhait ?

Un sourire s'épanouit sur son visage.

— Eh bien, je suppose que je…

— Attends, criai-je en attrapant la bouteille et en la serrant fort. Inspire profondément d'abord, ordonnai-je en souhaitant m'assurer qu'elle respire tout.

J'observai Kelley pendant qu'elle aspirait la potion gazeuse invisible, attendant nerveusement ce qu'elle allait dire.

Mais elle savait exactement ce qu'elle voulait.

— Je veux faire honneur à l'héritage de mon père en faisant

de la Maison du Café de Harold le café le plus prospère que cette ville ait jamais vu, dit-elle fermement.

— Tu y arriveras, lui promis-je.

Après tout, je venais de lui donner mon sort de « demande ce que tu veux ». Merlin m'avait averti que ce n'était pas une bonne idée, car il ne pouvait pas m'en faire un autre. Et oui, maintenant je ne pouvais plus devenir Lady Gaga, ou le roi Arthur, ni quelqu'un d'autre d'incroyablement célèbre... mais Kelley avait plus besoin de ça que moi, et je trouvais que c'était bien de lui offrir cette chance unique dans la vie, étant donné qu'elle avait tout perdu à cause de nous.

Je ne pouvais pas ramener Harold, mais je pouvais faire en sorte que sa fille soit heureuse en son absence, et c'était exactement mon intention.

30

Quand j'arrivai à la maison, je montrai la bouteille vide que j'avais utilisée pour faire passer mon souhait à Kelley aux deux chats.

— Oui, il a disparu, râla Merlin en se roulant par terre d'un air théâtral. Je n'arrive pas à croire que tu l'as donné.

— C'est quelqu'un de bien, dit Luna à Merlin en se frottant contre ma jambe et en secouant sa longue queue blanche. Mon familier s'est détruit en voulant trop de pouvoir. Le tien l'a volontairement cédé à quelqu'un d'autre. Tu as de la chance.

— C'est vrai, avoua Merlin avec un clin d'œil. Même si elle est un peu folle.

— Ce qui est fait est fait, dis-je en haussant les épaules.

Avant de partir voir Kelley, Merlin m'avait préparé une potion antidouleur, soulageant mes épaules et ma joue, ce qui signifiait que je pouvais bouger plus librement.

— Concentrons-nous sur ce que nous pouvons encore espérer changer.

— Es-tu certaine d'être prête à entrer dans Nocturna ? me demanda Merlin avec sévérité. C'est assez surprenant pour les nouveaux, particulièrement quand on découvre la magie comme toi.

— J'en suis sûre, dis-je en pinçant les lèvres. Je préfère tout savoir.

— Le soleil se couche, annonça Luna, et nous regardâmes Merlin en attendant qu'il parle.

— Alors, allons-y, acquiesça-t-il.

Je suivis Merlin qui marchait lentement vers la porte.

Il passa par la chatière, mais Luna attendit que j'ouvre la grande porte.

— Souviens-toi que tu peux le faire, m'assura-t-elle avec un sourire.

J'inspirai profondément et je sortis dans le crépuscule.

Merlin s'était déjà installé sur le bassin aux oiseaux.

— Dès que le soleil disparaîtra à l'horizon, nous pourrons utiliser le chaudron comme un passage vers Nocturna. Ça ne devrait pas tarder.

— Comment vais-je passer là-dedans ? dis-je d'une voix aiguë en examinant la petite fontaine en pierre.

— Avec la magie, évidemment ! répondit Luna en riant avant de bondir pour s'asseoir à côté de Merlin.

— Approche-toi, dit-il en s'avançant dans l'eau et en posant une patte mouillée sur le front de Luna.

— Penche-toi plus près, ordonna-t-il.

Quand je fis ce qu'il demandait, il mouilla à nouveau sa patte et toucha ma tête.

— Luna passera la première, et moi le dernier pour m'assurer que tout se passe bien.

— Que tout se passe bien ? Une seconde. Êtes-vous en train de dire que c'est dangereux ?

— Ne t'inquiète pas pour ça, ma chérie, roucoula Luna.

Au loin, le soleil termina sa descente. Le chaudron se mit à briller d'un vert très vif et avala Luna en entier.

— Ho, je ne veux pas faire ça ! gémis-je en faisant un grand pas en arrière.

— Trop tard, affirma Merlin avant d'invoquer un coup de vent qui me fit trébucher vers la fontaine.

Je fermai les yeux en me préparant à l'impact, et je criai et criai et criai, jusqu'à ce que je remarque que tout allait parfaitement bien.

Quand j'ouvris les yeux, je me trouvais sur un chemin de pierre sombre. Les deux chats étaient à mes côtés. Les bâtiments qui nous entouraient avaient été construits dans le style bavarois, blancs avec des poutres sombres en travers.

Luna me poussa en avant.

— Qu'en penses-tu ?

— On dirait que ça sort tout droit d'un conte de fées, dis-je en tombant immédiatement amoureuse de cette cité magique pittoresque.

— La zone a été colonisée pendant le sommet de la popularité des frères Grimm. Tout le monde voulait le décor des villages allemands, et Nocturna n'a pas dérogé à la règle, expliqua-t-elle avec une fierté évidente.

— Où est tout le monde, d'ailleurs ? demandai-je.

— Ils se réveillent, sans doute. Souviens-toi que nous autres les chats, nous avons tendance à être du soir, me rappela Luna, et elle avait raison.

— Suivez-moi, ordonna Merlin.

Luna et moi lui emboîtâmes le pas.

Il nous conduisit vers ce qui semblait être une charrette couverte, même s'il n'y avait rien pour la tirer.

— Nous avons besoin d'une consultation, cria Merlin depuis l'extérieur.

Un instant plus tard, un siamois red point sortit la tête de la charrette. Il écarquilla les yeux en apercevant Merlin.

— Et que proposes-tu en échange ?

— Tout sauf la foudre, répondit Merlin en se tenant bien droit.

— Pourquoi pas une averse ? demanda avidement le siamois.

— Marché conclu, répondit Merlin en hochant la tête.

— Excellent. Alors, voyons ce que nous avons là.

Luna me guida vers la charrette.

— Vas-y, assieds-toi.

— Merlin ne doit-il pas payer d'abord ? lui chuchotai-je.

— Ils ont un contrat oral lié par la magie, expliqua-t-elle. Ne t'inquiète pas, tout sera réglé automatiquement.

— Est-ce que ça va faire mal ? demandai-je au siamois qui était venu s'asseoir à côté de moi sur le banc.

Il eut un rire de dédain.

— Je me sens insulté. Pour quel genre de sorcier du sang me prenez-vous ?

Je me tus, préférant ne pas parler de la douleur que m'avait infligée Dash en prenant mon sang. Le sorcier de sang siamois s'avança vers mes genoux, puis posa la patte dans mon cou. Je ne sentis rien, mais quand il retira sa patte, du sang luisait sur chacune de ses griffes sous le ciel nocturne.

Il fixa sa patte en écarquillant les yeux.

— Eh bien, ça alors !

— Quoi ? Qu'y a-t-il ? demanda Merlin qui semblait encore plus angoissé que moi.

— Est-ce ton familier ? s'enquit le sorcier de sang en regardant tour à tour sa patte et moi.

— Oui. Est-ce que tout va bien ?

— Plus que bien ! ronronna le siamois, comme pris d'un bonheur hystérique. Son sang est particulièrement puissant. Elle est la descendante du familier dévoué original.

— Arthur ? s'écria Luna en retenant sa respiration.

— Le roi Arthur, le véritable compagnon du grand Merlin, confirma le siamois.

— Et tu descends de Merlin ? demandai-je à mon chat en me souvenant de l'histoire qu'il avait racontée lors de notre première conversation.

Il hocha la tête, mais il garda le regard perdu dans le vide.

— Qu’est-ce que ça veut dire ? soufflai-je, ne sachant toujours pas très bien comment prendre la nouvelle.

— Ça signifie que vous avez à ce jour le lien le plus puissant qui existe entre un sorcier et son familier, expliqua Luna en chuchotant.

— Pas étonnant que nous nous soyons liés si vite, murmura Merlin.

— Nous étions déjà au courant du lien, fis-je remarquer.

— Oui, dit le siamois. Mais cachez soigneusement ce secret, car il y en aura beaucoup qui voudront vous séparer.

Je hochai la tête en restant muette, terrifiée par ce que je venais d’apprendre.

Dash était déjà au courant…

Et elle allait revenir.

MERLIN COMBAT UN FANTÔME

C'était déjà assez difficile d'être le familier de mon chat sorcier quand nous n'avions à gérer que des dangers visibles. Maintenant, il s'est empêtré dans une âpre querelle avec un fantôme récemment apparu, et je me demande…

Comment diable sommes-nous censés battre cette chose ?

Je regrette la simplicité de l'époque où je n'avais à m'inquiéter que de la fin de mon mémoire et du maintien de mon emploi de barista à mi-temps. Même si je n'ai pas choisi cette vie magique, elle m'est tombée dessus sans tenir compte de mon avis. Je n'ai plus qu'à rester en vie assez longtemps pour profiter des quelques avantages.

1

Bonjour, je m'appelle Gracie Springs. J'étais une fille assez normale jusqu'à il y a environ une semaine. Voyez-vous, mon patron a été assassiné par magie, puis une sorcière maléfique et sa complice ont essayé de me faire porter le chapeau.

Il s'avère que je descends du roi Arthur. J'ai aussi été choisie pour servir de familier à mon cher sorcier. Je l'appelais Bouboule, mais je sais maintenant qu'il préfère se faire appeler Merlin. Lui aussi descend d'une lignée célèbre : le Merlin originel est son ancêtre.

Non, pas l'imposteur humain que tout le monde pense connaître. Le véritable sorcier, qui était un chat.

À cause de notre héritage entremêlé, Merlin et moi avons un lien presque impossible à briser. Presque.

La méchante s'est échappée la dernière fois, mais nous savons tous les deux qu'elle reviendra avec un nouveau plan pour voler la magie de Merlin pour de bon.

Pendant tous ces événements, il m'a aussi fallu maintenir les apparences d'une vie normale en travaillant à mi-temps en tant que barista à la Maison du Café de Harold. Le café est en train d'être réinventé, grâce aux objectifs très ambitieux de Kelley, la fille perdue de Harold, qui lui succède.

De plus, je ne suis pas loin de terminer mon Master en sociologie. Il me suffit de finir mon mémoire, puis je pourrai trouver du travail dans mon domaine au lieu de m'occuper de grains de café pour l'éternité.

Dernièrement, cependant, je suis très occupée à comprendre mon nouveau rôle de familier. Merlin et sa nouvelle petite amie aiment m'interroger à toute heure du jour et de la nuit.

Je dois être prête pour la prochaine attaque magique, et nous savons tous qu'elle viendra bientôt.

Je parie que ma grand-mère n'avait aucune idée de ce qui m'attendait quand elle m'a donné sa maison dans une petite ville de Géorgie et qu'elle a pris sa retraite dans les Keys de Floride. Elle ne savait certainement pas qu'un Maine coon magicien avait déjà mené une enquête sur elle pour en faire son familier, ni qu'il allait ensuite me choisir à sa place.

Franchement, même si ma vie était devenue un peu folle, je n'aurais pas voulu la changer. J'aime Merlin, et j'aime nos aventures ensemble, même si elles me filent les chocottes.

Je ne sais pas lancer de sorts, mais ça ne veut pas dire que je ne suis pas importante dans notre combat contre la vilaine sorcière des illusions qui nous cherche des noises.

Cette fois, quand elle nous trouvera, je serai prête à la calmer.

Un cri abominable m'éveilla d'un sommeil de mort.

Meeeeeeeeeeeh !

Je me redressai brusquement dans le lit et j'attrapai mon portable pour m'éclairer.

— Qui est là ? demandai-je.

Pour seule réponse, Merlin courut bruyamment sur le plancher dans le couloir.

Meeeeeeeeeh ! résonna encore le cri, et cette fois je compris que c'était Luna qui hurlait.

Et cela continua. Un cri, une course. Un cri, une course. Jusqu'à ce que je finisse par arriver dans le couloir et que je les découvre en train de fixer le coin opposé du plafond avec les oreilles aplaties contre leurs petites têtes de chat.

— Que se passe-t-il ? demandai-je en sachant très bien qu'ils étaient capables d'émettre autre chose que des miaulements sauvages.

— F-f-f-fantôme, dit Merlin avant de piquer un autre sprint le long du couloir.

Je jetai un coup d'œil à l'endroit que fixait Luna sans ciller... et je ne vis absolument rien.

Malgré tout, je lui demandai :

— Que vois-tu ?

En général, elle était la plus logique des deux… ou du moins, celle qui était la plus à même d'expliquer la situation.

— Je ne vois rien, chuchota-t-elle sans détourner le regard du plafond. Mais une énergie est en train de se former. Elle n'est pas encore entièrement dans notre monde. Ça arrivera bientôt, cependant.

— Tu vois donc une sorte de préfantôme ? résumai-je.

— Quelque chose comme ça.

— Mais comment le sais-tu ? Tu n'es plus douée de magie.

Luna ne put retenir un sifflement.

— Je ne suis peut-être pas une sorcière, mais je suis toujours un chat. Magiciens ou pas, nous sommes tous capables de voir le domaine du surnaturel.

— Comme Nocturna ? demandai-je en faisant référence à la ville nocturne magique qui n'était accessible aux créatures magiques qu'au moment du crépuscule.

Merlin grogna et commença à donner des coups avec ses pattes arrière.

— Oh non, pas question ! criai-je en me baissant pour le soulever dans mes bras. Pas de tornades dans la maison.

Il grogna de consternation jusqu'à ce que je le repose.

— Nous devons nous en débarrasser avant qu'il prenne sa forme complète, me dit Luna pendant qu'elle se mordait la lèvre inférieure avec les canines supérieures.

— Le fait qu'il soit ici si tôt dans son voyage vers l'au-delà est très mauvais signe, révéla Merlin et quand je le regardai, il avait arrondi le dos et gonflé ses poils au volume maximal.

Je le repris dans mes bras.

— Et pas d'éclairs dans la maison !

— Mais alors, que devons-nous faire ? demanda Luna en retenant sa respiration.

— Laissez-moi préparer un peu de café, dis-je en concédant enfin ma défaite.

Il était évident que les chats n'allaient pas me laisser me recoucher tant que je n'avais pas trouvé un moyen de mettre une raclée à ce fantôme nouveau-né… il fallait au moins l'envoyer hanter un autre endroit, très, très loin d'ici.

2

Le café dans la main, je m'installai à la table de la cuisine. Le bois dur de la vieille chaise n'aidait pas à me mettre à l'aise, mais ça me permettait de ne pas me rendormir.

Je bus une longue gorgée de ma tasse, laissant la vapeur réchauffer mon visage, puis je regardai les deux chats assis de l'autre côté de la table.

— Un fantôme arrive donc, dis-je. Je comprends que ce n'est pas forcément une bonne chose. Savez-vous comment le faire partir ?

Luna secoua tristement la tête.

— C'est Virginia, dit-elle en parlant de son familier décédé. J'en suis certaine.

Merlin frotta la tête contre le cou de sa petite amie.

— Sa mort n'était pas de ta faute. Elle a succombé à cause de sa propre cupidité.

— J'ai quand même l'impression que c'est de ma faute, marmonna Luna.

Elle s'en voulait depuis que c'était arrivé. Quand elle avait appris que Virginia s'était rebellée à cause de sa soif de pouvoir magique, Luna n'avait pas hésité à couper le lien avec son familier, les laissant toutes deux sans pouvoir. En cherchant désespérément à saisir la magie qui s'envolait, Virginia était tombée la tête la première dans un puits.

Apparemment, elle était maintenant en train de prendre la forme d'un fantôme et elle prévoyait de hanter ma maison.

Cherchait-elle la vengeance ?

Allait-elle faire du mal aux chats ou à moi ?

Quoiqu'il arrive, ça ne pouvait pas être une bonne chose.

Et alors que je croyais justement que tout allait se calmer. *Argh.*

Mon seul espoir était maintenant que les chats aient tort au sujet du fantôme ou qu'ils aient une explication différente pour sa présence.

J'inspirai profondément avant de souffler lentement.

— Je ne sais pas grand-chose au sujet des fantômes en dehors de ce que j'ai vu dans les vieux films. Pouvez-vous me renseigner ?

Luna et Merlin échangèrent un regard assez tendu.

— Quoi ? Qu'est-ce qui ne va pas ? demandai-je avec un soupir.

Je ne voulais presque pas entendre ce qu'ils allaient dire

ensuite, mais il fallait que je sois préparée au cas ou je me retrouve prise au milieu d'un autre combat magique.

Luna commença à parler, mais Merlin posa la patte contre sa poitrine pour l'arrêter.

— Tu es déjà assez bouleversée, ma chère. Laisse-moi gérer Gracie, proposa-t-il sur un ton magnanime.

— Je n'aime pas que tu parles de moi comme si j'étais une sorte de boulet, marmonnai-je en posant les deux mains autour de ma tasse de café afin d'en absorber la chaleur.

— Écoute, dit Merlin en s'approchant lentement de moi. Luna et moi sommes de jeunes sorciers. Ou en tout cas, elle l'était jusqu'à ce que... bref, le fait est que je suis encore un sorcier. Un jeune.

Je grognai à cause de ses explications embrouillées et hachurées. J'aurais aimé qu'il puisse me le dire directement, peu importe la gravité.

— Et le point important est... ?

Merlin regarda Luna qui l'encouragea à poursuivre d'un hochement de tête. Il déglutit avant de dire :

— Eh bien, nous non plus, nous n'avons eu aucune expérience avec des fantômes jusqu'à maintenant.

Je ne comprenais pas leur inquiétude. Ils n'avaient donc aucune expérience pratique. Au pire, ce qu'ils avaient appris dans les livres pouvait faire l'affaire, et ces deux chats semblaient disposer de réserves infinies de connaissances sur le monde caché de la magie.

Quand aucun des deux ne parla, j'affichai un sourire.

— Ça ne fait rien. Vous avez appris comment gérer les fantômes à l'école des sorciers, non ?

Un grognement retentit dans la gorge de Merlin et il baissa les paupières comme s'il lui était douloureux de me regarder.

— Oh, vous, les humains. Votre vision du monde est si limitée. Ce n'est pas parce que vous avez besoin d'années d'école pour fonctionner en société que c'est le cas d'autres créatures. En fait, nous autres les sorciers nous apprenons une grande part de ce qui est nécessaire en observant simplement notre environnement quotidien.

Je lui jetai un regard noir. Je ne sortais pas du lit au milieu de la nuit pour me faire insulter par mes colocataires félins.

— Super. Et qu'est-ce que ça t'a appris sur les fantômes ?

Il toussa et détourna le regard.

— Tu n'as pas tort, avoua-t-il. Je suppose que nous ne sommes pas vraiment équipés pour gérer certaines des énigmes magiques les plus rares.

J'inspirai encore lentement et profondément.

— Que faire, dans ce cas ? Attendre que le fantôme finisse par se matérialiser avant de lui demander de partir ?

— Oh, non, se moqua Merlin. Absolument pas.

— Les fantômes sont incroyablement rares.

La voix de Luna s'élevait à peine au-dessus d'un chuchotement de son côté de la table.

— Les personnes décédées ne reviennent dans notre monde que lorsqu'elles ont un but très pressant. Un objectif qu'ils voulaient tant atteindre dans la vie que la quête s'est incrustée dans leur âme.

Je frissonnai malgré moi.

— Ça a l'air sérieux.

Merlin hocha la tête.

— Désirer quelque chose à ce point, c'est rarement bien.

— Virginia désirait le pouvoir, dit doucement Luna. La chose qui l'a tuée a pu la ramener.

— Oui, vraiment pas bien, acquiesçai-je en buvant une autre longue gorgée de mon café.

Les deux chats me fixèrent pendant que je buvais. Ils avaient tendance à me traiter comme une assistante, mais ils s'attendaient à ce que je connaisse toutes les réponses.

— Euh... pouvons-nous le capturer dans une boîte positronique ? suggérai-je en haussant les épaules.

Je n'avais pas vu *SOS Fantômes* depuis longtemps, mais c'était vraiment ma seule référence dans le domaine. Et d'une certaine façon, je doutais que Virginia nous revienne sous la forme d'un personnage de dessin animé rondelet et vert aimant la pizza.

— Nous ne faisons pas de la science, dit Merlin avec un frisson exagéré. Ceci est une maison magique et tu ferais bien de t'en souvenir.

— Nous partons à Nocturna, dans ce cas ? demandai-je en faisant référence à la ville magique dans laquelle nous pouvions seulement entrer à la nuit tombée et avec l'aide de Merlin.

Les deux chats hochèrent la tête.

— Nocturna.

3

J'avais beau regretter de ne pas avoir pu me recoucher, le café avait fait son travail : c'est-à-dire que j'étais maintenant debout pour la journée. J'avais plusieurs heures à tuer avant de partir travailler, et j'aurais aimé vous dire que je les passais à faire des recherches pour mon mémoire.

Mais bon, ce n'est pas ce que j'ai fait.

Au lieu d'être productive, je passai le temps en regardant les deux films *SOS Fantômes* des années quatre-vingt. Je ne pus pas passer à l'adaptation plus récente, mais je me promis de la regarder après mon service, après Nocturna, et toute autre surprise risquant de perturber ma journée.

Évidemment, je fus si absorbée par mon mini marathon de films que je perdis la sensation du temps et que je dus faire mon maquillage dans la voiture. Mes cernes étaient visibles par quiconque prenait la peine de me regarder pendant plus de quelques secondes.

Stupide fantôme qui dérange mon sommeil et gâche mon apparence.

Même si j'espérais que la visite de ce fantôme soit un événement isolé, je savais que je ne pouvais pas m'attendre à une bonne nuit de sommeil dans les jours qui venaient. C'était le problème avec le monde magique : rien n'était jamais aussi facile que l'on pouvait l'espérer. Même l'espèce de téléportation à deux clins d'œil avait plein de problèmes et pouvait tuer quelqu'un si elle n'était pas faite correctement.

Non, ce n'était pas pour moi.

J'allais continuer à prendre la voiture, ce qui était sans doute tout aussi dangereux, mais au moins plus familier, merci quand même.

Étant donné l'absence de feux rouges sur mon trajet, je ne parvins à appliquer qu'un petit peu d'eye-liner et de rouge à lèvres mat provocant avant de me garer sur le parking chez Harold. Ça allait devoir suffire.

Ma nouvelle patronne Kelley Carmine insistait pour faire venir son équipe de baristas au travail, alors même que les rénovations obligeaient le café à rester fermé aux clients... et je trouvais cela étrange.

Aujourd'hui, cela me sembla particulièrement étrange, parce que notre effectif avait doublé. Auparavant, seuls Drake, Kelley et moi assurions la majorité du temps de travail, avec feu Harold prenant en charge le peu dont nous ne pouvions pas nous charger. Quand j'arrivai au travail ce jour-là, il y avait cependant trois inconnus agglutinés autour de la toute nouvelle machine à expressos, observant Kelley qui préparait une tournée de lattes *pumpkin spice*.

C'était son truc. Même si elle avait gardé le nom original de la boutique en l'honneur de son père décédé, tout le reste subissait une transformation majeure. Le changement le plus notable était que chaque jour se voyait maintenant dédié aux cafés au lait épicés. On ne pouvait plus commander un simple latte, cappuccino ou Americano. Il y avait toujours maintenant au moins une trace de potiron dans le mélange.

C'était la partie la plus difficile de cette transition pour moi : apprendre le nouveau menu.

Je soutenais pleinement la mission de Kelley qui souhaitait proposer des latte *pumpkin spice* toute l'année, mais c'était avant que je comprenne l'étendue de son plan. Elle avait maintenant plus d'une douzaine de variantes de cette boisson classique, y compris des versions pour les fêtes qui devaient aussi être servies toute l'année.

Vous souhaitez un latte Cupidon aux épices en août ? Pas de problème. Il nous suffit de rajouter une dose de chocolat blanc et quelques vermicelles rouges à notre *pumpkin spice* classique.

Beurk. Rien que l'idée de cette monstruosité me retournait l'estomac.

— Bienvenue, Gracie ! cria ma nouvelle patronne avec un sourire gigantesque sur son visage de jeune femme de dix-huit ans. Maintenant, il ne manque plus que Drake, et nous pourrons commencer la journée que vous attendez tous !

Elle s'arrêta comme si elle s'attendait à ce que je crie une sorte de réponse. Je ne savais même pas qu'il y avait eu une question.

Kelley fit claquer la langue.

— Allons, Gracie. Tu le sais mieux que quiconque ! Il reste une semaine avant l'ouverture, ce qui signifie qu'il est temps de montrer les nouvelles méthodes à tout le monde — y compris à nos merveilleux nouveaux employés. ...

Elle attrapa une paire de touillettes à café et tapota le bord du comptoir pour imiter un roulement de tambour.

— Et pour cela nous allons goûter tout ce qu'il y a sur le menu ! J'espère que vous n'avez pas oublié votre appétit à la maison !

Je ne sais toujours pas comment j'ai réussi à ne pas vomir à ce moment-là. La magie de Merlin commençait peut-être à déteindre sur moi, finalement.

Même si je trouvais l'enthousiasme de Kelley admirable, son dévouement au thème était juste un peu exagéré pour moi. Malgré tout, je l'aimais bien et je voulais qu'elle réussisse. Je savais également que même si elle partait à côté de la plaque avec cette entreprise, elle allait réussir. Je m'étais arrangée pour cela en lui offrant secrètement mon grand souhait. Maintenant, j'allais devoir accomplir mon propre destin sans aide magique significative, et ça ne me gênait pas.

Ma vie était déjà assez excitante, grâce à mes nouvelles aventures avec Merlin et Luna... et notre bébé fantôme. De plus, je n'avais pas confiance en moi, craignant de gâcher le souhait sur quelque chose de trivial... ou quelque chose qui allait spectaculairement me retomber dessus.

Kelley avait donc obtenu son festival de latte *pumpkin spice*, et je gardais mon travail. Laissez-moi vous dire que plus les choses changent, plus elles continuent à rester pareilles.

4

Drake arriva en traînant environ dix minutes plus tard, il avait donc huit minutes de retard. Harold lui aurait arraché la tête… avant de le faire travailler au moins une heure sans le payer. Kelley se contenta d'afficher son meilleur sourire, puis elle joignit les mains et annonça que nous allions commencer par une activité pour briser la glace.

Elle monta même sur une chaise et posa les mains autour de sa bouche comme un mégaphone… ce qui n'était absolument pas nécessaire, étant donné que nous étions tous groupés dans la minuscule devanture du café.

— Je m'appelle Kelley et mon épice de *pumpkin spice* préférée est le gingembre ! cria-t-elle avant de descendre de sa chaise et de me faire signe de monter à mon tour.

Je m'avançai maladroitement, faisant de mon mieux pour ne pas être gênée en grimpant sur cette chaise.

— Moi, c'est Gracie et j'aime la cannelle? dis-je en n'ayant jamais vraiment réfléchi à l'épice que je préférais.

Et c'est ainsi que se déroula la journée, remplie d'activités inutiles pour apprendre à se connaître et de préparations au café bien trop sucrées. À un moment, Kelley annonça que nous allions jouer à « Je n'ai jamais » dans le but créatif de briser la glace en essayant la nouvelle gamme de boissons glacées.

Quand ce fut mon tour, je me sentis assez enhardie pour dire :

— Je n'ai jamais vu de fantômes.

C'était plus ou moins vrai. Je savais qu'il y avait un préfantôme dans ma maison, mais seulement parce que mes chats me l'avaient dit.

Je fus vraiment surprise lorsque Drake but son verre de nuage de coco aux épices et potiron.

Drake. Tiens, tiens. Que savais-je au sujet de Drake ?

Il avait un léger problème avec l'autorité, mais il avait toujours été assez gentil avec moi. La véritable question était de savoir s'il avait bu pour être drôle ou s'il avait vraiment vu un fantôme. Et s'il en avait croisé un auparavant, il pouvait peut-être m'aider avec mon intrus problématique.

Il fallait que j'en sache plus, alors je le rattrapai sur le parking avant de rentrer chez nous après une après-midi abrutissante d'activités d'intégration.

— Hé, Drake, criai-je en courant vers lui. Folle journée, hein ?

Il haussa les épaules d'un air nonchalant et avec autant d'apathie que d'habitude.

— C'était assez ringard, mais au moins Kelley ne va pas faire des retenues sur notre salaire comme son vieux. Je suppose que c'est bien.

Je ris, ce qui poussa Drake à lever un sourcil et à me regarder d'un air suspicieux.

— Tout va bien, camarade *pumpkin spice*? demanda-t-il avec un sourire rusé.

— Oh, oui, le rassurai-je en essayant d'ignorer mes joues rougissantes. J'ai simplement eu trop de sucre aujourd'hui, je crois.

Il hocha la tête et sortit les clés de sa poche.

— Bon, me voilà.

Il indiqua le coupé bleu brillant à côté duquel nous nous trouvions maintenant. Il avait une voiture bien plus belle que ce à quoi je m'attendais.

Sérieusement, comment payait-il cela avec un salaire de barista à mi-temps?

— Bon, ben, au revoir, dit-il quand je restai silencieuse trop longtemps.

— Drake, attends! criai-je avant qu'il puisse monter dans la voiture et m'ignorer.

Il s'installa sur son siège, mais laissa la portière grande ouverte en attendant que je lui dise ce que je voulais.

Je m'éclaircis la gorge pour gagner un peu de temps. C'était une question gênante, surtout s'il avait juste plaisanté pendant le jeu.

— Je voulais te demander...

Je n'eus pas le temps de finir, parce qu'il m'interrompit brusquement.

— Oui, bien sûr que je veux bien un rendez-vous avec toi, répondit-il avec un sourire débonnaire maintenant très évident.

J'écarquillai les yeux et je fis un pas en arrière.

— Euh, ce n'était pas... Euh...

Je devais rétablir la situation sans le vexer au point qu'il refuse de partager les détails de sa rencontre avec un fantôme. Malheureusement, cette situation était toute nouvelle pour moi, et j'avais du mal à mettre des mots dessus. Quelles étaient les règles de l'étiquette quand il s'agissait de discuter ouvertement du paranormal ? Et jusqu'où pouvais-je aller sans risquer ma sécurité ou ma liberté ? Merlin avait beaucoup insisté sur le fait que si je partageais son secret de sorcellerie avec des personnes non magiques, j'allais me retrouver enfermée dans une prison surnaturelle terrible pour le restant de ma vie.

Je cherchais encore un moyen de formuler ma question quand Drake reprit la parole.

— Chez toi à vingt heures ? Super. À plus tard.

Et là-dessus, il claqua la portière et recula hors de sa place, me jetant un dernier regard espiègle avant de disparaître dans la circulation.

Je sautai sur place et j'agitai les bras en secouant la tête comme une folle, mais je n'étais pas certaine que Drake m'aperçut dans son rétroviseur.

Comment avais-je fait pour me mettre dans ce bazar ? J'aurais simplement dû lâcher ma question. Essayer de présenter les choses avec délicatesse n'avait fait qu'empirer la situation.

Maintenant, j'avais deux problèmes sur les bras.

Et aucune idée pour résoudre l'un ou l'autre.

5

Je rentrai à la maison où je trouvai les deux chats étalés au soleil sur le sol de ma cuisine. Pendant qu'ils dormaient, ils agitaient la queue à cause de leurs rêves. Je détestais les déranger, surtout qu'ils avaient l'air adorables et détendus ensemble. Un jour, j'aurais peut-être une relation aussi plaisante que celle de mes chats, mais pas aujourd'hui. Et cette relation n'allait pas être avec Drake.

— Nous avons un problème, annonçai-je en sortant une chaise et en m'asseyant pour retirer mes chaussures.

— Plus gros que le fantôme ? demanda Merlin en bâillant.

— Pas plus gros, mais un problème tout de même.

— Explique-nous ça, ordonna Luna quand elle eut fini de s'étirer soigneusement les pattes avant et arrière et qu'elle vint se placer à côté de moi.

— J'ai plus ou moins accidentellement accepté, ou peut-être

invité… Euh, je ne sais pas comment c'est arrivé, vraiment, mais j'ai un rendez-vous avec ce type du travail.

Que se passait-il avec mes mots ? Pourquoi avais-je tant de mal à expliquer les choses, même très simples ? Je devais avoir mal montré mon mécontentement, car les deux chats furent très enthousiastes à cette annonce.

— Un rendez-vous ? C'est fantastique.

Les yeux bleus de Luna étincelèrent de joie. Elle redressa le dos et ajouta :

— Merlin et moi nous sommes inquiétés pour ta vie sentimentale, dernièrement.

— Sérieusement ? Ça ne fait qu'une semaine depuis que tu as emménagé ici, Luna. Comment pouvais-tu déjà t'inquiéter pour ma vie amoureuse ?

Étais-je vraiment un cas si désespéré que même mes chats avaient pitié de moi ? Les chats étaient connus pour ne se soucier de rien d'autre qu'eux-mêmes, alors pourquoi passaient-ils tant de temps à penser — et à s'inquiéter — à mon sujet ?

— Oh, une vie sans amour n'est pas une vie du tout, expliqua Luna en soupirant. Bienvenue dans le monde des vivants, Gracie.

— Non, arrête ça, sifflai-je.

Dernièrement, j'avais adopté de plus en plus de manies félines à cause de l'influence de ces deux-là. Si ça continuait, j'allais me lécher le dos de la main et me frotter la tête. Que Dieu m'en préserve.

— Ce n'est pas un vrai rendez-vous, poursuivis-je en affichant pleinement mon mécontentement. C'est arrivé par accident et il vient ici ce soir.

— Mais nous allons à Nocturna, ce soir, me rappela Merlin en agitant les moustaches avec une irritation toute nouvelle.

— Je sais ! criai-je.

Pourquoi était-ce si difficile à comprendre pour eux ?

— Dans ce cas, appelle-le et décale le rendez-vous, ma chère, suggéra Luna d'un air condescendant.

Je n'aimais pas qu'elle se donne des airs. Ni qu'elle me regarde ainsi, d'ailleurs.

— Je ne peux pas. Je n'ai pas son numéro.

Luna fit des efforts pour continuer à sourire, mais même moi, je voyais que ça devenait difficile.

— Alors, passe chez lui vite fait.

— Je ne sais pas où il vit.

— Mais alors, comment sait-il où tu vis, ma chère ? demanda-t-elle avec un soupir.

— C'est une bonne question.

— Tu n'as pas l'air très enthousiasmée par ce rendez-vous, fit-elle remarquer en fronçant les sourcils. Comment est-ce arrivé ?

Je les mis au courant de toutes les activités pour briser la glace et de l'aveu de Drake pendant le jeu « je n'ai jamais ».

— Quel jeu étrange. Pourquoi les humains voudraient-ils se vanter de choses qu'ils n'ont pas faites ? Nous autres, les chats, nous aimons raconter ce que nous avons accompli, pas ce que nous n'avons pas fait, râla Merlin.

— Le jeu n'est pas important, aboyai-je. L'important, c'est que

Drake a vu un fantôme. Et quand j'ai essayé de l'interroger sur ce sujet, ça s'est transformé en cette histoire de rendez-vous.

— Eh bien, un rendez-vous est une occasion parfaite de l'interroger sur son fantôme, ma chère.

Ah, Luna. Toujours optimiste. Ça commençait à me peser.

— Sauf que nous sommes censés nous rendre à Nocturna ce soir, leur rappelai-je.

— Tu n'es pas obligée de nous suivre partout, grommela Merlin. Si tu veux nous abandonner pour ton rendez-vous, nous y survivrons.

Je commençais à avoir un mal de tête à cause de la tension. Je le sentais monter par mon cou jusque dans mon cerveau. Était-ce mal d'arroser mes chats pour les discipliner, en sachant qu'ils savaient parler et qu'au moins un d'entre eux était capable de riposter en faisant apparaître des éclairs ?

Je fis de mon mieux pour ne pas hurler.

— Ce n'est pas…

Luna me tapota la main avec sa patte.

— Tout va bien, ma chère. Merlin et moi allons profiter d'être ensemble. De toute façon, nous ne voudrions pas être de trop pendant ton rendez-vous.

— Ça n'est pas… *ARGH !*

Cette fois, je jetai les mains en l'air de frustration, puis je les laissai retomber sur la table.

— Tu es tellement susceptible, lâcha Merlin avec mépris. Mais ne vous inquiétez pas, votre majesté. Nous ferons tout le travail nécessaire pour la sécurité de la maison pendant que vous vous amusez avec votre gentleman.

— Vous savez quoi ? Très bien. Allez à Nocturna. Amusez-vous sans moi pendant que je reste et que je participe à un rendez-vous que je ne veux pas et que je n'ai pas demandé.

— Merveilleux, roucoula Luna. Nous sommes tous d'accord, alors ?

Je laissai tomber ma tête dans mes mains et j'essayai de me concentrer sur ma respiration.

— Les humains deviennent bien plus lentement matures que les chats, entendis-je Merlin chuchoter à Luna. Nous aurions peut-être été plus avancés avec la vieille dame.

— Est-il trop tard pour changer ? demanda la chatte à voix haute.

— Tu sais mieux que les autres qu'une fois que le lien avec le familier est installé, il ne peut pas être rompu sans...

Luna inspira brusquement.

— Oui, je sais.

— Nous sommes donc coincés avec elle, ajouta-t-il sombrement.

— Je vous entends toujours ! criai-je avant de sortir à grands pas en claquant la porte.

Bon. Ils avaient peut-être raison au sujet de mon niveau de maturité, finalement.

6

Le soleil devait se coucher environ quinze minutes avant vingt heures ce soir-là, ce qui signifiait que si Drake avait seulement quelques minutes d'avance, il risquait de voir la magie de mon chat dans le jardin devant ma maison.

— Nous devrions envisager de déplacer ton chaudron à l'arrière, suggérai-je pendant que Merlin et Luna préparaient les derniers détails pour leur voyage à Nocturna.

J'aurais donné n'importe quoi pour les accompagner au lieu de devoir rester là et occuper Drake pendant ce qui allait sûrement être un rendez-vous très embarrassant.

— Es-tu sérieuse ? siffla Merlin avec un regard dur. Si nous déplaçons le chaudron, nous pouvons l'endommager. Si nous l'endommageons, notre lien avec le monde magique serait perdu pour de bon.

— D'accord, d'accord, pardon, marmonnai-je en donnant un

coup de pied dans une touffe d'herbe particulièrement longue près de l'allée.

Même si j'adorais être propriétaire, je n'avais pas encore tout à fait attrapé le coup de main avec la tondeuse. Chaque fois que je la démarrais, l'odeur d'herbe fraîchement coupée aggravait mes allergies et me faisait éternuer violemment. Mais comme l'herbe devait être coupée d'une façon ou d'une autre, je finissais par faire des allers-retours avec la tondeuse aussi vite que possible, sans prendre la peine de tout couper de la même manière. Je me disais qu'il valait mieux que ce soit coupé de façon inégale que pas coupé du tout. Comme je n'avais pas l'argent pour embaucher quelqu'un, mes voisins devaient simplement supporter mon gazon inégal.

— La prochaine fois, tu pourrais prévoir ton rendez-vous romantique ailleurs, suggéra Luna en ronronnant.

Elle commença à se frotter contre ma jambe, mais je bondis hors de sa portée. Je n'étais toujours pas satisfaite de la façon dont elle me traitait par rapport à ce rendez-vous accidentel… et à ma vie amoureuse en général.

— Ce n'est pas un rendez-vous romantique. Ce n'est rien de romantique du tout, rectifiai-je en serrant les dents. Rappelez-vous qu'il s'est invité lui-même.

Merlin chuchota quelque chose à Luna, juste assez doucement pour que je ne puisse pas distinguer les mots. Quand il eut terminé, ils se tournèrent tous les deux vers moi et se mirent à rire.

— Dépêchez-vous d'aller à Nocturna, fulminai-je en donnant

un autre coup de pied dans l'herbe mal coupée. Et restez-y, je m'en moque.

Les chats continuèrent à rire en sautant dans le bassin aux oiseaux, en éclaboussant autour d'eux et en disparaissant dans un tourbillon vert brillant. Je ne pensais pas m'habituer un jour aux étranges modes de déplacement de Merlin, que ce soit en transformant son chaudron-fontaine à oiseaux en portail ou en clignant des paupières deux fois pour se téléporter par magie.

Chaque fois que ma nouvelle vie de familier commençait à me sembler un peu logique, il arrivait quelque chose de si hallucinant que je ne pensais pas pouvoir me réconcilier avec mon point de vue antérieur sur le monde.

C'était sans doute vrai pour la plupart des choses, ces temps-ci. Tout vacillait entre un côté ennuyeux et sûr et un autre fascinant, mais stressant. Je pouvais presque garantir que ma vie avec Merlin allait toujours tomber dans la deuxième catégorie.

Maintenant que Luna et lui étaient partis, j'avais un peu de temps pour jouer avec mon maquillage, tant que Drake arrivait exactement à temps ou même avec un peu de retard. Étant donné son attitude au travail, je prévoyais qu'il arrive en retard, ce qui signifiait que j'avais de quoi travailler mon apparence.

Je n'avais pas osé attraper le moindre pinceau ou crayon de maquillage pendant que les chats étaient en train de me taquiner. Malgré tout, que ce rendez-vous soit voulu ou pas, je souhaitais être jolie. Et en réalité, n'importe quelle excuse me convenait pour forcer un peu sur le maquillage.

Je n'avais pas de véritable rendez-vous dans un futur proche, alors autant utiliser ce faux rendez-vous pour tester la palette d'ombres à paupières couleur sirène que j'avais achetée sur une boutique en ligne populaire.

Je travaillai vite pour appliquer la gamme de couleurs vives, mais apparemment pas assez vite, parce que la sonnette retentit environ à la moitié de mon maquillage.

— J'arrive, criai-je en tournant légèrement la tête d'un côté et de l'autre.

Si seulement j'avais encore cinq minutes. *Grrr.*

Exactement à l'heure, remarquai-je en jetant un rapide coup d'œil au micro-ondes quand je passai par la cuisine. Pas du tout le genre de Drake.

Je le découvris attendant patiemment sur le seuil de ma porte, avec une chemise noire, une cravate et une veste de costume au-dessus d'un jean et de tennis ordinaires et usés.

— Salut, Drake, dis-je pendant que mon regard se posait sur l'unique fleur qu'il tenait dans la main.

Elle était d'un rouge profond avec des pétales pointus et je ne la reconnaissais pas du tout.

— Pour toi, dit-il avec un petit sourire que je trouvai presque charmant.

— Merci, dis-je en acceptant le cadeau. Elle est très jolie.

— C'est un « black narcissus », un dahlia cactus, expliqua-t-il avec son air satisfait habituel.

— Je ne connais pas grand-chose aux fleurs, avouai-je en fronçant légèrement les sourcils. Les cactus n'ont pas besoin d'eau, n'est-ce pas ?

— La fleur a déjà été coupée, précisa-t-il en gloussant et en enfonçant les deux mains dans ses poches. Elle va mourir, quoi que tu fasses. Alors tu peux te lâcher.

— Ah bon, dis-je en ne sachant pas quoi répondre à ces instructions déconcertantes. Eh bien, merci encore. Tu devrais entrer.

Je me précipitai vers la cuisine pour trouver de quoi contenir ma fleur. J'étais certaine que grand-mère Grace devait avoir laissé un vase ou deux quelque part. À la fin, j'abandonnai mes recherches et je la plaçai simplement dans une cruche vide que j'avais utilisée une fois ou deux pour préparer de la limonade.

Drake méritait des points pour m'avoir apporté une fleur, c'était sûr. Mais comme ce n'était pas un véritable rendez-vous, les points n'avaient aucune importance.

En y réfléchissant bien, je n'avais pas eu de rendez-vous depuis que j'avais déménagé à Elderberry Heights, et ça ne m'avait pas manqué. Au début, j'avais été trop occupée à m'installer dans ma nouvelle maison et mon nouveau travail tout en faisant encore semblant d'avancer avec mon mémoire. Et maintenant, j'étais trop occupée à résoudre des meurtres, à combattre des mages fous et à rassembler des chats parlants. Si ça continuait ainsi, j'allais avoir de la chance si un véritable rendez-vous me tombait un jour dessus.

Mais Drake n'était pas obligé de savoir tout cela.

J'avais une mission ici, une seule : découvrir ce qu'il savait sur les fantômes et voir si cela m'aidait avec mon petit problème.

7

— Alors, est-ce une soirée Netflix ou bien... ?

Drake agita les sourcils et me fit un sourire suggestif.

Je ne pus retenir un frisson à cette idée.

— Beurk, non. Donne-moi cinq minutes et je serai prête à sortir.

— Pour aller où ? demanda-t-il en me suivant dans le couloir.

— Je ne sais pas. Où tu veux, criai-je par-dessus mon épaule avant de passer dans la salle de bains et de fermer la porte.

— C'est toi qui m'as invité, cria-t-il de l'autre côté. Je supposais que tu avais un plan.

Je me mordis la lèvre pour m'empêcher de lui dire ses quatre vérités. Si je me lançais dans un monologue expliquant que je n'ai jamais eu l'intention de l'inviter à ce soi-disant rendez-vous, il n'allait sans doute pas vouloir révéler ce qu'il savait sur les fantômes. Pour l'instant, j'allais donc devoir jouer le jeu.

— Que dirais-tu d'une balade au clair de lune? suggérai-je une fois que j'émergeai de la salle de bains, mon look étant enfin complet.

Au moins, j'étais de meilleure humeur.

— Jolis yeux, dit Drake en hochant la tête d'un air approbateur. J'aime ce look sur toi.

— Tu t'y connais en maquillage? dis-je d'une petite voix.

— Pas vraiment, mais je fais en sorte de connaître peu de choses dans beaucoup de domaines. La vie est plus intéressante ainsi. Et d'accord, ça me dirait bien de marcher.

Il me sourit et me fit signe de passer devant.

Je me sentis soudain nerveuse.

Drake faisait manifestement plus attention à ce qui l'entourait que je ne l'avais cru. Cela signifiait-il que j'avais envoyé des signaux suggérant que je voulais sortir avec lui?

Une fois dehors, Drake m'offrit le creux de son bras et j'y passai le mien, me sentant particulièrement chic pendant que nous marchions dans le quartier.

— Alors, comment t'es-tu lancée dans le café? demanda-t-il en gardant les yeux rivés sur l'horizon lointain.

— Pour payer l'université, répondis-je automatiquement.

C'était une question à laquelle j'avais souvent répondu, particulièrement quand mes professeurs et les autres étudiants me demandaient pourquoi je m'éparpillais avec ce travail temporaire alors que je pouvais simplement terminer mon diplôme et trouver un bien meilleur travail.

— Et toi ?

Il me fit un sourire espiègle.

— Je me contente d'obéir aux ordres.

— Quoi ? Les ordres de qui ?

Il poussa un soupir de lassitude.

— C'est une condition de mon fonds fiduciaire. Je dois garder un travail stable pour avoir le droit de récupérer l'argent. Alors, juste pour énerver mon père, je conserve le travail le plus modeste possible, faisant exactement l'opposé de ce qu'il voulait pour moi.

— Ah, tu es donc un gosse de riche? Ça explique certaines choses, dis-je en repensant à son coupé sport rutilant.

— Ma chère, je suis un *homme* de riche et ne l'oublie pas.

Il fit un sourire charmant et je ne pus m'empêcher de rire. En tout cas, nous avions cela en commun. Les gens dans notre vie attendaient plus de notre part... ou des choses différentes. Je savais que j'allais finir par obtenir mon diplôme, mais je n'avais toujours pas la moindre idée de ce que je voulais dans la vie. En réalité, j'avais choisi la sociologie pour discipline parce que j'avais l'impression que c'était un des domaines les plus étendus. J'avais ensuite continué parce que c'était la voie obligée quand le diplôme de licence n'offrait pas un chemin de carrière évident.

Je continuais à préférer que la vie soit pleine de surprises et un travail ordinaire de neuf heures à dix-sept heures me donnait l'impression d'être à l'opposé de ce que je voulais.

— Mais tu ne t'ennuies pas? demandai-je à Drake. Tu ne

travailles qu'à mi-temps et tu n'as pas d'autre ambition que de continuer à toucher l'argent de ton fonds ?

Il n'était pas obligé de savoir que mes propres ambitions n'étaient pas encore définies.

— M'ennuyer ? Pas du tout. Et qui dit que je n'ai pas d'ambition ? Comme je l'ai dit, j'aimerais savoir un peu de choses dans beaucoup de domaines. Être un homme moderne de la renaissance.

— Comme pour le jardinage, suggérai-je avec un léger sourire. Ou le maquillage.

Il hocha la tête.

— Et les fantômes.

Oh, super. Il m'avait donné l'introduction dont j'avais besoin. Je sautai dessus.

— À vrai dire, je me posais des questions là-dessus.

Il pencha la tête et éclata de rire.

— Évidemment. Tu croyais que je ne l'avais pas compris quand nous étions sur le parking ?

Je m'arrêtai de marcher et je l'observai.

— Mais tu...

Il s'arrêta également à quelques pas devant moi et il se tourna pour m'examiner.

— J'ai renversé la situation à mon avantage. Ça fait longtemps que j'ai envie de t'inviter à sortir. Je me suis dit que de cette façon, tu le voudrais aussi.

Mon sourire était maintenant si grand qu'il risquait de décrocher ma mâchoire.

— C'est sournois.

Il me fit un clin d'œil.

— Ou génial.

— Je vais rester sur sournois, répondis-je en riant, puis je recommençai à marcher et je passai à nouveau le bras au creux du sien. Alors, vas-tu me parler des fantômes ?

— Du fantôme, rectifia-t-il.

Son sourire avait été remplacé par une mâchoire serrée et des sourcils froncés.

— Je n'en ai vu qu'un seul.

— Raconte-moi, le suppliai-je presque en serrant légèrement son avant-bras.

Son regard redevint plus léger.

— Eh bien, je suppose que j'ai obtenu ce que je voulais de cette soirée, c'est-à-dire plus de temps avec toi. Il est donc juste que je te donne ce que tu voulais. Et c'est parti, une histoire de fantôme pour la dame.

Il se racla la gorge avant de commencer…

8

— Bon, c'était une nuit sombre et orageuse…

Je grognai en jetant la tête en arrière d'un air théâtral.

— Sérieusement ?

— Si tu veux l'histoire, alors tu dois me laisser décrire la scène, rétorqua Drake dont les cheveux sombres tombèrent devant ses yeux quand il me sourit avec un seul côté de la bouche.

Je levai les yeux au ciel et je lui fis signe de poursuivre.

— Comme je le disais, c'était une nuit sombre et orageuse.

Il écarquilla les yeux et me jeta un regard noir, me défiant de protester.

Comme je restai silencieuse, il sourit avec l'autre côté de sa bouche également.

— Je venais d'avoir vingt et un ans, j'allais enfin pouvoir bénéficier de mon fonds fiduciaire, et je parcourais le pays à la recherche d'un nouvel endroit pour m'installer. Ma seule exigence ? Que ce soit aussi loin que possible de mes parents. J'étais en route pour Miami quand un orage géant a commencé à se former, alors je me suis garé au bord de la route pour attendre que ça passe. Pendant que j'étais assis là, cette femme en blanc est sortie de nulle part.

Ses yeux se perdirent dans le vague quand il s'enfonça plus loin dans son souvenir, et j'étais certaine qu'il voyait la scène se dérouler encore une fois dans son esprit.

Drake inspira profondément avant de reprendre.

— Elle portait cette robe démodée et n'avait pas de chaussures. Je la voyais à peine à travers l'épais rideau de pluie, mais c'était suffisant pour voir qu'elle était à moitié transparente.

Je retins mon souffle.

— Waouh, tu as vraiment vu un fantôme.

— Pourquoi aurais-je menti ? demanda-t-il en levant un sourcil interrogateur.

L'intensité de son regard me fit lâcher son bras et faire un petit pas sur le côté.

— Tu as raison. Je suis désolée. Continue.

Il haussa les épaules.

— Il n'y a pas grand-chose de plus à raconter. Une autre voiture est arrivée, elle a failli rouler tout droit à travers la chose, mais elle a dérapé et quitté la route à la dernière minute. Un monospace de mère au foyer s'est arrêté pour aider la personne ayant eu l'accident. La pluie a fini par s'arrêter et j'ai continué vers Miami. Je suis resté là-bas quelques mois, mais tout le soleil a fini par me lasser. Je suis revenu en Géorgie, cherchant l'endroit où j'ai vu le fantôme. J'ai fini par abandonner mes recherches. C'est à ce moment-là que j'ai aperçu l'annonce de recrutement dans la vitrine chez Harold et que j'ai décidé de m'installer à Elderberry Heights.

— Waouh, chuchotai-je avec admiration, même si j'avais encore besoin de digérer toute son histoire. Alors, tu crois vraiment aux fantômes ?

— Vraiment, déclara-t-il sans équivoque, comme si je lui avais demandé si le ciel était bleu. Depuis, j'ai fait le tour de maisons hantées et parlé avec des médiums, mais je n'ai trouvé que des charlatans.

Je le saisis par l'épaule et j'attendis qu'il se penche pour chuchoter :

— Et si je te disais qu'il y a un fantôme qui se matérialise dans ma maison en ce moment même ?

Les yeux de Drake brillèrent de curiosité.

— Dans ce cas, je te demanderais ce que nous faisons encore ici. Puis-je le voir ? Puis-je lui parler ?

On aurait dit un gamin à Noël.

— Je ne sais pas encore s'il peut parler, mais je sais qu'il est là. Il est faible, mais il semble se renforcer.

J'étais fière de ne pas avoir mentionné les chats dans mon explication.

Je craignais qu'il pose des questions auxquelles je ne savais pas comment répondre, mais à la place, il tourna les talons et commença à marcher rapidement vers ma maison, tant il était pressé de voir ce fantôme de ses propres yeux.

— C'est mon plus grand regret, tu sais, dit-il pendant que j'essayais péniblement de le rattraper. Le fait d'être simplement resté assis dans ma voiture au lieu de sortir et d'essayer de communiquer avec cet esprit.

— Mais tu as dit qu'une voiture l'avait traversé, lui rappelai-je en croisant les bras sur ma poitrine.

Même s'il ne faisait pas du tout froid, j'avais besoin de ce petit réconfort pour contrer l'effet de la conversation.

Il hocha la tête.

— Oui, une autre voiture l'a fait partir, mais il y a eu plusieurs minutes pendant lesquelles l'esprit flottait là. J'avais l'impression qu'elle attendait quelque chose.

Ça devenait effrayant. L'histoire avait déjà commencé de façon assez inquiétante, mais plus Drake parlait de son expérience surnaturelle, plus je m'inquiétais de la façon dont allait se dérouler la mienne.

Mon fantôme pouvait-il être chassé ? Et si j'essayais de m'en débarrasser, les chats et moi risquions-nous de rater un message important de l'au-delà ?

Si seulement je le savais...

9

Je reconduisis Drake jusqu'à chez moi et je l'invitai à l'intérieur pour rencontrer mon bébé fantôme. Je me sentis bien mieux en le laissant entrer, cette fois. Il savait maintenant ce qu'il en était de ce rendez-vous qui n'en était pas un, et il m'avait déjà confié son expérience avec un fantôme.

D'accord, j'espérais toujours qu'il parte avant que les chats ne reviennent de Nocturna. Je ne pensais pas pouvoir endurer encore leurs plaisanteries impitoyables.

— Eh bien ? Où est-il ? demanda-t-il avec enthousiasme, regardant partout dans la maison comme s'il allait pouvoir le distinguer facilement.

— Je ne sais pas encore s'il est sorti. Je crois qu'il est plus puissant la nuit, et le soleil vient juste de se coucher, expliquai-je en indiquant le coin supérieur du couloir de ma chambre.

Drake marcha tout droit vers l'endroit en levant une main avec les doigts tendus.

— Que fais-tu ? ricanai-je, résistant à l'envie de me frapper le front. Essaies-tu de lui taper dans la main ?

Il se retourna vers moi et fit une grimace, pas gêné comme je m'y étais attendue, mais plutôt joueur.

— Je vérifie s'il y a une anomalie temporelle.

Ravie, je lui demandai :

— Et alors ? Est-ce le cas ?

— Eh bien, je viens de me rendre compte que je ne sais pas du tout l'effet que peut faire une anomalie temporelle. Oui, j'ai déjà vu un fantôme, mais c'était plus de la chance qu'autre chose.

Il pencha la tête sur le côté.

— Comment sais-tu qu'il était là ?

Mon cœur battait fort dans ma poitrine. Je détestais mentir, mais lui dire la vérité au sujet de Merlin allait me faire enfermer dans une prison magique mal famée pendant le reste de ma vie. Ce simple fait rendait le mensonge essentiel, mais ça ne m'aidait pas à être plus douée.

— Oh, c'est, euh, mon intuition, répondis-je en contournant la question. Parfois j'entends des choses que les autres n'entendent pas.

C'était vrai, même si c'était seulement parce que les chats choisissaient de me parler au lieu de s'adresser à la plupart des autres humains.

Il écarquilla les yeux et sembla me voir sous un nouveau jour.

— Waouh. Tu l'as vraiment entendu, alors? Il t'a parlé, avec des mots?

Je secouai vite la tête.

— Non, pas des mots. C'est plus un bruit de, euh, de vagues qui se brisent doucement sur la plage.

— Comment se brise-t-on doucement? demanda-t-il en gloussant.

Je ne savais pas si c'était une question rhétorique, alors je hasardai une réponse.

— C'est difficile à expliquer. C'est comme *chhspspspspchh.*

— On dirait le bruit que font certaines personnes pour appeler leur chat, fit-il remarquer en riant doucement.

Je souris d'un air gêné.

— Ha, ha, oui, un peu. Quoi qu'il en soit, je panique peut-être pour rien. Je veux dire, ça a l'air assez fou, n'est-ce pas?

Drake revint vers moi depuis l'autre bout du couloir.

— Fou, c'est ce que disent les gens quand ils ne comprennent pas tout à fait quelque chose. Pour ce que ça vaut, je te crois au sujet de ton fantôme et je pense que c'est très cool.

— Merci, dis-je avec un soupir de soulagement.

Drake leva la main pour toucher mon avant-bras.

— Tu es aussi très cool, Gracie. Il y a quelque chose de différent chez toi. Surtout dernièrement. Et, eh bien, j'aime beaucoup.

Je déglutis.

— M-merci.

Ses yeux s'adoucirent quand il fit remonter sa main le long de mon bras.

— Écoute, murmura-t-il. Je sais que je t'ai coincée pour ce rendez-vous et que tu étais trop gentille pour refuser. Mais tu peux dire non maintenant, d'accord ?

Je hochai la tête quand sa main finit par atteindre mon épaule.

Il fit un autre pas en avant.

— Puis-je t'embrasser ?

Oh, waouh. Ça sortait vraiment de nulle part.

— Non ! dis-je, peut-être avec un peu trop d'emphase.

Drake laissa immédiatement tomber sa main et fit un pas en arrière. Il affichait un sourire, mais celui-ci était forcé.

— Je suis désolée, murmurai-je. C'est juste qu'il se passe beaucoup de choses dans ma vie en ce moment, et…

Drake leva la main.

— Ce n'est pas un problème. Je comprends. Il me semblait bien que je ne t'intéressais pas, mais je voulais en être sûr. Je vais te laisser pour ta soirée. Si tu as besoin de plus d'aide avec ton fantôme ou si tu veux simplement traîner avec moi, prendre un café avec une pâtisserie, par exemple, tu sais où me trouver.

Il passa devant moi et marcha tout droit vers la porte.

— Drake, je suis désolée ! criai-je avant de me précipiter vers lui. Je t'aime bien, et j'ai aimé passer la soirée avec toi. Mais c'est juste que je ne te connais pas encore très bien. Et puis je suis trop occupée pour faire de la place pour une relation. C'est cent pour cent vrai.

Il pencha légèrement la tête sur le côté.

— Tu n'es pas obligée de me l'expliquer. Je suis un goût que l'on acquiert avec le temps.

— Hé, je l'aurais peut-être quand nous aurons passé plus de temps ensemble, lâchai-je stupidement.

Je n'avais pas de sentiments pour Drake et je ne pensais pas en avoir un jour.

Il s'arrêta avec la main sur la poignée de la porte.

— Alors, tu penses avoir envie d'une gâterie plus tard ?

Je restai bouche bée. J'essayai de répondre, mais seul un grognement de dégoût sortit de ma bouche.

Drake se tourna brusquement vers moi.

— Une gâterie à manger ! C'est tout ce que je voulais dire ! Une gourmandise. Pas… l'autre chose.

Je hochai la tête en silence, les yeux encore écarquillés de surprise.

— Bon, je vais aller me jeter d'un pont maintenant, dit-il en ouvrant la porte pour sortir.

Pendant un instant, j'hésitai à le suivre, mais à ce moment-là…

10

— Hors de mon chemin, hors de mon chemin! miaula Merlin lorsque Luna et lui jaillirent du bassin aux oiseaux dans une cascade d'étincelles vertes.

— Chut, quelqu'un va vous voir! criai-je tout bas depuis le seuil de la porte.

Je jetai un coup d'œil vers la route et je fus soulagée de voir que Drake s'était enfui avant le spectacle dans mon jardin.

— C'était moins une, marmonna Merlin quand Luna et lui passèrent devant moi pour entrer dans la maison.

Je fermai la porte et je la verrouillai. Au cas où.

— Qu'est-il arrivé? demandai-je, presque effrayée d'entendre leur réponse.

Luna s'étira pour lécher le front de Merlin, qui relâcha une partie de la tension qu'il avait ramenée à la maison avec lui.

— Merci. J'avais besoin de ça, ronronna-t-il à son amante en continuant à m'ignorer.

Luna se colla contre le flanc de Merlin. Je n'aurais pas pu les séparer, même si j'avais voulu. Et je savais qu'il valait mieux ne pas essayer.

— Nous avons croisé des chats du passé de Merlin et ils n'étaient pas vraiment ravis de le voir. Ou de nous voir ensemble, expliqua-t-elle de sa voix chantante.

— Qu'ont-ils fait ? demandai-je.

Merlin était à peine plus vieux qu'un chaton. Le fait qu'il m'adopte pour familier était l'acte qui le rendait officiellement sorcier, et c'était arrivé très récemment. Comment un si jeune chat pouvait-il avoir des ennemis jurés ?

— Ils l'ont provoqué en duel, et il a — elle regarda Merlin en plissant les yeux — stupidement accepté.

— Hé, tu aurais pu mourir ce soir ? lâchai-je, aussi surprise qu'angoissée. Mais à quoi pensais-tu ?

— Il ne pensait pas du tout, répondit Luna avec un soupir. Mais tu dois aussi te rappeler que nous autres les chats, nous agissons différemment des humains.

— Des duels avec des pistolets, hein ? Comme dans Hamilton ?

J'imaginais Merlin en costume d'époque et tournant autour d'un autre chat en vêtements coloniaux pendant qu'ils rappaient leurs griefs. Ça, c'était un spectacle pour lequel j'étais prête à payer cher.

— Certainement pas, dit Luna d'un air de dégoût, comme si elle avait pu voir la scène qui s'était jouée dans ma tête.

— Alors ? demandai-je plus sérieusement.

Merlin finit par prendre la parole, son pelage tressaillant au niveau des épaules.

— Ça n'aurait pas été aussi terrible. Nous autres, les chats, nous nous battons avec ce que nous avons à disposition.

Il leva une patte et sortit ses griffes.

— Nous utilisons un mélange de magie et de bonne vieille bagarre.

Luna lui donna un coup d'épaule jusqu'à ce qu'il range ses armes.

— Les chats frappent avec leurs pattes. Les chats magiques frappent avec des griffes fantômes.

Je secouai la tête, ne comprenant pas l'étrange métaphore.

— Nous attaquons la magie à l'intérieur de notre adversaire, expliqua-t-il avant d'aplatir les oreilles sur sa tête, de lever une patte et de frapper l'air.

— Comme ça. Nous ne visons pas les blessures au visage ou à l'ego. Nous attaquons la magie de l'autre jusqu'à ce qu'un de nous n'en a plus assez pour continuer le duel.

— Vous vous tuez ?

Cette idée me semblait si barbare. Mais s'il arrivait que les humains s'entretuent, pourquoi pas d'autres espèces aussi ? J'aurais aimé le contraire, bien sûr.

Merlin frissonna.

— Non, c'est bien pire. Le perdant continue à vivre sans magie. Un sort pire que...

— Ah-ah-hum !

Je m'éclaircis bruyamment la gorge pour l'interrompre.

— Qu'est-ce qui t'arrive ? demanda Merlin avant de jeter un coup d'œil vers Luna à côté de lui et de baisser la tête à regret. Oh, c'est vrai. Pardon.

— Je sais que tu ne l'as pas fait exprès, dit-elle doucement, toujours visiblement blessée par ses paroles. Tout comme je sais que tu ne voudrais pas risquer de perdre ta magie alors qu'une menace imminente pèse sur notre maison.

— Pourquoi ces autres chats voulaient-ils se battre contre toi ? Tu n'as sûrement rien fait de *si* terrible ?

Il était parfois sarcastique et rébarbatif, mais en général, Merlin était un bon chat. Il ne semblait pas du genre à avoir des ennemis... Enfin, en dehors de cette histoire avec Luna. Bon, vous savez quoi ? Peu importe. Il était évident qu'il s'était créé une bonne quantité d'ennemis dans sa courte vie. C'était peut-être courant avec la magie. Ce monde était encore nouveau pour moi et j'apprenais toujours ses particularités.

Merlin grogna.

— Eh bien, avant que Luna soit ma copine, elle était avec Cal.

— Cal, répétai-je. Le chat Cal ?

— Oui, et quand il a vu qu'elle n'avait pas de magie, il a estimé que c'était de ma faute. Cal était si fâché qu'il m'a défié, cherchant maladroitement à la venger.

— C'est assez mignon, en réalité, dis-je avec un sourire mièvre.

Luna secoua catégoriquement la tête.

— Je n'ai pas besoin d'être vengée par Merlin, Cal, ou qui que ce soit. Je fais mes propres choix et je mène mes propres combats, avec ou sans magie. Bien sûr, Merlin a accepté le duel avant que j'aie l'occasion de le lui dire.

Merlin hocha sombrement la tête.

— Et quand Luna a montré son mécontentement, il ne nous restait plus qu'à courir et espérer passer le portail avant que Cal et ses sbires nous rattrapent.

— S'il vous plaît, dites-moi qu'avant cette débandade, vous avez obtenu ce dont nous avions besoin concernant le fantôme, marmonnai-je, contrariée.

— Bien sûr, répondit Luna avec un grand sourire qui s'estompa vite. Même s'il vaudrait sans doute mieux que Merlin ne se montre pas à Nocturna pendant un moment.

— Mais sans Merlin, nous ne pouvons pas nous y rendre non plus.

— Je sais, dit-elle en agitant la queue. Considère donc que Nocturna ne fait plus partie de notre liste de ressources pour le moment.

Super. Notre lien direct avec le monde magique avait été temporairement coupé pendant que nous luttions pour gérer un problème magique très réel et très immédiat.

Ça allait tellement faciliter les choses…

11

ais tu as dit que vous aviez obtenu ce dont nous avions besoin, fis-je remarquer en espérant que ce soit vrai.

Sans accès aux autres créatures magiques de Nocturna, nous étions bel et bien seuls pour gérer notre fantôme indésirable.

— Détends-toi, tu veux? cracha Merlin en me fixant avec ses grands yeux verts. Ne te souviens-tu pas de la règle numéro un?

Oui, je me souvenais que j'étais censée croire tout ce qu'il disait sans le remettre en question. Une règle affreuse, mais sur laquelle il insistait.

Je pinçai les lèvres et j'attendis qu'il en dise plus.

Quand il fut satisfait par mon obéissance silencieuse, il poursuivit son explication.

— Nous sommes allés à la bibliothèque et nous avons trouvé un sort que nous pouvons utiliser pour piéger le fantôme.

Ma mâchoire tomba.

— Nocturna a une bibliothèque ? criai-je avec joie.

Oh, j'avais terriblement envie de m'y rendre, maintenant.

— Oui. Et alors ?

Il agita violemment la queue comme un de ces bonhommes gonflables géants qui ondulent devant les concessionnaires auto.

— Rien. C'est juste que j'aime les livres et…

— Pouvons-nous nous concentrer sur ce qui est important ? aboya Merlin, visiblement encore perturbé par le duel qu'il avait presque défendu avec son rival Chat Cal.

Luna me fixa avec gentillesse.

— La bibliothèque est merveilleuse, mais elle est faite pour les chats. J'ai bien peur que tu ne passes pas par la porte, ma chère.

Bon, encore un rêve qui s'effondrait. Je n'avais même pas eu le temps de m'imaginer parmi des piles de vieux livres magiques. *Soupir.*

Merlin s'allongea avec les pattes sous lui, passant le relais à Luna.

Elle se leva et s'étira, gardant la queue bien droite.

— Nous avons trouvé le sort nécessaire, et je devrais avoir tous les ingrédients dans mon jardin. Comme je ne suis plus magique, je ne pourrai pas mélanger la potion moi-même, mais j'ai toujours les connaissances. Je peux guider Merlin dans sa création. Ou même toi.

Oh, c'était vrai. En tant que familier de Merlin, j'étais aussi un réceptacle de sa magie. Un peu comme un chargeur de batterie portable. Je ne pouvais pas lancer de sorts moi-même, mais j'avais toujours une source disponible pour mon grand patron félin.

— Il y a un problème, songeai-je à voix haute. Ton jardin se trouve à l'ancienne maison de Virginia. Nous n'y avons pas accès.

Elle eut un sourire diabolique.

— C'est à l'extérieur. Il nous suffit de nous y rendre et de prendre ce dont nous avons besoin.

Je fis la grimace.

— Mais n'est-ce pas du vol ?

Merlin éclata de rire.

— Après tout ce que nous avons traversé, tu t'inquiètes de voler ? De plus, ce jardin est à Luna. C'est elle qui l'a planté, qui en a pris soin. Comment pourrait-il appartenir à quelqu'un d'autre ?

— N'y pense pas trop. Tu risques juste d'avoir mal à la tête, suggéra Luna.

Elle se colla ensuite contre Merlin.

— Allez, viens. Nous devons récupérer ces ingrédients si nous voulons nous débarrasser de notre fantôme.

Je soupirai. Elle avait raison, bien sûr. Mais ça ne me rassurait pas de nous balader sur une propriété qui ne nous appartenait pas. Il suffisait de voir tous les problèmes ainsi engendrés auparavant !

Malgré tout, une fois que les chats avaient décidé quelque chose, il était impossible de les convaincre du contraire.

Je posai une main sur le dos du sorcier Maine coon en me résignant à ce qui allait suivre.

Il suffit que Merlin cligne deux fois des paupières, et nous fûmes tous les trois transportés dans le jardin.

Enfin, à vrai dire, on finit à l'extrémité du jardin, près d'un gros arbre que je ne connaissais que trop bien. Je frissonnai en me souvenant des autres fois que j'étais venue ici. Aucune n'avait été agréable.

Tout d'abord Merlin et moi étions entrés en douce, et nous avions été menacés par notre ennemie d'alors : Luna. Elle m'avait aussi kidnappée et utilisée pour préparer un philtre d'amour, même si je ne l'avais pas su à l'époque. Mais le pire des souvenirs était l'affrontement que nous avions eu avec Virginia et la maléfique sorcière des illusions qui l'avait manipulée. L'arbre à côté duquel nous nous trouvions maintenant avait été animé et il s'était battu lui aussi.

Glauque, glauque, super glauque.

Était-ce étonnant que j'hésite à revenir maintenant au milieu de la nuit ?

Une lueur rouge attira mon regard. Je me retournai vite, m'attendant presque à voir une sorcière folle courir vers moi. Mais ce n'était qu'un panneau À VENDRE qui s'agitait dans la brise.

Luna s'approcha de moi.

— Virginia n'avait pas de famille. Pas de proches. C'est une des raisons pour lesquelles je l'ai choisie. Il est bien plus facile de choisir pour familier une personne sans attachements familiaux.

— Est-ce pour cela que tu m'as choisie ? demandai-je à Merlin en me demandant si je devais être vexée.

Les chats sorciers choisissaient-ils les gens dont la société humaine ne voulait pas ? Cela signifiait-il que mes chats pensaient que j'étais une ratée qui ne manquerait à personne ?

— C'est pour cette raison que j'ai choisi ta grand-mère, expliqua Merlin sans me regarder. Je t'ai choisie par défaut quand elle est partie.

Je soufflai.

— Merci de me le rappeler.

— Hé, je suis content de mon choix, peu importe comment il a eu lieu.

Au moins, cela me fit sourire.

— Bon, nous sommes ici pour les ingrédients, n'est-ce pas ? Récupérons le nécessaire et partons. Que quelqu'un vive ici ou pas, je n'aime pas trop fouiner dans les parages.

— Ton sens de la morale est sérieusement discutable parfois, répliqua Merlin en levant la tête et en humant l'air. Mais qu'il en soit ainsi.

12

Luna ouvrit la voie vers le jardin derrière la maison. J'avais des difficultés à voir dans l'obscurité de la nuit, mais les chats n'hésitèrent pas, cueillant différentes herbes et fleurs qu'ils déposèrent en tas devant mes pieds immobiles.

— Avez-vous presque fini ? demandai-je au bout de quelques minutes.

C'est alors qu'une lampe illumina le jardin, m'aveuglant de sa lumière soudaine.

— Bonjour ! cria quelqu'un sur le côté de la maison pendant que des pas se précipitaient dans notre direction. Qui est là ?

Je me figeai sur place en espérant que Merlin nous transporte loin de là, avant que l'autre personne nous rejoigne derrière la maison.

Mais ça n'arriva pas. Franchement, je ne crois pas qu'il ait essayé.

— Gracie ? cria l'autre personne. Que fais-tu là ?

Mes yeux commencèrent enfin à s'habituer à la lumière. Je scrutai la nouvelle arrivante et je la vis lentement prendre la forme familière de mon amie et patronne, Kelley Carmine.

— Salut, dis-je d'un air gêné.

— Que fais-tu là ? demanda-t-elle en s'avançant sans hésiter, maintenant que nous nous étions identifiées.

— Oh, tu sais...

Je ris pour cacher ma nervosité.

— Je promène mes chats au clair de lune.

Elle pencha la tête sur le côté.

— Dans mon jardin ?

Je fis un pas en arrière.

— Ton jardin ? Je pensais que cet endroit était à vendre. Je suis désolée, je n'avais pas compris...

— Oh, si c'est toi, ça va.

Kelley agita la main pour chasser ma gêne et elle fit une grimace.

— Elle n'est pas encore officiellement à moi. Mon offre a été acceptée aujourd'hui, ce qui signifie qu'elle le sera bientôt.

— Kelley, félicitations ! C'est incroyable !

J'eus un sourire soulagé. Je n'aimais pas fouiner dans le jardin de mon amie sans y être invitée, mais c'était bien mieux que chez un inconnu.

Elle rougit légèrement.

— Oui, maintenant que je possède le café ici, j'essaie de m'installer. C'était trop bizarre de vivre dans la vieille maison de mon père, alors j'ai fait des recherches et j'ai trouvé cette jolie maisonnette. Je suis juste venue prendre quelques mesures afin de prévoir l'aménagement.

— Eh bien, tu as choisi une jolie maison. Et le jardin est très beau.

Nous regardâmes toutes deux les rangées d'herbes et de fleurs qui remplissaient presque la moitié du jardin.

Kelley secoua la tête.

— Tu crois ça? Je ne connais même pas la moitié de ces plantes. À vrai dire, j'envisageais de tout arracher et de les remplacer par des tulipes. C'est ma fleur préférée, et il paraît qu'elles sont bien plus faciles que d'autres.

Luna poussa un petit cri et tomba sur le côté.

— Euh, ton chat va bien?

— Oh, oui. Luna va bien. Ils vont bien tous les deux. Pardon d'être venue à l'improviste comme ça. Les chats choisissent un peu leur chemin, et je les suis.

C'était la meilleure feinte que j'avais trouvée jusque-là, parce qu'elle était entièrement vraie… mais pas dans le contexte actuel.

— Ce n'est pas grave. Comme je l'ai dit, ce n'est pas encore chez moi. Mais quand ça le sera, tu seras toujours bienvenue avec tes chats.

Kelley me prit alors par la main et m'entraîna derrière elle.

— Comme tu es là, tu ferais aussi bien de rentrer et de la visiter. Tu arrives à croire ça, Gracie? Je viens d'acheter toute une maison ! Je suppose que je suis sur le point de le faire, mais quand même ! Une maison !

Je ris pendant que nous avancions ensemble vers la porte d'entrée. Même si c'était étrange que Kelley ait acheté précisément cette maison, je n'étais pas du tout surprise qu'elle soit bientôt propriétaire. Son père aurait été si fier.

Moi, cependant, je ne pouvais pas lui faire savoir que j'avais déjà été à l'intérieur, car je devais alors trouver des mensonges pour expliquer la situation.

Kelley trifouilla le boîtier à clés de l'agence immobilière et en sortit une clé.

— Il faudra utiliser ton imagination, d'accord ? L'ancienne propriétaire avait des goûts horribles, mais mon agent m'assure que tout sera vidé bien avant que j'emménage.

Je souris et je hochai la tête pendant qu'elle plaçait la clé dans la serrure au-dessus de la poignée de porte.

— C'est très fleuri, m'exclamai-je dès qu'elle alluma les lampes.

Évidemment, les motifs floraux dominaient… cette maison avait été habitée par une sorcière des jardins et son familier.

— C'est assez triste, n'est-ce pas ? Je ne sais pas comment l'ancienne propriétaire est décédée, mais je sais qu'elle n'avait personne à qui léguer cette maison ou ses affaires. Quand je pense à elle, j'imagine cette pauvre vieille dame enfermée dans cette maison comme une capsule temporelle, avec seulement un chat ou deux pour lui tenir compagnie.

Elle me regarda et se mordit la lèvre.

— Sans vouloir te vexer.

Waouh, elle n'imaginait pas comme elle avait tort au sujet de Virginia.

— Sans vouloir me vexer au sujet des chats ? demandai-je avec un sourire enjoué.

— Au sujet de ta maison. Je ne voulais pas sous-entendre que ce qui est rétro ne peut pas être cool. C'est juste…

Elle montra la pièce d'un geste de la main.

— Il y a tellement de fleurs, ici.

Bon, apparemment j'étais devenue le stéréotype de la vieille dame. *Fabuleux.*

— Ma maison appartenait à ma grand-mère, expliquai-je dans la cuisine. J'ai beaucoup de bons souvenirs de ce qui est arrivé dans cette maison exactement telle qu'elle est. Je n'ai pas le cœur de la changer.

Le visage de Kelley se renfrogna immédiatement.

— Oh, je suis vraiment désolée. Je ne savais pas… toutes mes condoléances.

Je gloussai.

— Grand-mère Grace n'est pas morte. Elle est simplement en Floride.

— Ah, c'est bien, je suppose.

Elle me fit un clin d'œil et me guida jusqu'à une petite salle à manger.

— Un jour, je t'inviterai avec les autres du travail pour un vrai dîner.

— Super, m'enthousiasmai-je.

— Oh, ça le sera, promit-elle, son regard se perdant presque dans le vague, comme si elle voyait déjà la scène.

De mon côté, je n'arrivais pas à passer outre Virginia et les événements horribles qui s'étaient déroulés ici.

Enfin, je savais au moins que Virginia me hantait et qu'elle allait sans doute laisser Kelley tranquille. Parce que même s'il était difficile de me protéger d'un esprit en colère, j'imaginais qu'il était bien plus difficile d'aider une amie sans révéler l'existence de la magie.

13

Après m'avoir montré la chambre principale, Kelley me raccompagna dans le couloir et se tourna vers moi, inquiète.

— Gracie, penses-tu que je fais trop de choses à la fois ? Avec le café et maintenant cette maison ? Je veux dire, cela fait à peine un mois que je suis en ville et, enfin, je suis dans un état vulnérable parce que j'ai rencontré mon père et que je l'ai perdu, et...

Je posai une main sur son épaule.

— Kelley, tout va bien. Ça fait beaucoup, mais tu sauras le gérer. Tu as déjà fait des progrès incroyables avec le café, et tu vas aussi faire des choses fabuleuses avec cette maison.

Elle leva la tête vers moi, les yeux brillants.

— Tu es sincère ?

— Bien sûr. Je crois en toi et je t'accompagnerai tout le long.

Apparemment, j'étais accidentellement devenue le mentor de

Kelley après l'avoir aidée à vivre le deuil de son père. Mais ce n'était pas grave. Je l'appréciais vraiment et je voulais qu'elle soit heureuse. J'espérais aussi qu'elle ne découvre jamais que je l'avais soupçonnée au début d'avoir assassiné son père. Je savais maintenant qu'elle ne ferait jamais une chose aussi horrible. Elle en était incapable.

Kelley soupira et me serra dans ses bras.

— J'ai tellement de chance d'avoir une amie comme toi. Sérieusement. C'est comme s'il y avait cet étau autour de ma poitrine. Et à mesure que nous approchons de la grande réouverture, il se resserre un peu plus chaque jour. Il m'est déjà difficile de respirer maintenant. Qu'est-ce que ça sera quand le grand jour sera enfin là ? Je m'inquiète de ne pas avoir assez d'oxygène.

Je lui tapotai l'arrière de la tête comme on pouvait le faire avec un enfant bouleversé. En réalité, Kelley n'était pas beaucoup plus qu'une enfant. Elle avait beaucoup à faire pour une jeune femme de dix-huit ans. Même si j'étais toujours assez jeune moi-même, j'étais loin d'avoir autant de responsabilités sur mes épaules... enfin, si on choisit d'ignorer toute l'histoire du chat magique avec sa réserve d'ennemis apparemment infinie.

— C'est l'anxiété, lui dis-je en me souvenant de ce que ma grand-mère m'avait dit un jour. Ça a l'air terrible, mais c'est aussi une bonne chose.

Kelley s'écarta et me regarda comme si j'étais folle.

— Une bonne chose ? En quoi ?

— Ça veut dire que tu n'es pas indifférente. La vie est tellement meilleure quand il y a des choses et des gens qui nous importent. Et le mieux? Tu peux canaliser cette anxiété pour te motiver. C'est un moteur. Utilise cette énergie nerveuse pour te propulser vers tes objectifs, et tu y arriveras en un temps record.

— On dirait que tu parles d'expérience, dit-elle avec un sourire pincé.

Je hochai la tête.

— Eh bien, celle de ma grand-mère, en tout cas.

— C'est un bon conseil. Ta grand-mère avait-elle un avis sur l'amour?

J'écarquillai les yeux.

— L'amour!

Mon amie devint toute rouge et regarda le plancher.

— Eh bien, c'est un béguin, et je sais que je n'ai pas le temps de penser à ce genre de choses, mais chaque fois que je le vois entrer dans le café, je… oups, j'en ai trop dit.

— Kelley! m'exclamai-je en lui saisissant le bras et en la forçant à me regarder. S'il te plaît, dis-moi que ce n'est pas Drake.

Elle haussa les épaules d'un air faussement timide.

— Je sais, je sais. Il est tellement cool, du genre à ne pas se soucier de ce que les gens pensent de lui. J'aimerais avoir ce genre d'assurance.

— Pour toi, ce que les autres pensent est important, et ce n'est pas un problème. C'est parce que tu te sens concernée par eux. C'est beaucoup mieux que la froide assurance de Drake.

— Peut-être, mais il est tellement intelligent et il a toutes ces connaissances sur des sujets complètement aléatoires.

— Il sait un peu de choses dans beaucoup de domaines, dis-je en me souvenant de ce qu'il avait affirmé plus tôt dans la soirée.

— Exactement ! souffla Kelley. Crois-tu que j'ai une chance avec lui ?

— Eh bien, tu es plus ou moins sa patronne. Je suis à peu près sûre qu'il existe des lois contre ce genre de choses.

Elle fronça les sourcils.

— Tu as raison. À quoi pensais-je donc ? Je n'ai pas le temps d'avoir une relation maintenant, de toute façon.

— Hé. Tu auras le temps pour tout ça plus tard. Et tu vas rendre un homme très heureux, un jour. Regarde-toi, tu as une entreprise et une maison !

Je détestais la décourager, mais je savais aussi que Drake s'intéressait à quelqu'un d'autre… moi. J'aurais été prête à donner beaucoup pour que ce soit faux, surtout en sachant que Kelley aurait aimé prendre ma place en tant qu'objet de l'affection de Drake.

Elle sourit.

— Tu as raison à ce sujet aussi. Je devrais sans doute te laisser repartir avec tes chats avant qu'ils s'enfuient, hein ?

Ah oui, les chats.

Je la serrai vite dans mes bras.

— Merci de m'avoir fait visiter. C'est une très belle maison. Encore toutes mes félicitations, Kelley. À très vite au travail !

Je sortis et je fis vite le tour de la maison en me guidant à la lumière de mon téléphone. Je trouvai les deux chats debout près du vieux puits qui avait servi de chaudron à Luna.

Luna avait un air d'amoureuse transie et Merlin était l'image même de la colère. Venais-je de surprendre les chats en train de se faire des mamours ? *Vraiment ?*

— Si vous avez des chatons, ce n'est pas moi qui m'en occuperai ! grognai-je dans la nuit.

— Je ne veux pas t'entendre, grogna Merlin à son tour. Ce n'est pas de notre faute si tu as mis une éternité là-dedans. Nous devions faire quelque chose pour passer le temps. Maintenant, pouvons-nous partir, votre majesté ?

Je hochai bêtement la tête.

— Alors, pose ta main sur moi et je nous téléporte à la maison, ordonna le chat.

J'hésitai.

— Euh, ça va, merci.

Luna s'avança, ses yeux bleus prenant une teinte rouge à la lumière de ma torche.

— Gracie, ma chère. Je sais ce que tu penses, et ce n'est pas grave. Nous étions seulement en train de nous faire la toilette.

La toilette, mais bien sûr.

Je ne voulais cependant pas rester coincée dans cette situation gênante plus longtemps que nécessaire. Je posai une main sur la tête de Merlin.

Il cligna deux fois des paupières et nous voilà de retour à la maison.

14

— Attendez, criai-je lorsque mes pieds atterrirent sur le lino de la cuisine. Nous avons oublié les ingrédients du sort !

— On s'en est déjà occupé en t'attendant, dit Merlin en indiquant la table dont la surface était couverte de toute une gamme de plantes.

— Et ça, à quoi ça sert ? demandai-je en ramassant le seul objet non organique de la table : une décoration de jardin en céramique en forme de grenouille avec une grande bouche ouverte.

Luna sourit avec mélancolie.

— C'était à Virginia. Il était posé au bord de la terrasse. Elle s'en servait pour cacher sa clé de réserve.

— Oui, elle et tous les autres habitants de l'état de Géorgie, plaisantai-je.

Sérieusement, pourquoi avoir une clé de réserve si la cachette était si évidente ?

— Pourquoi l'avez-vous ramenée ? Elle te manque, Luna ?

La chatte normalement docile grogna.

— Dieu du ciel, non ! Pourquoi penses-tu que ce monstre pourrait me manquer ? Nous avons besoin de quelque chose qui appartenait à l'esprit quand il était vivant. Cela nous aidera à l'invoquer et à le piéger.

— Au lieu d'un autre fantôme ? Parce qu'il y a tant de fantômes qui frappent à notre porte.

Luna secoua la tête à cause de mon insolence.

— La puissance d'un sort est bien plus forte si l'on ajoute un objet qui appartient ou qui appartenait à la cible prévue.

Oh oui. Je le savais.

— Comme quand tu as pris les poils de Merlin pour le philtre d'amour ? fis-je remarquer avec un sourcil levé.

Elle toussa un peu.

— Précisément.

— Tout est donc prêt ? Pouvons-nous faire la potion maintenant ?

— Apporte tout ça dehors et nous pourrons commencer, me dit la chatte.

J'obéis tout de suite.

Cependant, je remis une fois de plus en question l'idée de garder le chaudron dans le jardin devant la maison. Heureusement, il était suffisamment tard pour que nous n'ayons pas à nous inquiéter de voisins curieux.

Les chats travaillèrent ensemble pour mélanger la potion pendant que je gardais les yeux rivés sur la route, juste au cas où il me fallait sonner l'alarme.

Heureusement, il leur suffit de quelques minutes pour terminer leur œuvre de sorcellerie.

— Gracie, viens tenir ça, me cria Luna quand ils eurent fini.

Dans le bassin aux oiseaux était posée la petite grenouille en céramique, sa bouche remplie d'un liquide vert sombre. On aurait dit une de ces concoctions dégoûtantes que ma mère préparait dans sa centrifugeuse et essayait de me forcer à boire le matin avant l'école.

Peu importe qu'il y ait des antioxydants, je refusais d'ingérer quelque chose qui donnait l'impression de venir du fond d'une mare... et qui avait la même odeur.

J'eus du mal à retenir un haut-le-cœur en soulevant la grenouille remplie de potion et en la portant jusqu'à la maison.

— Pose-la dans le couloir, près du coin du fond, demanda Luna. À l'endroit où nous avons senti le fantôme se former, la nuit dernière.

— Rappelez-moi ce que ça va faire, dis-je après avoir suivi ses instructions à la lettre.

— Cela aidera Virginia à se matérialiser plus vite, puis la piégera sur place afin que nous puissions nous occuper d'elle.

— Et comment avez-vous prévu de vous occuper d'elle ?

— Euh, nous verrons ça le moment venu, ajouta Merlin en s'étirant longuement et paresseusement.

— Merveilleux, marmonnai-je en versant des croquettes dans

les bols des chats. Je suis ravie de savoir que nous faisons tout ce que nous pouvons pour rester en sécurité. Maintenant que vous n'avez plus besoin de moi, je vais me coucher.

Les deux chats se précipitèrent pour manger. Cependant, avant de baisser la tête vers son bol, Merlin jeta un coup d'œil au comptoir et fronça les sourcils.

— Luna, mon amour, avons-nous oublié un des ingrédients de notre potion ?

Elle arrêta de manger et leva la tête.

— Non. Tout ce qui devait être inclus l'a été.

— Alors, c'est quoi, ça ? demanda-t-il en pointant le nez vers le comptoir où le dahlia cactus noir que m'avait donné Drake était toujours posé dans le pichet en verre à moitié vide.

Les deux chats regardèrent le comptoir, puis moi.

— Gracie, chantonna Luna. Ça ne vient pas de mon jardin. Est-ce à toi ?

Non, non, non. J'avais espéré que nous soyons tous trop occupés et que nous passions outre le moment où les chats me taquinaient à cause de mon rendez-vous galant qui n'en était pas un. Ils s'étaient déjà bien acharnés sur moi avant que Drake arrive, et je n'avais simplement pas l'énergie de supporter leurs plaisanteries une deuxième fois.

— C'était un cadeau. Ne vous inquiétez pas pour ça, dis-je en croisant les bras.

— De la part de ton nouveau petit ami ? demanda Luna, ravie, en agitant la queue d'un côté à l'autre.

— Comment s'appelait-il, déjà ? demanda Merlin en levant la patte arrière pour se gratter derrière l'oreille.

— Drake, répondit promptement Luna.

— Ce n'est pas mon petit ami. Vraiment pas, dis-je en serrant les dents.

— Mais il t'a donné une fleur, précisa Luna. N'est-ce pas considéré comme un geste romantique chez les humains ?

— Oui, je lui plais. Ce n'est pas réciproque. En fait, il plaît à mon autre amie. Argh, peu importe. Pouvons-nous passer à autre chose que cette histoire d'école élémentaire, s'il vous plaît ?

— Qu'est-ce que l'école élémentaire ? demandèrent-ils tous les deux, complètement fascinés par moi, maintenant.

— C'est un endroit où se rendent les enfants humains quand ils ont six ans.

— Je n'ai qu'un an, dit Merlin en haussant les épaules.

— Moi aussi, intervint Luna.

— Je suppose donc que nous n'avons pas encore dépassé ça, annonça Merlin avec un sourire sinistre. Maintenant, dis-nous, Draky Chéri t'a-t-il embrassée jusqu'à la nuit tombée ?

— Je vais me coucher ! criai-je avant de partir à grands pas et de claquer la porte de ma chambre pour la deuxième fois de la journée.

15

Je me réveillai le lendemain matin lorsque des rayons de soleil transpercèrent mes persiennes. Argh. Il fallait vraiment que j'investisse dans des rideaux occultants si je voulais un jour dormir après le lever du soleil.

Après une rapide pause pipi, j'entrai en traînant les pieds dans la cuisine et je me dirigeai tout droit vers mon appareil préféré, dans lequel je plaçai une capsule de café fort.

Mon café du matin devenait particulièrement important depuis que tout chez Harold était parfumé aux épices. J'adorais les lattes spéciaux à l'automne, mais maintenant que j'avais été soumise à une overdose de *pumpkin spice* aux mains de Kelley, je croyais fermement que les boissons saisonnières étaient saisonnières pour une raison.

— Que fais-tu ? demanda Merlin en sautant sur le comptoir et en frottant la tête contre la cafetière.

Je le poussai sur le côté.

— Ne fais pas ça. Je déteste quand tu mets tes poils dans ma tasse du matin.

— Mais c'est si chaud et agréable, gémit-il.

— En parlant de chaud et agréable, je n'aime pas ce que j'ai vu dans le jardin la nuit dernière. Je pense qu'il est temps d'envisager l'opération pour Luna et toi.

Mon cerveau n'avait pas encore eu le temps de se réveiller pleinement, mais je n'arrivais pas à me sortir cette image d'eux de la tête. C'était comme si la scène dégoûtante était gravée dans ma mémoire.

Merlin rampa à nouveau vers la Keurig et il y frotta encore la joue. Cette fois, il laissa échapper un ronronnement satisfait en demandant :

— Nous opérer? Pourquoi? Nous ne sommes pas blessés. Enfin, Luna a perdu sa magie, mais en dehors de ça, elle va parfaitement bien.

— Il serait irresponsable de faire naître d'autres chatons alors qu'il y a tant de pauvres chats qui attendent dans des refuges.

En outre, j'avais l'impression que mes responsabilités de familier risquaient de s'étendre pour englober le travail de nounou. Ma vie était déjà assez compliquée sans avoir à veiller sur d'autres êtres vivants… particulièrement de petites choses délicates.

— Une seconde. Es-tu en train de dire… ?

Merlin fit le dos rond et poussa un sifflement terrible. Il alla même jusqu'à me griffer.

— Tu veux modifier mes parties intimes? Je croyais que de

telles histoires de barbarie humaine étaient des mythes, des histoires pour effrayer les jeunes sorciers à l'heure du coucher. Mais toi... Mon propre familier? S'il te plaît, dis-moi que tu plaisantes!

Il défaillit et tomba sur le flanc, agitant les pattes comme s'il courait dans un rêve. Apparemment, voilà à quoi ressemblait une crise de panique chez lui.

Oups. Je n'arrêtais pas d'oublier les différentes façons de voir le monde pour les chats et les humains par rapport à certaines choses. Franchement, j'aurais dû m'en douter pour celle-ci.

Le café finit de passer, et je dus utiliser une cuillère pour repêcher le long poil de chat rayé qui avait atterri dans mon breuvage. Je n'aurais jamais dû commencer cette conversation sans qu'une tasse entière de caféine nage dans mes veines.

Malheureusement, comme j'avais lancé le sujet, il fallait maintenant que j'y mette fin.

— C'est une opération très peu invasive, particulièrement pour les mâles.

Merlin se releva, mais il avait toujours les poils dressés.

— Si c'est une opération tellement facile, pourquoi ne la fais-tu pas?

— Ce n'est pas exactement pareil pour les humains. De plus, je voudrai peut-être des enfants un jour.

Merlin redevint le chat d'Halloween. Oui, je ne me rendais pas très populaire auprès de lui, ce matin.

— Et tu ne crois pas que Luna et moi aimerions transmettre notre amour à la génération suivante? De plus, si tu ne l'as pas oublié, je suis le dernier descendant vivant du Merlin originel. Je ne peux pas laisser mourir avec moi une lignée magique aussi importante.

— Mais qu'en est-il des chats dans les refuges? gémis-je d'un air pathétique.

— Écoute, je vais te parler franchement, maintenant. Luna a déjà perdu sa magie. Ne lui retirons pas aussi la maternité.

Je levai un sourcil, puis je bus une prudente gorgée de café. Et je finis quand même avec un poil de chat dans la bouche. *Dégoûtant!*

Le chat soupira.

— Encore une fois, ton sens moral me laisse perplexe. Malgré tout, si les chats des refuges sont si importants pour toi, tu trouveras un moyen de les aider. Il y a plein de place à Nocturna. À toi de les faire venir ici, je les conduirai là-bas.

— Tu le promets?

Je bus une autre gorgée de mon kawa du matin.

— Si c'est nécessaire pour la paix de la maison tout en me permettant de conserver mes parties intactes, alors je suis d'accord.

Il s'approcha du bord du comptoir avec la queue levée de façon amicale et je le tapotai doucement sur la tête.

— Merci. Puisque nous parlons ouvertement de ça, je pense néanmoins que Luna et toi devriez attendre avant de fonder une famille.

— Pourquoi? Nous sommes déjà ensemble. Les chats n'ont

pas besoin d'un bout de papier pour dire ce qu'ils ont au fond du cœur.

— Peut-être bien, mais nous avons beaucoup de choses à gérer en ce moment. Avec le fantôme. Et nous savons tous les deux que Dash reviendra bientôt. J'ai l'impression que ce n'est pas le bon moment pour faire venir un enfant — ou, euh, une portée — au monde.

— Tu n'as pas tort. Maintenant, avons-nous terminé cette étrange discussion ? Parce que moi, j'en ai largement assez.

Je rougis.

— Oui, pardon.

— Tu n'as même pas posé de question sur le fantôme. Après tout le travail que nous avons fait. Tu as directement commencé à parler de mes parties intimes.

— Tu as raison. Je suis désolée. Maintenant, pouvons-nous s'il te plaît arrêter de parler de tes parties intimes ?

Il haussa les épaules.

— Si tu ne veux pas parler de quelque chose, ne lance pas le sujet.

— Pardon, pardon, pardon. Maintenant, parle-moi du fantôme, le suppliai-je presque.

Merlin fit à nouveau le dos rond, mais c'était pour s'étirer, cette fois. Ensuite il sauta sur la table et attendit que je le rejoigne.

— Eh bien… commença-t-il.

16

Je détestais que Merlin fasse durer le suspense de cette façon.

— Alors, quoi ? Avons-nous attrapé notre fantôme ? demandai-je en me rendant compte qu'il y avait autre chose d'étrange, ce matin-là. Hé, où est Luna, d'ailleurs ?

Je ne voyais presque jamais les chats séparément. Chaque matin quand je me réveillais, ils étaient ensemble et profitaient de la chaleur de leur nouvel amour.

Merlin renifla l'air avant de répondre à mes questions.

— Luna est allée faire une promenade matinale. Elle a dit avoir besoin de temps pour elle. D'après ce que je sens, elle est environ à deux pâtés de maisons et elle revient vers nous maintenant.

Du temps pour elle ? Tiens. Y avait-il de l'eau dans le gaz ? Les chats étaient déjà passés d'amants à ennemis jurés puis amants à nouveau. Je commençais à croire que j'avais le Ross et la Rachel des félins sur les bras. Ils avaient intérêt à ne pas faire un break, parce que je n'étais pas prête à supporter ça !

Évidemment, je ne dis rien. Merlin et moi venions de parler de planning familial, et ça ne s'était pas très bien passé. Du tout. Il fallait que je résiste à l'envie de jouer au rôle de la psy. Ces deux-là avaient bien plus d'expérience dans les affaires de cœur que moi, de toute façon.

Quand je ne réagis pas à cette nouvelle concernant Luna, Merlin poursuivit. En me parlant du fantôme, cette fois.

— Il n'est pas venu, dit-il en bâillant d'ennui. Luna et moi avons attendu toute la nuit, et ce foutu fantôme n'a même pas eu la courtoisie de passer dire bonjour.

Je serrai les deux mains autour de ma tasse de café et je soupirai.

— C'est une bonne chose, non ? Nous ne voulons pas de ce fantôme ici.

— S'il est venu une fois, tu peux parier qu'il reviendra. En ne venant pas cette nuit, il se contente de faire traîner les choses pour tout le monde, et ça m'irrite.

Il ponctua sa remarque en agitant la queue.

— Virginia sait peut-être que nous lui avons préparé un piège ?

Cela m'aurait fait fuir et c'était peut-être aussi ce qui l'empêchait de revenir.

— Peut-être, répondit-il d'un ton pensif. Je ne sais pas vraiment grand-chose à ce sujet. Mais à mon avis, elle ne sera pas au courant pour la potion tant qu'elle n'aura pas commencé à se matérialiser, et à ce moment-là, ce sera trop tard.

Il n'avait pas tort. Il y avait tant de choses que nous ne savions pas au sujet de notre bébé fantôme, ce qui rendait toute la situation bien plus compliquée.

La chatière claqua et Luna entra en trottinant.

— Comment s'est passée ta promenade, mon amour? demanda Merlin avant de sauter de la table pour frotter sa tête contre elle.

C'était un remake de la scène avec la cafetière. Enfin, Luna au moins était déjà couverte de poils de chat.

— C'était agréable de prendre un peu l'air pendant que je réfléchissais à la raison pour laquelle Virginia n'est pas venue nous rendre visite cette nuit, répondit promptement la chatte blanche.

Ah, j'avais donc eu complètement tort au sujet de l'eau dans le gaz. J'étais ravie de ne pas avoir insisté. Il fallait vraiment que j'arrête de me mêler de la relation de mes chats et que je les laisse gérer par eux-mêmes. J'avais appris la leçon.

— Tu dois arrêter de t'en vouloir, dit Merlin doucement.

Ils sautèrent tous les deux sur la table pour m'inclure à nouveau dans la conversation.

— Dis-le-lui, Gracie, supplia Luna dont les yeux bleus étaient pleins de remords. Virginia était mon familier. Je l'ai choisie. Je n'ai pas vu qu'elle avait été corrompue, tout est de ma faute.

Je tendis la main pour lui caresser le dos.

— Merlin a raison. Je ne peux vraiment pas t'en vouloir. De

mauvaises choses arrivent à des gens bien — euh, des chats — parfois. C'est la vie, c'est tout.

— Eh bien, la vie est nulle, dit-elle en reniflant.

— Parfois, acquiesçai-je. Mais il y a beaucoup de choses pour lesquelles tu peux être reconnaissante. Par exemple, ce matin même, Merlin…

Je m'arrêtai net. Je recommençais à me mêler de leur relation.

— … m'a dit la chance qu'il a de t'avoir.

Le Maine coon me fit un clin d'œil et Luna sembla se détendre quelque peu.

— Quelle conclusion as-tu tirée de ta promenade ? Pourquoi Virginia ne nous a-t-elle pas rendu visite ? l'encourageai-je quand le silence me parut pesant.

C'était le problème avec les chats qui parlent. Ils adoraient les pauses théâtrales. Ils n'avaient aucun sens de l'urgence, ce qui voulait dire que de simples conversations pouvaient s'étirer sur des heures si je ne les poussais pas à aller plus vite.

— Le fantôme n'était peut-être pas Virginia, suggéra Luna. Peut-être n'était-il pas là pour nous, mais plutôt pour la maison.

— C'est une théorie intéressante, dis-je lentement, même si j'étais à cent pour cent en désaccord avec son analyse.

— Si c'est Virginia, nous avons préparé notre potion. Dans le cas contraire, nous n'avons rien à craindre, résuma Merlin.

— Oui, je suppose que c'est vrai, dis-je en buvant une autre gorgée de café.

Il était maintenant dangereusement proche de la température

ambiante, alors je le bus rapidement et je me levai pour préparer une nouvelle tasse.

— Devons-nous faire autre chose pour ce problème ? demandai-je en fouillant dans ma boîte de capsules aux goûts divers et en choisissant un bon café noir.

— Maintenant, nous attendons, dit Merlin d'un ton plein d'ennui. Soit le fantôme reviendra et nous pourrons nous en occuper alors, soit il ne reviendra pas du tout et nous n'aurons plus de problème.

Luna et moi hochâmes la tête, mais je doutais que les choses soient aussi simples que Merlin le prétendait.

Je pense qu'il le savait, lui aussi.

17

Plusieurs jours s'écoulèrent sans aucun nouveau signe de notre visiteuse spectrale. Même si j'avais des doutes concernant la théorie de Luna, je devais maintenant admettre qu'il était entièrement possible qu'un autre fantôme que Virginia soit passé nous voir. Cependant, au cas où, j'appelai ma grand-mère Grace pour vérifier qu'elle était en vie et que tout allait bien. Elle n'avait pas beaucoup de temps pour parler, car sa vie dans la communauté de retraités était remplie de mondanités excitantes qu'il ne fallait pas rater, mais elle me rassura en expliquant qu'elle ne s'était jamais mieux sentie et qu'elle allait bientôt venir me rendre visite.

Ainsi, pendant que les jours passaient, je me concentrai sur le travail et je parvins même à faire quelques recherches pour mon mémoire. Drake et moi bavardions plus au travail que dans le passé, mais je fis tout mon possible pour que nos interactions restent platoniques afin que Kelley ne soit pas jalouse et qu'il ne se fasse pas des idées à mon sujet.

C'était un type sympa, mais je n'avais pas le temps pour des relations humaines de proximité alors que je m'habituais encore à mon rôle de familier. Et le jour où j'allais choisir de me replonger dans le jeu de la séduction, j'avais besoin de quelqu'un avec plus de détermination et d'ambition que Drake. Je nous imaginais tous les deux vivre de ce que ma grand-mère et ses parents voulaient bien nous donner pendant que nous continuions tous les deux à travailler au café jusqu'au jour de notre mort. Ce n'était pas la vie que je voulais… ni celle que je méritais.

Au moins, Kelley avait assez d'audace pour tous les deux. Ils pouvaient former un couple fabuleux, si Drake décidait un jour d'avoir des sentiments pour elle. Quelle que soit l'issue, leur histoire allait être intéressante à observer.

De mon côté, j'étais ravie de ne pas avoir le temps d'envisager de telles choses. Avec chaque nouveau jour qui passait, je m'inquiétais moins au sujet du fantôme. Chaque nuit, je dormais mieux. Chaque jour, j'étais capable de me concentrer sur les gens et les chats dans ma vie, d'essayer de nouvelles techniques de maquillage, et simplement de me détendre et de profiter.

Ce fut divin.

J'étais au milieu d'un rêve fantastique dans lequel je gagnais du maquillage à vie de ma marque préférée et non testée sur les animaux quand…

Miiiiiiiaou !

RRAOU ! CHSSSSS !

Miiiiiiiaou !

Je me redressai d'un seul coup dans mon lit pendant que les deux chats continuaient à feuler dans le couloir. Cela ne pouvait signifier qu'une seule chose : notre fantôme était revenu. Alors que je commençais tout juste à croire que la première visite avait été due au hasard.

J'enfilai le peignoir accroché derrière ma porte et je passai dans le couloir. Effectivement, les deux chats pétaient les plombs.

Bientôt au sens propre.

Merlin avait commencé à préparer ses pattes arrière comme un poulet qui veut se gratter, ce qui signifiait...

— Non ! Stop ! Pas de foudre dans la maison ! criai-je, mais mon avertissement arriva trop tard.

Un éclair traversa le toit, illuminant l'esprit rebelle en passant. Soudain, une étendue bleue brillante apparut à l'endroit que mes chats fixaient. Maintenant, je le voyais aussi.

Oh, Merlin. Il avait cherché à détruire la chose, mais il lui avait simplement donné plus de pouvoir.

La maison émit un gros bruit sourd et tout devint silencieux... et encore plus sombre qu'avant.

— Merlin, tu as fait sauter l'électricité, criai-je, incapable d'arracher le regard au blob bleu et transparent qui flottait à quelques mètres de moi dans le couloir.

Et puis il se mit à pleuvoir dans la maison.

— Merlin ! hurlai-je.

— Ce n'est pas moi, cria-t-il à son tour.

Je levai les yeux et je vis que — oui — la pluie tombait par un nouveau trou dans le toit. Ça allait être cher à réparer.

— Tu as intérêt à savoir réparer ça par magie, grommelai-je.

— Tu t'inquiètes pour le toit alors que nous avons ceci ? cria Luna en désignant fébrilement le fantôme.

Le mouvement soudain surprit l'esprit qui longea le couloir et partit faire du bruit dans la cuisine.

— Pourquoi n'a-t-il pas été capturé par votre sort ? demandai-je aux chats.

Miiiiiiiaou !

RRAOU ! CHSSSSS !

Miiiiiiiaou !

Ce n'était pas la réponse que je cherchais. Il était évident qu'ils n'étaient pas d'une grande aide dans cette situation, étant donné leur désir de crier contre le fantôme plutôt que de le capturer.

En y pensant, j'avais beaucoup crié, moi aussi. Argh.

Peu importe ma réaction initiale. Quelqu'un devait s'occuper de cette chose, et je me dis que ça pouvait très bien être moi.

J'entrai à grands pas dans la cuisine et je me cognai contre la table. Ouille !

La seule lumière provenait du fantôme lui-même, à cause de la panne de courant créée par la foudre de Merlin. Le blob bleu palpitant ne semblait pas humain, mais de quoi pouvait-il s'agir autrement ?

— Salut Virginia, criai-je en faisant de mon mieux pour

cacher le tremblement de ma voix. Pourquoi es-tu ici ? Que veux-tu ?

Le fantôme flotta plus près de moi et il me fallut toutes mes forces pour ne pas fuir de la maison en hurlant. Je suppose que je ne pouvais pas en vouloir à mes chats pour leur réaction, alors que j'aurais aimé pouvoir faire comme eux.

L'esprit continua à avancer avec une lenteur d'escargot. J'aurais pu courir, mais je restai sur place, fascinée, incapable de détourner les yeux de cette vision spectrale.

Quelques instants plus tard, il finit son trajet, s'arrêtant à moins de trente centimètres de moi.

Il parla alors avec un écho rauque qui me fit frissonner tout le long de la colonne.

— Qui est Virginia ?

18

C'était difficile à déterminer à cause de l'étrange écho de sa voix, mais j'étais à peu près certaine que notre fantôme était un garçon.

— Qui es-tu ? murmurai-je.

Je n'arrivais pas à croire que je parlais à un fantôme. Cela dépassait toutes les choses étranges qui étaient arrivées au cours des dernières semaines. J'avais atteint un nouveau sommet d'étrangeté que je n'étais pas certaine d'apprécier. Enfin, au moins l'esprit semblait gentil. C'était largement mieux que s'il s'était agi de Virginia.

— Gracie ? demanda le fantôme en s'approchant si près de moi que le blob bleu luisant ne fut plus qu'à un cheveu de mon visage.

— Euh, fantôme ? répondis-je stupidement.

— Je n'ai jamais voulu être un fantôme, gémit l'étrange créature en faisant onduler sa lumière bleue. Je ne sais pas pourquoi je suis ici et je ne sais pas pourquoi je suis venu à toi.

C'est alors que je reconnus enfin quelque chose de familier dans cette voix bizarre. Ce n'était pas Virginia, mais c'était quelqu'un que j'avais connu… quelqu'un que j'ai vu mourir il n'y a pas si longtemps.

— Harold ? demandai-je, sérieusement incrédule. Est-ce toi ?

— C'est moi, confirma l'esprit.

Waouh, je n'arrivais pas à croire que mon ancien patron était revenu du plan spectral pour me rendre visite. Il m'avait détestée, et surtout, il avait absolument détesté me payer quoi que ce soit… surtout ce qu'il me devait pour toutes les heures que j'avais passées dans son café.

— Pas étonnant que le sort n'ait pas fonctionné, murmurai-je pour moi-même en pensant à la grenouille en céramique inutile dans le couloir. Il était conçu pour Virginia. Et il est évident que tu n'es pas elle.

— Qui est Virginia ? répéta Harold.

— Ne t'inquiète pas pour ça, répliquai-je vite.

Je préférais vraiment ne pas lui dire que Virginia était sa meurtrière. À la place, je déglutis et je demandai :

— Pourquoi es-tu là ? Pourquoi es-tu venu me voir, Harold ?

— Je ne sais pas, répondit-il pendant que sa lumière bleue palpitait encore.

Je me demandai si la couleur qu'il avait prise était une coïncidence ou si c'était un peu comme une bague d'humeur. Les fantômes malveillants étaient-ils rouges ? Les magiques, verts ? C'était un sujet intéressant, mais il n'était pas important dans l'immédiat.

— As-tu encore des choses à régler ? demandai-je après avoir humecté mes lèvres sèches.

— Il est difficile de se souvenir de grand-chose dans cette forme, dit-il avec son écho désagréable. Mais accorde-moi un moment, je vais essayer.

Pendant que j'attendais que Harold rassemble ses idées, les deux chats quittèrent lentement le couloir et vinrent se placer à côté de moi dans la cuisine.

— Que veut-il ? demanda Merlin en agitant la queue avec tant de force qu'elle me frappa la jambe.

— Un chat qui parle ! s'exclama Harold, effrayé, avant de filer en direction de l'évier.

— Oui, c'est un chat qui parle et tu es un fantôme. Lequel te semble plus effrayant ? demandai-je en inclinant la tête sur le côté, incrédule. De plus, tu viens de le voir parler dans le couloir. Tu l'as également vu invoquer la foudre, tu te souviens ?

— Oh, je crois que oui.

Le blob bleu de Harold revint flotter vers nous, dangereusement près de Luna, cette fois.

— Et celui-ci m'a menacé ! cria le fantôme en reconnaissant le chat blanc.

— J'ai un nom. C'est Luna, siffla-t-elle en lui faisant le gros dos.

— Iiihh ! Un chat qui parle ! cria Harold avant de voler dans toute la maison.

Oh non. Ça allait être long.

Il fallait que je prenne l'initiative ici, sinon nous allions être coincés toute la nuit.

— Harold, tu es venu ici pour une raison. Je sais que tu as des difficultés à t'en souvenir, alors je vais te poser quelques questions pour voir si ça t'aide. D'accord ?

Il flotta sur place, ce que j'interprétai comme un accord.

— Est-ce à cause de la façon dont tu es mort ? hasardai-je prudemment.

— J'ai été empoisonné.

— Oui, c'est bien, Harold ! Oui, tu as été empoisonné.

Oups, ma voix était devenue aiguë et enfantine comme quand je parlais à Merlin… jusqu'à ce qu'il se mette à me répondre, je veux dire. Quand je supposais encore qu'il était simplement un chat poilu tout doux et normal. Même si Harold paraissait inoffensif, il n'y avait rien de poilu ou de doux chez ce fantôme.

— Eh bien, pas besoin de paraître aussi contente, râla-t-il.

— Oh, fais-moi confiance. Ça ne me fait pas plaisir.

Soupir. Je n'avais rien à perdre en lui disant la vérité pour me soulager. Il allait l'oublier dans quelques secondes, de toute façon.

— Je suis désolée. Tu as été assassiné parce que quelqu'un voulait me faire du mal.

— Mais elle t'a vengé, ajouta Merlin en sautant sur la table pour s'approcher de l'orbe bleu qui parlait. Elle a risqué sa propre vie pour punir ceux qui t'ont fait du mal.

— Mon assassin est mort ? voulut savoir Harold.

Je haussai les épaules par manque de meilleure réponse.

— Euh, oui et non. Le cerveau est encore en liberté, mais celui qui a tiré sur la gâchette est vraiment mort.

— Non, on ne m'a pas tiré dessus. J'ai été empoisonné, insista-t-il avec un autre écho plaintif.

— Oui.

Pas de digressions, pas de métaphores. Il fallait parler simplement et directement.

— Ta visite a-t-elle un rapport avec ta fille ? Kelley ?

— Ma fille, murmura le fantôme avant de devenir d'un bleu éclatant et de crier : Kelley ! Oui, je voulais te remercier de l'avoir aidée.

Je souris. Harold aurait été un bon père s'il en avait eu l'occasion.

— Bien sûr que je l'ai aidée, c'est mon amie.

— Mais tu lui as donné ton unique vœu. Tu n'étais pas obligée de le faire.

Ma mâchoire serait tombée sur le sol si elle avait été assez longue.

— Tu ne te souvenais pas que les chats peuvent parler, mais tu savais que mon chat avait concocté une potion que j'ai ensuite donnée à Kelley afin que son plus grand rêve se réalise ?

Le blob bleu pencha sur le côté.

— La mémoire est aussi étrange qu'un fantôme. Elle va et vient.

— Eh bien, c'est avec plaisir que j'ai aidé Kelley. Elle veut honorer ton héritage. Tu as une très bonne fille. C'est dommage que tu n'aies pas eu le temps d'apprendre à la connaître.

La couleur de Harold devint sombre comme le milieu de la nuit.

— Vraiment dommage.

— Demain, c'est la grande ouverture du café. Elle a gardé le nom, l'informai-je. En hommage pour toi.

Il redevint plus lumineux.

— Pourrais-tu s'il te plaît lui dire que je suis fier d'elle ?

Bon, c'était très mignon et tout, mais il fallait vraiment que j'aille dormir parce que j'avais une journée complète de travail le lendemain.

— Je vais voir ce que je peux faire. Merci pour ta visite, Harold. Était-ce tout ?

— Attends !

Le fantôme fit le tour de la cuisine à toute vitesse avant de se retourner vers moi.

— Je dois te délivrer un avertissement de l'au-delà.

— Ça aurait été bien de commencer par là, fit sèchement remarquer Merlin.

Je lui demandai de se taire, puis j'adoucis la voix pour m'adresser à Harold :

— Quel est le message ?

Sa voix devint grave et nette, complètement transformée.

— Les graines qui ont été semées porteront bientôt des fruits dangereux.

Je retins mon souffle.

— Harold ? Qu'est-ce que ça veut dire ?

Il tourna lentement comme s'il scrutait la pièce.

— Qu'est-ce que quoi veut dire ?

— Le message que tu viens de me donner, insistai-je. S'il te plaît, rappelle-toi, s'il te plaît, rapp...

— Je ne m'en souviens pas, dit-il avant de disparaître.

19

Le lendemain, je me réveillai avec un terrible mal de tête. Non seulement tout le fiasco dans la cuisine avait pris très longtemps, mais après, j'étais restée éveillée pendant presque une heure à songer au sens de l'avertissement fantomatique de Harold.

Les graines qui ont été semées porteront bientôt des fruits dangereux.

Qu'est-ce que ça voulait dire ?

Il était possible que Harold l'ait entendu dans un film avant de mourir et que ça lui était revenu sans qu'il sache que ce n'était pas un véritable souvenir. On aurait vraiment dit une étrange prophétie sortie tout droit d'un film de fantasy épique.

Plus j'y réfléchissais, plus j'étais perdue. Je supposai devoir simplement attendre et voir ce qui allait se passer, même si je détestais ne pas pouvoir me préparer.

La journée allait être bien chargée.

La grande réouverture du café était arrivée. Je devais accorder le mérite à Kelley d'avoir été particulièrement rapide pour retravailler le menu et former les employés. C'était le moment de ses débuts officiels en tant que propriétaire de la Maison du Café de Harold.

Elle allait avoir besoin de tout le monde au travail, car la journée allait être particulièrement chargée. La magie que je lui avais secrètement donnée le garantissait.

Sur mon conseil, Kelley avait prévu que tous les employés enchaînent deux services pour la journée, moi comprise.

Quand j'arrivai chez Harold, je la trouvai vêtue d'une robe de fête blanche inspirée des années cinquante et couverte de petites citrouilles et de cornes d'abondance. Elle courut vers moi avec un énorme sourire.

— Gracie, bonjour ! Es-tu prête pour notre grand jour ?

— Pour ton grand jour, lui rappelai-je avec un sourire. Et oui, je suis tout à fait prête.

Inutile de lui faire savoir que j'avais perdu plusieurs heures de sommeil la nuit passée, à cause du feuilleton paranormal qu'était maintenant devenue ma vie.

Elle hocha la tête en faisant danser une paire de boucles d'oreilles en forme de citrouilles d'Halloween.

— Bonne nouvelle, les tee-shirts du nouvel uniforme sont arrivés hier soir. Va en chercher un au bureau et change-toi.

Oh, non. Harold nous avait permis de porter ce que nous voulions parce qu'il était trop radin pour investir dans des uniformes, mais Kelley avait mis le paquet en commandant une série de tee-shirts personnalisés qui allaient changer chaque mois.

Je fouillai dans le carton jusqu'à trouver un tee-shirt large, puis je l'enfilai par-dessus mon autre tee-shirt. À l'avant, il était écrit #PSLISBAE, le nouveau hashtag que Kelley essayait de lancer sur les réseaux sociaux. À l'arrière de l'uniforme était inscrit « Demandez-moi quelle est mon épice préférée ! »

Que Dieu nous vienne en aide.

Quand je sortis du bureau, je trouvai Kelley debout près de la machine à chauffer le lait, en train de fixer le mur. Quand je m'approchai, je découvris qu'elle examinait une photo encadrée qui n'avait pas été là quand j'étais venue travailler deux jours plus tôt.

La photo était la même que celle qui avait été utilisée à côté du cercueil pour l'enterrement de Harold. C'était un portrait en gros plan de son visage, avec ses joues rondes, ses petits yeux et son front dégarni. Kelley pouvait remercier sa bonne étoile d'avoir hérité de la beauté de sa mère.

— Penses-tu qu'il serait fier de moi ? chuchota-t-elle quand je la rejoignis.

— Je sais qu'il le serait, dis-je en serrant son épaule pour la soutenir.

Kelley se tourna vers moi, mais ne me regarda pas dans les yeux.

— Vraiment ? marmonna-t-elle. Tu ne penses pas que j'exagère avec les épices et la citrouille ?

— Les gens vont adorer. Tu verras.

Maintenant, elle me regarda. Dans ses yeux, il y avait tous ses rêves et ses angoisses secrètes. C'était bien plus qu'une grande ouverture pour elle. C'était une occasion de créer du lien avec le père qu'elle venait juste de commencer à connaître.

— Qu'est-ce qui te rend si sûre de ça ? demanda-t-elle.

— Je le sais, c'est tout, la rassurai-je. Hé, que dirais-tu de faire quelques expressos à la citrouille pour nous aider à démarrer ?

— C'est une très bonne idée, s'extasia-t-elle en passant devant moi et en se précipitant vers la machine à expresso de taille industrielle. Que tout le monde se rassemble ! cria-t-elle en utilisant la machine.

Les trois nouveaux employés étaient déjà arrivés. J'avais été si concentrée sur mes nombreux problèmes magiques de la semaine précédente que je n'avais pas vraiment fait des efforts pour apprendre à les connaître en dehors des activités de team building de Kelley. Maintenant que je savais que notre visiteur fantomatique avait été Harold je pouvais commencer à me détendre un peu plus. À laisser approcher d'autres gens.

Drake passa la porte à toute vitesse juste au moment où Kelley servait le dernier petit gobelet.

— Pardon pour mon retard !

— En réalité, tu as cinq minutes d'avance, dit Kelley en lui tendant un expresso.

Drake tourna brusquement la tête vers la porte.

— Dois-je ressortir et revenir un peu plus tard ?

— Oh, arrête.

Kelley fit semblant de lui donner une tape sur le torse et je vis Drake, normalement si réservé et sarcastique, rougir. Il avait rougi ! Il restait peut-être encore de l'espoir pour ces deux-là, finalement.

— Trinquons ! annonçai-je en levant mon propre gobelet en l'air.

— Au Café Harold. Longue vie à son héritage ! dit Kelley.

— À Kelley. Qu'elle ignore longtemps les retards ! rétorqua Drake.

— À tout ce qui est épicé, ajoutai-je.

Les nouveaux crièrent un mélange de « Santé ! » et « Bravo ! ».

Puis tout le monde but son petit gobelet d'expresso d'une traite.

— Ah, chaud, chaud, chaud ! criai-je.

— C'est monté tout droit dans mes sinus, gémit Drake.

Les autres se mirent à rire.

Oui, nous étions prêts à tout déchirer.

20

Je me traînai à la maison à la fin de mon double service, puant la cannelle, la noix de muscade et le gingembre. Même si j'avais mal aux pieds et au dos, je ne pouvais pas être plus heureuse. Kelley s'était vraiment montrée à la hauteur et j'adorais voir la façon dont son visage s'était illuminé en voyant la réussite d'un travail bien fait.

J'étais heureuse, mais vraiment prête à me reposer.

Heureusement que la panne de courant de la veille avait été le résultat d'une surcharge électrique soudaine et non pas un dégât permanent du branchement. Un rapide trajet jusqu'à la boîte à fusibles de ma maison avait rétabli le courant. D'un autre côté, le trou dans le toit allait être bien plus difficile à réparer.

J'essayai de ne pas m'inquiéter à ce sujet en posant un plateau-repas dans le micro-ondes, puis je m'installai sur le canapé et je parcourus le catalogue Netflix. Après ma dure journée de travail, je méritais de me faire plaisir avec la série de téléréalité la plus sordide et excessive que je puisse trouver. Je choisis une de leurs séries des débuts qui demandait à des gens de se fiancer avant même de se rencontrer en face à face. C'était le meilleur de la télévision de mauvais goût.

Et oui, ce fut tout de suite intéressant. J'arrivai à peine à arracher mon regard à l'écran quand le micro-ondes sonna pour me prévenir que ma version allégée des macaronis au fromage était prête à être consommée.

J'étais si captivée par le ridicule qui se jouait à l'écran que je trébuchai sur un des chats en me dirigeant vers la cuisine.

Luna miaula et courut se cacher dans ma chambre.

— Comment oses-tu ! tonna Merlin en s'avançant tout droit vers moi, comme sorti de nulle part.

— Je suis désolée, Luna ! C'était un accident ! criai-je alors qu'elle battait en retraite.

Je me tournai alors vers Merlin.

— Ne me fais pas la leçon alors que tu as fait un trou dans notre toit hier soir ! J'ai appelé une entreprise de réparation pour un devis pendant que j'étais en pause, et ils veulent plus que je gagne en un seul mois ! Alors j'espère que tu as appris ta leçon au sujet de l'invocation des éléments dans notre maison.

— Ne fonde pas une famille. N'invoque pas la foudre. Tu as tellement de règles ! cracha l'énorme boule de poils.

Je ris avec dédain.

— Ce sont des règles très raisonnables.

— Je pense que tu oublies qui est le chef ici. Je suis le sorcier.

— Et je suis la propriétaire de cette maison, explosai-je.

Je n'avais sérieusement plus une goutte d'énergie à dépenser pour ses bêtises.

— Je suis aussi celle qui paie toutes les factures. Et je viens d'avoir une très longue journée fatigante au travail, alors ne me cherche pas !

— Tu as de la chance de ne pas être un chat, sinon je te provoquerais en duel ici et maintenant.

Rageur, il tapa de son petit pied de chat, mais ça ne me fit pas peur non plus.

— Merlin ! Gracie ! cria Luna. Ça suffit !

Nous la regardâmes tous les deux en grimaçant.

— C'était un accident, et je vais bien.

Quand elle s'approcha, je remarquai qu'elle bougeait d'une façon un peu différente. Oh, j'espérais vraiment ne pas lui avoir fait trop mal avec mon étourderie.

— Mais vous avez tous les deux été bien trop tendus dernièrement. Souvenez-vous que nous sommes tous du même côté.

Merlin gémit.

— Mais elle…

— Mais rien du tout. Nous avons tous beaucoup de choses à gérer en ce moment, et nous retourner les uns contre les autres est bien la dernière chose dont nous avons besoin. Vous êtes tous les deux stressés, et je le comprends. Je pense que vous avez besoin de vous éloigner un peu pour vous calmer.

— Je suis désolée, Luna. Tu as raison. Je suis vraiment

stressée au sujet du fantôme et de l'avertissement que je ne comprends pas, et du trou dans le toit, et...

— Je le sais, ma chère. Je réparerais ce trou si je le pouvais, et j'en aurais été capable si j'avais toujours ma magie. Peu importe, Merlin voyagera à Nocturna dès qu'il sera disponible et il trouvera une sorcière des jardins qui pourra aider à la réparation.

— Mais Chat Cal ! argumenta Merlin. S'il me voit, il me provoquera encore. Je pourrais mourir, Luna. Mourir !

— Dans ce cas, il te suffira de faire en sorte qu'il ne te voie pas, l'encouragea-t-elle. Maintenant, je veux que vous vous réconciliiez tout de suite.

— Je suis désolée, Merlin, dis-je en regardant le sol.

Luna était douée pour jouer la mère déçue. Elle allait être une très bonne mère quand Merlin et elle seraient officiellement prêts à fonder une famille.

Luna s'avança vers Merlin et le poussa avec la patte.

— À toi, maintenant.

— Pardon, Gracie, marmonna-t-il tout en levant les yeux au ciel.

Luna hocha la tête sans voir ce dernier mouvement.

— Maintenant, Gracie, pourquoi ne retournerais-tu pas à ta série ? Merlin, sortons ce soir. C'est peut-être notre dernière chance avant la naissance des enfants.

— Quoi ? explosai-je.

— Cours, mon amour, cours ! cria Merlin, et ils s'élancèrent tous les deux vers la chatière.

Bon, encore une énorme inquiétude de plus. Je devais sans

doute arrêter de supposer que la vie allait redevenir calme et reprendre son cours normal. Et bientôt des chatons !

Pour aujourd'hui, cependant, je laissai la série de téléréalité mélodramatique apaiser mes angoisses en avalant mes nouilles molles au fromage.

Et je ne parvins même pas à la fin du premier épisode avant de m'endormir sur le canapé.

21

Je me réveillai peu de temps après, ne sachant plus où j'étais. Puis j'aperçus le message de Netflix sur l'écran de ma télévision : *Vous êtes encore là ?*

J'éteignis la télé avec la télécommande, puis je m'assis en étirant les bras au-dessus de ma tête. Il fallait que j'aille au lit, mais j'étais toujours tellement, tellement endormie.

Juste au moment où j'étais sur le point de me forcer à me lever, j'entendis une série de claquements et de grattements venant de l'autre côté du salon. *Quoi ?*

Je m'avançai sur la pointe des pieds pour jeter un coup d'œil et je vis la silhouette d'un chat à la fenêtre. Mon chat.

— Merlin, que fais-tu dehors ? criai-je en me précipitant pour ouvrir la fenêtre.

Mais avant que je puisse traverser la pièce, une vive lumière verte jaillit du mur et me barra le chemin.

— Harold ? dis-je d'une toute petite voix, alors qu'il était impossible de confondre la silhouette devant moi.

— Comme on se retrouve, dit une Virginia fantomatique d'une voix traînante.

Contrairement à Harold, elle était bien plus qu'un orbe amorphe brillant. Son visage était entièrement formé à l'image de ce qu'il était dans la vie… sauf que maintenant, Virginia était verte et à moitié transparente. Il lui manquait également la majorité de son corps. En fait, sa silhouette se terminait légèrement au-dessous des aisselles, lui donnant l'apparence d'un buste.

Virginia fonça sur moi en grinçant des dents.

Je l'évitai juste à temps.

— Sors d'ici et laisse-nous tranquilles, criai-je en courant vers le couloir.

Virginia suivit avec un rire diabolique, comme si elle était une sorcière et pas un fantôme. Elle était peut-être aussi une sorcière, désormais. En tout cas, elle émettait une lumière verte de magie ; j'avais donc un double désavantage. Je ne pouvais pas pratiquer la magie moi-même et je ne savais absolument pas comment tuer un fantôme. *Merveilleux.*

Je fouillai dans le coin du couloir jusqu'à trouver la grenouille en céramique avec la potion dans sa bouche ouverte. Dès que je la tins fermement, je me retournai et je la poussai vers mon adversaire.

— Prends ça ! criai-je, fière d'avoir réfléchi si vite malgré le brouillard de fatigue qui m'enveloppait.

— Que fais-tu avec ma grenouille ? demanda Virginia en riant sèchement. Et pourquoi l'agites-tu vers moi comme une arme ?

Je me préparai en plantant fermement les pieds dans le sol.

— Je te lie à cet objet, fantôme !

Le hurlement de Virginia résonna dans toute la maison :

— Silence !

Je poussai encore la grenouille vers elle, mais elle vola hors de mes mains et s'écrasa contre le mur. Quand j'essayai de parler, je découvris que ma bouche était scellée.

— Voilà qui est mieux, dit Virginia en hochant la tête d'un air approbateur. Maintenant, arrête ton cinéma. Je suis là pour te tuer. Rien de plus, rien de moins. Tu vas payer pour ce que tu as fait avec ton sorcier. J'ai plus de magie dans la mort que je n'en avais dans la vie, et je vais maintenant l'utiliser pour venger ma mort prématurée. Alors, as-tu quelque chose à dire avant de mourir ?

Elle tourna la tête sur son torse coupé et relâcha son emprise magique sur moi.

Je pris ma respiration, puis je criai dès que je pus bouger la bouche.

— Où sont mes chats ?

Sa lueur verte faiblit à cause de sa déception apparente.

— Eh bien, quel gâchis de dernières paroles. Si tu veux tout savoir, j'ai magiquement scellé cette maison. Ils ne peuvent pas entrer, et tu ne peux pas sortir. Tu es entièrement à ma merci. D'abord, je vais m'occuper de toi, puis j'en finirai avec eux. C'est presque trop facile.

— Tu n'as pas de magie. C-c-comment est-ce possible ? bafouillai-je.

Tant que je pouvais la faire parler, je pouvais continuer à respirer.

Virginia avait un si gros ego que non seulement elle voulait m'assassiner, mais elle voulait aussi que je voie comme elle était brillante avant de le faire. C'était digne du méchant typique qui révèle son plan au lieu de l'accomplir.

— Oh, tout est possible quand on a les bons amis. Luna était une amatrice, une idiote ! Mais ma nouvelle maîtresse apprécie ce que je suis, ce que je peux faire.

Elle était tellement le cliché de la méchante que je me sentais presque désolée pour elle. Malheureusement, j'avais beaucoup plus de compassion pour moi-même. Virginia n'avait pas fait preuve de la moindre moralité et elle n'allait pas hésiter à tenir sa promesse de me tuer.

Même si je tremblais encore, je me forçai à lever les yeux au ciel.

— Tu parles de Dash ? Tu travailles encore pour cette sorcière après la dernière fois qui a littéralement causé ta mort ?

— Je sais ce que tu fais et je ne suis pas assez stupide pour tomber dans le panneau, siffla cette Virginia verte.

— Drôle de choix de mots. Tomber dans le panneau ? N'est-ce pas ainsi que tu es morte la première fois ? En tombant ? Peut-être mourras-tu ainsi cette fois aussi ?

J'aurais bien croisé les bras, sauf que je risquais d'en avoir besoin si Virginia volait vers moi.

— Je suis immortelle dans ma nouvelle forme ! tonna-t-elle d'un ton triomphal. La seule qui va mourir cette nuit, c'est toi. Et tes petits amis félins.

Elle se jeta sur moi avec sa bouche fantomatique grande ouverte et la referma sur mon épaule.

Ouille, ouille, ouille. Ce fut tellement douloureux ! Bien plus qu'une morsure normale. D'une façon ou d'une autre, je sus qu'elle m'avait infectée avec de la magie.

Mais de quelle sorte ?

Quel effet allais-je subir ?

Je chancelai. Non, je ne pouvais pas la laisser gagner.

Surtout pas aussi facilement.

Je défaillis encore.

— Que m'as-tu fait ? demandai-je d'une voix rauque.

22

— J'ai créé un drain. Bientôt la magie en toi commencera à couler vers moi, révéla Virginia en riant joyeusement. Et quand j'en aurai suffisamment, je l'utiliserai pour te tuer. Que penses-tu de cette justice poétique ?

Virginia était vraiment imbue de sa personne, mais même moi, je devais admettre que son plan était bon. Me tuer avec ma propre réserve de magie.

Waouh.

Je n'avais même pas survécu un mois entier en tant que familier et déjà mes liens avec le monde magique causaient ma mort imminente.

Pardon, mais non.

Je n'allais pas laisser tomber sans me battre.

Mes chats ne pouvaient pas entrer pour m'aider, mais je

pouvais encore les entendre à la fenêtre. Je pouvais toujours leur parler, les laisser me guider dans cette bataille. Je me jetai dans le couloir, traversant le fantôme ennemi, et je filai jusqu'à la fenêtre du salon.

Merlin resta assis en attendant que je déverrouille la fenêtre et que je l'ouvre.

— Gracie, derrière toi ! cria-t-il.

Je plongeai sur le côté pour éviter une autre morsure douloureuse de mon adversaire spectrale.

Virginia passa à travers la fenêtre, hurla de rage, puis fit demi-tour.

— Elle a utilisé la majorité de sa magie pour créer son sort de barricade, cria Luna que je ne voyais pas. C'est pour cette raison qu'il manque la moitié de son corps. Même avec le drain qu'elle a placé sur toi, elle se régénère très lentement.

Oui, Luna avait raison ! En me faisant taire, elle avait perdu ses petits bras coupés. Sa silhouette se terminait maintenant au niveau de la clavicule. Si elle jetait un autre gros sortilège, elle risquait de se faire disparaître.

Le fantôme fonça à nouveau vers moi et je bondis hors de son chemin. Toutes ces attaques physiques servaient-elles à me distraire pendant qu'elle rechargeait sa magie ? Et que pouvait-elle me faire de pire sans la magie ? Me mordre encore ? C'était douloureux, mais je savais déjà que je pouvais y survivre.

Eh bien, elle n'était pas la seule capable de jouer à ce petit jeu de patience.

Je courus vers le placard et j'attrapai mon balai.

Virginia éclata de rire en se moquant de mon choix d'arme. Je la frappai alors au visage avec le côté brosse dégoûtant, et je l'envoyai valser en arrière.

— Tu vas payer pour ça ! promit-elle, sa couleur verte se transformant en émeraude éclatante alors qu'elle crachait des jurons.

— Fige-toi !

Mes pieds restèrent collés au sol. Je pouvais encore bouger le haut de mon corps, mais le bas était maintenant coincé comme une mouche dans le miel.

Dès qu'elle murmura cette commande magique, le reste de ses épaules fantomatiques disparut. Maintenant, elle n'était plus qu'une tête qui s'agitait sur un cou.

— Tu ne peux pas me tuer sans te tuer toi-même, affirmai-je comme si c'était un fait et pas simplement ma théorie du moment.

Elle m'avait dit qu'elle était maintenant immortelle en tant que fantôme, mais ça ne signifiait pas nécessairement qu'elle pouvait rester longtemps dans notre dimension terrestre.

— Je suis déjà morte, grâce à toi ! rétorqua-t-elle.

À mesure que sa frustration grandissait, elle parlait plus vite et articulait moins bien.

— Gracie ! cria Merlin depuis la fenêtre.

Je regardai à travers Virginia et je vis que Merlin et Luna étaient à présent tous les deux assis sur le rebord.

— Nous pouvons la lier, mais il faudra des ingrédients de mon jardin, cria la femelle.

— Non, la grenouille n'a pas fonctionné.

Autrement, toute cette histoire aurait pris fin dès qu'elle avait commencé. Si seulement.

Cependant, Luna n'abandonna pas.

— Elle était trop vieille et avait perdu de sa puissance, mais une nouvelle préparation fonctionnera.

— Je ne peux pas partir.

— Essaie la porte, cria Merlin.

Merci de m'apprendre une évidence.

— Je ne peux pas. Je suis coincée.

Je montrai mes jambes et je poussai un grognement.

Pendant tout ce temps, Virginia criait des insultes contre nous, mais ne jetait plus de sorts. Apparemment, j'avais raison concernant le fait qu'elle n'avait pas le pouvoir requis pour finir ce qu'elle était venue faire. Elle n'avait sans doute pas compris ce que le sort de barricade allait lui coûter. De toute façon, ce n'était pas comme si elle était une vraie sorcière. Elle n'avait jamais eu de magie dans la vie et elle manquait d'expérience dans la mort.

Je scrutai la pièce en cherchant une espèce de solution qui permette de me décoller du sol. J'aperçus mon téléphone posé sur la table basse à deux mètres de moi. Je ne pouvais pas tendre la main et l'attraper, mais j'avais un balai dans les mains. Si j'arrivais à distraire Virginia assez longtemps pour l'attraper, je pouvais envoyer un texto de S.O.S à Drake.

Heureusement, il avait insisté pour enregistrer mon numéro dans son téléphone après notre rendez-vous raté. Il avait aussi proposé de m'aider avec mon fantôme, si j'en avais besoin. Et là, j'en avais vraiment besoin.

— Hé, la nulle ! criai-je assez fort pour que Virginia m'entende par-dessus ses vociférations insensées. Réflexe !

23

Je fis semblant de jeter un sort. Oui, je ne pouvais pas utiliser la magie en moi, et oui, Virginia le savait. Mais heureusement, ma ruse fonctionna tout de même.

Je levai la main qui ne tenait pas le balai et je fis un geste élaboré.

— Merlin, la foudre ! criai-je.

Comme je m'y attendais, Virginia se retourna juste à temps pour voir Merlin invoquer un éclair de l'autre côté de la fenêtre. Sa magie ne pouvait pas franchir la barrière qu'elle avait érigée, mais la présence fantomatique ne put s'empêcher de regarder avec fascination « l'échec » de la tentative de Merlin pour m'aider.

Très rapidement, je balançai mon balai sur le côté puis je le tirai vers moi comme une rame. Cela fit voler mon téléphone sur le sol et tout droit vers moi. Heureusement que j'avais investi dans une bonne coque de protection, sinon ce plan n'aurait pas fonctionné.

Je me baissai, toujours figée sur place, et j'attrapai le téléphone. En le déverrouillant vite, j'ouvris mes contacts et je composai un message, mes deux pouces volant au-dessus de l'écran.

Drake, SOS !

Viens m'aider !

J'envoyai chaque texto séparément, ne sachant pas quand Virginia allait réussir à m'arracher le téléphone des mains et interrompre mes appels à l'aide.

Le fantôme est... Virginia fit volte-face et retira le téléphone de mes mains par magie avant que je puisse terminer. Il s'écrasa contre le mur, un peu comme la grenouille. Tant pis pour la coque ultra résistante.

RIP, mon iPhone.

Drake allait venir. Je le savais. Ce qu'il pouvait faire pour m'aider, ça, c'était une question à laquelle je n'avais pas vraiment réfléchi.

J'étudiai Virginia pour voir si elle s'était davantage effacée à cause de son utilisation récente de la magie, mais elle ne semblait pas avoir perdu de terrain. Ce qui signifiait que le drain qu'elle avait placé sur moi commençait à fonctionner.

Non, non, non. Que pouvais-je faire d'autre pour la retarder ?

— Merlin, j'ai peur ! criai-je, et Virginia se mit à briller en se réjouissant de mon malheur.

— Je ne t'abandonnerai pas, promit-il à la fenêtre. Même à

travers le sort barrière, ma présence te permet de rester forte. Et la tienne me protège également.

— Mais le drain…

Mes paroles s'envolèrent comme si mon énergie était aspirée hors de moi en même temps que la magie.

Merlin se leva et appuya les pattes contre la barricade, me montrant tout son ventre poilu.

— C'est ma magie que tu portes. Une petite partie va vers Virginia, mais la majorité parvient à s'échapper vers la barrière et à me revenir. Je ne peux pas partir, sinon la magie n'aura pas d'autre endroit où aller.

— Arrête de l'aider ! s'emporta Virginia, mais elle était également incapable de lancer des sorts à travers sa barricade.

Pour attaquer Merlin, elle devait sortir. Et nous savions tous qu'il était un utilisateur de la magie bien plus puissant qu'elle, particulièrement avec mon énergie supplémentaire qui coulait en lui maintenant.

Merlin s'adressa directement au fantôme d'une voix froide et hautaine :

— Tu es coincée jusqu'à ce que tu aies généré assez de magie pour lancer le sort mortel que tu as prévu.

Puis il me dit :

— Ignore-la. Elle ne peut pas encore te faire de mal.

— Oh que si, je le peux ! hurla Virginia avant de se jeter vers moi et de mordre encore.

Elle arriva si vite que je n'avais pas été prête avec le balai. Zut !

Cette nouvelle blessure était douloureuse, mais j'allais y

survivre. Elle ne pouvait pas me mordre jusqu'à me tuer, et maintenant, mon objectif prioritaire était de ne pas mourir. Franchement, c'était mon seul objectif.

— Mémorise cette liste d'ingrédients, me cria Luna à côté de Merlin. Quand ton petit ami arrivera, envoie-le tout droit vers mon jardin. S'il ramène ce dont j'ai besoin, Merlin et moi pourrons créer une nouvelle potion pour la lier.

— Mais il vous verra pratiquer la magie et vous entendra parler ! protestai-je.

Merlin m'avait bien fait comprendre depuis le début que je ne pouvais pas révéler la magie à des personnes non magiques. Quelle était l'utilité de survivre à ma rencontre avec ce fantôme si c'était pour finir dans une prison mal famée pour le restant de ma vie ?

La voix de Luna me parvint, forte et pleine d'assurance :

— Nous ne nous sommes pas révélés à lui, alors il entendra seulement des miaulements. Et ses yeux inventeront d'autres scénarios pour expliquer nos actions. Tout ira bien. Mais fais attention. Maintenant, mémorise cette liste. Aubépine, chélidoine...

Luna cria au moins dix ingrédients et je les répétai jusqu'à ce qu'elle soit sûre que je me souvienne de tout.

Virginia continua à hurler et cracher, mais au pire elle nous faisait seulement répéter quelques fois pour nous entendre malgré le vacarme.

Pourquoi avais-je toujours l'impression que mes affrontements magiques épiques traînaient en longueur ? Les confrontations de vie ou de mort dans les films se passaient toujours si vite. Il était inutile d'attendre que la magie d'un fantôme se recharge ou que la potion correcte soit préparée.

La magie réelle était à la fois plus excitante et bien plus ennuyeuse que la magie dans les films. Au moins, les films ne pouvaient pas me tuer.

Virginia, en revanche…

Elle fonça à nouveau vers moi et je la frappai avec le balai. Je commençais à devenir douée. Elle fit demi-tour pour m'attaquer encore, mais une paire de lumières blanches éclatantes fit irruption par la fenêtre, interrompant ses efforts.

Drake était arrivé.

24

Tout sembla s'arrêter pendant que Virginia et moi attendions, au milieu de notre bataille, que Drake coupe le moteur, sorte de la voiture et entre dans la maison.

Il frappa à la porte d'entrée.

— Gracie ! Tout va bien ? Laisse-moi entrer !

Le sort barrière ! Allait-il pouvoir entrer ? Et si oui, allait-il pouvoir ressortir ?

— Drake, criai-je d'une voix rauque à force de hurler. N'entre pas !

— Que se passe-t-il ? demanda-t-il en agitant la poignée de la porte qui resta fermée.

— N'entre pas ! le suppliai-je en espérant qu'il ne perde pas de temps à argumenter.

J'avais besoin qu'il agisse et qu'il agisse vite.

— S'il te plaît, j'ai besoin de ton aide. Il faut que tu ailles dans un jardin et que tu me récupères une liste d'ingrédients.

Drake tambourina de toutes ses forces contre la porte.

— Quoi ? Gracie, pourquoi ? Que se passe-t-il ? Le fantôme est-il revenu ? Est-ce que tu vas bien ?

— Il est là et il est très fâché. J'ai besoin de l'attacher avant...

— Je ne suis pas un « il » ! Témoigne-moi du respect, faible mortelle ! siffla Virginia en tournoyant dans la pièce.

— Holà ! cria Drake qui arrêta de frapper à la porte. Était-ce le fantôme ? Tu as raison, il a l'air très fâché !

— Il, il, il ! Je ne suis pas un « il » ! Et toi, l'imprudent, je viens de t'ajouter à ma liste de gens à abattre.

Virginia était très en forme, émettant une lumière plus vive que jamais. La fierté était un point de friction important pour elle. Mmm, peut-être que si Drake entrait, il pouvait lui parler pendant des heures en l'obligeant à utiliser sa magie de sorte qu'elle se dématérialise, mais je ne pouvais pas lui faire prendre des risques. Et je préférais aussi me débarrasser d'elle de façon permanente. C'était la potion de Luna ou rien. Il fallait simplement que je convainque Drake de partir et d'aller chercher ce dont elle avait besoin.

— Drake, ça va. Ne l'écoute pas, criai-je en espérant que les menaces de Virginia ne lui aient pas fait perdre son courage. Il te suffit d'aller au jardin. Ramène ce dont nous avons besoin. C'est le seul moyen. As-tu ton téléphone ? Note cette liste.

Il y eut un bref moment de silence, puis :

— Je suis prêt.

Je récitai les ingrédients pendant que Luna hochait la tête et je donnai également l'adresse à Drake.

— Maintenant, dépêche-toi, s'il te plaît ! Je compte sur toi !

J'écoutai les pas de Drake frapper le trottoir en s'éloignant, puis son moteur vrombit et il partit à toute vitesse.

— Et maintenant ? demandai-je aux chats qui regardaient toujours depuis le rebord de la fenêtre.

— Nous attendons et nous espérons qu'il apporte les bons ingrédients. Et vite, répondit Luna.

— Drake sait un peu de choses dans beaucoup de domaines, dis-je en me souvenant de la conversation que j'avais eue avec lui, puis avec Kelley. Le jardinage est l'un d'entre eux. En outre, il peut toujours chercher les ingrédients sur son téléphone et s'assurer de cueillir ce qu'il faut. Il va réussir.

Pour une raison ou pour une autre, je croyais cela de toutes les fibres de mon être. Drake n'allait pas me laisser tomber. En fait, il allait me sauver. Tout irait bien.

Il me suffisait d'être patiente.

— Je deviens plus forte avec chaque minute qui passe, me rappela Virginia en chuchotant comme un serpent.

Et elle avait raison. Elle avait repris la forme qu'elle avait eue quand je l'avais vue au début : un buste complet jusqu'en bas de ses aisselles.

— Je vais te tuer, Gracie, et je ferai regarder ton petit ami. Puis je rechargerai mon pouvoir et je le tuerai également. Ensuite ce sera Luna. Je garde mon ancienne maîtresse en dernier. Avant la fin de cette nuit, vous serez tous morts.

— Personne ne va mourir aujourd'hui, espèce de vieille bique, la provoqua Merlin à travers la barrière. Surtout pas mon familier et mes enfants à naître non plus !

Virginia poussa un petit cri et se tourna vers la fenêtre.

— Qu'as-tu dit ?

— Nous avons le pouvoir de l'amour de notre côté. La haine ne gagnera jamais, hurlai-je parce que ça ressemblait à ce que pouvait dire un gentil dans une confrontation de ce genre.

— On dirait que je suis partie au bon moment, Luna, dit froidement Virginia. Au moins, en tant que sorcière, tu avais un peu de pouvoir. Mais tu as tout abandonné, n'est-ce pas ? Et pour quoi ? Pour jouer au papa et à la maman avec une espèce de boule de poils à pattes et pour donner naissance à ses sales gosses ?

— Je ne te dois rien, Virginia, grogna Luna. Et tu ne comprends pas que le pouvoir a de nombreuses formes différentes. Mes enfants vont grandir pour devenir forts et gentils et aider le monde à se débarrasser de monstres tels que toi.

— Ils vont mourir ou vivre des vies maudites. Je peux le garantir.

Alors que le fantôme révélait cette promesse inquiétante, je savais qu'il valait mieux ne pas douter de ses paroles.

J'avais beau avoir pensé que ce n'était pas le bon moment pour que mes chats fondent une famille, j'allais me battre de toutes mes forces pour protéger la portée de Luna. Virginia avait voulu nous faire peur, mais elle m'avait simplement donné plus de motivation.

J'allais la battre une bonne fois pour toutes.

Ces chatons n'allaient jamais savoir comme ils étaient passés près de mourir avant même d'avoir la chance de naître.

Tata Gracie se chargeait de l'affaire.

Et elle n'allait pas les laisser tomber.

25

Quand Drake revint, le corps fantomatique de Virginia s'était matérialisé jusqu'à son nombril.

Et cette vingtaine de minutes d'attente, coincée sur place, pendant qu'elle râlait et délirait et nous disait à tous comme nous étions affreux, figurait parmi les plus insoutenables de ma vie. Elle fonça quelques fois sur moi, mais je parvins habilement à dévier sa trajectoire avec mon balai.

Franchement, je pense que nous étions toutes deux soulagées quand la voiture de Drake se gara dans mon allée pour la deuxième fois ce soir-là. Cette fois, cependant, deux bruits de pas s'approchèrent de ma porte au lieu d'un seul.

— Drake ? criai-je avec méfiance.

Pourvu que ce soit lui. Pourvu que ce soit lui.

— C'est moi, cria-t-il à travers la porte.

— Et moi, intervint une deuxième voix.

— Kelley ?

Pourquoi donc l'avait-il volontairement conduite dans une situation dangereuse? Maintenant que mes amis étaient en danger aussi, je sentis monter la pression. Luna, Merlin, les chatons, Drake, Kelley et moi... il fallait que je nous sauve tous, et vite. Virginia se matérialisait de plus en plus vite. Elle allait bientôt être capable de lancer le sort qu'elle avait prévu pour moi, puis elle allait nous éliminer un par un.

— Je l'ai croisée à cette maison, cria Drake pour expliquer la présence de Kelley. Pourquoi ne m'as-tu pas dit que c'était chez elle? Quoi qu'il en soit, elle voulait nous aider, alors je l'ai ramenée. Maintenant, peux-tu nous laisser entrer, s'il te plaît?

— Non, n'entrez pas! criai-je, mais trop tard.

Virginia utilisa une petite partie de sa magie accumulée pour ouvrir la porte et tirer Kelley et Drake à l'intérieur.

Kelley trembla en apercevant la présence imposante de Virginia.

— Gracie, que se passe-t-il?

— Waouh, souffla Drake. Pourquoi est-elle verte?

— Elle a de la magie. Elle m'a coincée ici et j'ai peur qu'elle vous ait piégés ég-également, bafouillai-je.

J'étais bien décidée à gagner, mais également terrifiée de ne pas en être capable. Il nous fallait mélanger la potion dans le chaudron et attirer Virginia dehors ou bien ramener le mélange à l'intérieur pour la lier. Mais comment, si personne ne pouvait traverser la barrière sans son consentement?

Virginia devait l'avoir compris également, car elle choisit ce moment précis pour partir d'un rire diabolique parfait.

— Et maintenant, tu m'en as apporté une de plus. Je vais la tuer aussi.

Kelley étouffa un sanglot, et Virginia rit davantage. Oh, elle allait payer pour ça !

Drake prit Kelley dans ses bras et fit de petits bruits pour l'apaiser.

— Je te protégerai, promit-il avant de lever les yeux vers moi. Je vous protégerai toutes les deux.

— Elle a érigé une barrière autour de la maison. Personne ne peut sortir ou entrer sauf si elle le permet. Et je ne peux pas bouger de cet endroit, expliquai-je en indiquant mes jambes inutiles.

— Oui, mais non. Je ne vais pas laisser une espèce de banshee ressemblant à une tortue ninja me dicter ce que je peux ou ne peux pas faire, déclara Drake.

Il guida Kelley vers mes bras puis repartit vers la porte d'entrée.

Non, non, non. La barricade était peut-être électrifiée. D'accord, elle n'avait rien fait à Merlin quand il l'avait touchée, mais Drake n'était pas doué de magie. Pouvait-il supporter le choc soudain de ce contact ?

— Drake, stop ! criai-je. Elle...

Il posa alors un pied dehors. En se tournant vers moi, il repoussa ses cheveux en arrière d'un coup de tête et nous fit un sourire débonnaire.

— Tu disais ?

— Comment est-ce possible ? hurla Virginia en tourbillonnant dans la maison.

Au même moment, Kelley s'élança de mes bras et partit à toute vitesse vers la porte. Cependant, quand elle atteignit le seuil, elle se cogna bruyamment et tomba en arrière.

— Je ne comprends pas, sanglota-t-elle. Pourquoi peut-il partir, mais pas moi ?

Drake tendit la main, mais il eut beau essayer, il ne pouvait pas la faire traverser. Quand il la lâcha, Kelley s'appuya contre le mur et se roula en boule en pleurnichant.

— Comment as-tu fait ça ? demandai-je à Drake.

Et pouvais-je le faire aussi, une fois détachée de cet endroit précis du sol ?

Drake haussa les épaules.

— Je ne sais pas. Parfois je suis capable de faire des choses que les autres ne peuvent pas. Ou parfois je sais simplement des choses, comme ton adresse avant que tu me la dises.

— Tu m'as suivi, répliquai-je, préférant l'explication la plus logique.

Même si elle était un peu inquiétante et louche.

Il secoua la tête.

— Non, je l'ai simplement tiré de ma mémoire. Ce qui est bizarre, c'est que je ne me souviens pas d'avoir créé ce souvenir, mais il était là, prêt à être utilisé.

— Ça suffit, fulmina Virginia. Laissez-moi me recharger en paix.

— Pourquoi ferions-nous quoi que ce soit pour toi ? aboyai-je. Tu vas juste nous tuer.

— Et, oh, comme il me tarde !

Elle brilla vivement alors que ses hanches fantomatiques commençaient à se matérialiser. Nous allions manquer de temps.

— Drake, porte les ingrédients que tu as récupérés au jardin jusqu'à la fontaine à oiseaux devant la maison, mélange tout ensemble, puis remets-le dans une espèce de contenant et rapporte-le à l'intérieur.

— Combien de chaque ingrédient ? Je veux dire, si je fais une recette, il y a certainement des mesures à respecter ?

Il n'avait pas tort. Mais comment pouvait-il être aussi nonchalant ? J'étais déjà au courant pour la magie et pourtant j'étais terrifiée. Kelley était allongée en position fœtale, alors que Drake parlait tranquillement de tout et n'importe quoi.

— Je... je ne sais pas, marmonnai-je.

C'est alors que Luna apparut et se présenta immédiatement à Drake.

— Bonjour, je suis un chat. J'étais une sorcière avant, mais je ne le suis plus. Malgré tout, je peux t'aider à sauver Gracie si tu veux bien me laisser te guider dans la confection de cette potion.

Drake la fixa en écarquillant les yeux.

Les sanglots de Kelley s'intensifièrent.

J'attendis, n'osant pas détourner le regard de la scène. Craignant ce qui allait suivre.

Drake poussa un long soupir tremblotant.

— Oui, d'accord, Madame chat. Allons préparer ce machin.

26

C'était insupportable de ne pas pouvoir regarder Luna et Drake préparer la potion. Merlin s'approcha du seuil pour donner des nouvelles, mais Virginia lui claqua vite la porte au nez. Il retourna alors à la fenêtre afin que la magie qui s'échappait de moi puisse l'atteindre plus facilement.

— Gracie, as-tu un pichet ou quelque chose du genre? cria Drake en passant si facilement par la porte d'entrée que Virginia trembla et clignota de rage.

— Pas grave. J'ai trouvé, cria-t-il un instant plus tard.

Quand il passa devant moi, je vis qu'il avait pris le même pichet que j'avais utilisé comme vase pour la fleur qu'il m'avait donnée. Je me demandai s'il l'avait remarqué.

Il s'arrêta avant d'atteindre la porte, puis se tourna à nouveau pour me parler.

— Oh, la dame chatte m'a dit que j'avais besoin d'une espèce de grenouille pour finir cette potion. Sais-tu où je peux trouver ça ?

Effectivement. Nous avions toujours besoin d'un objet ayant appartenu à Virginia. Même si sa petite créature de jardin avait été brisée, les éclats pouvaient encore être utilisés. C'était un soulagement.

— Dans le couloir, indiquai-je avec un coup de tête sur le côté, et il partit récupérer les ingrédients nécessaires.

Il montra un morceau de céramique brillante lors de son retour à travers le salon.

— Je l'ai.

Virginia hurla et se jeta sur lui.

J'essayai de la repousser avec mon balai, mais Drake et elle étaient hors de ma portée.

— Attention ! criai-je, impuissante.

Drake leva la tête juste au moment où Virginia s'écrasait contre lui… ou plutôt, à travers lui.

— Qui es-tu ? cria-t-elle d'une voix tremblante.

— Qui es-tu ? rétorqua-t-il.

Puis, voyant qu'il n'était pas affecté par elle, il continua à marcher vers la porte.

Il disparut à l'extérieur et revint quelques instants plus tard avec le pichet maintenant rempli d'une potion verte et trouble.

— La dame chatte m'a dit de te donner ça, annonça-t-il en plaçant le récipient entre mes mains.

— Mais que dois-je en faire ?

Je donnai mon balai à Drake en échange.

Il n'eut pas le temps de répondre, car Virginia fondit sur nous.

Il essaya de la chasser, mais le balai qu'il tenait la traversa simplement.

L'esprit en colère me plaqua et je serais tombée sur les fesses si elle ne m'avait pas figée sur place.

Je restai droite, le pichet fermement serré dans les mains.

Virginia, d'un autre côté...

— Que se passe-t-il ? cria-t-elle alors que la couleur disparaissait de sa silhouette et tourbillonnait jusque dans le pichet.

Je regardai, émerveillée, le pichet se remplir de lumière : la magie.

Quand je levai à nouveau les yeux vers Virginia, elle était terne et grise. Elle avait également récupéré tout son corps, jusqu'au bout de ses orteils fantomatiques.

— Tu as volé ma magie. Rends-la-moi ! siffla-t-elle en cherchant à attraper le pichet, mais sa main passa à travers.

Elle essaya encore et obtint le même résultat.

— Où est-elle passée ? demanda Drake en tenant toujours le balai inutile comme une batte de base-ball.

Je pointai le doigt devant moi.

— Elle est juste là. Ne la vois-tu pas ?

— Non, Gracie. Elle est vraiment partie.

Il laissa échapper un petit rire, comme s'il pensait que j'essayais de le duper.

La voix de Merlin flotta vers moi à travers la fenêtre ouverte.

— Nous n'avons pas pu nous en débarrasser entièrement, car elle n'a pas fini de régler son affaire importante sur terre : elle veut te tuer, Gracie. Tant qu'elle n'aura pas réussi, elle sera coincée dans notre réalité.

— Dans ce cas, comment me débarrasser d'elle ? demandai-je en étirant le cou pour le voir, mais il avait disparu de la fenêtre.

— Je vais te tuer ! grogna Virginia en plongeant vers moi, mais en restant invisible pour les autres.

— La potion que nous avons concoctée lui a retiré sa magie et l'a liée à cette maison, annonça Luna quand Merlin et elle entrèrent en courant par la chatière.

Apparemment, la barrière de Virginia était retombée lorsqu'elle avait perdu sa magie.

— Alors, elle est coincée ici ? Avec nous ? criai-je.

Notre maison était déjà largement assez pleine, d'autant plus qu'il y avait des chatons en route. Nous n'avions pas du tout besoin d'une colocataire de plus, surtout pas une colocataire dont le plus grand désir était de tous nous tuer.

— Oui, mais elle ne peut pas nous faire de mal. À nous et tous les autres, acquiesça lentement Luna.

Je devinai que cette situation ne lui plaisait pas plus qu'à moi.

— Meurs, saleté, meurs !

Virginia fondit encore sur moi, mais plus elle cherchait à attirer mon attention, plus sa voix et son image s'estompaient.

— En outre, tu n'es pas coincée. Tu peux de nouveau bouger, m'informa Merlin en poussant mon pied avec sa patte. Ne reste pas plantée là, bouge.

Je levai brusquement le pied, m'attendant à ce que ce simple mouvement soit extraordinairement difficile. Mais cela me fit perdre l'équilibre et je trébuchai contre Drake.

Il me rattrapa et m'aida à me redresser.

— Attention, camarade.

— C'est la deuxième fois que tu m'appelles comme ça, lui dis-je avec un regard curieux. Pourquoi ?

— C'est juste une façon originale de me rappeler que je vis dans la case « copain », dit-il avec un clin d'œil. Et c'est particulièrement important depuis que je sais que tu es une sorcière incroyable qui se bat régulièrement contre des esprits malveillants.

Argh. C'était vrai. Drake connaissait à peu près tous mes secrets, désormais. D'accord, il n'était pas au courant pour mon héritage arthurien ni du fait que j'étais un familier plutôt qu'une sorcière, mais il en savait quand même beaucoup trop.

J'espérais que les chats avaient un plan pour gérer ça, et aussi que je ne risquais pas de finir dans une horrible prison magique pour avoir révélé trop de choses à un mortel.

J'avais peut-être eu des difficultés avec ce fantôme, mais je l'avais battu. Ce n'était sans doute pas aussi facile avec des criminels magiques endurcis pendant que j'étais coincée dans une boîte dont on ne pouvait pas s'échapper.

27

— Bonjour ? Puis-je sortir sans danger maintenant ? résonna une voix à travers les murs.

— Laissez-moi partir ! cria Virginia, mais ses mots étaient à peine plus qu'un chuchotement.

Ça allait au moins m'aider à l'ignorer, si nous devions vraiment vivre ensemble pendant… combien de temps ? Le reste de ma vie, supposai-je. En outre, Drake et Kelley ne pouvaient plus la voir ni l'entendre. Pas même un petit peu. Ça, c'était un soulagement.

— Est-ce toi, Harold ? criai-je.

Une main bleue traversa le mur du salon et leva le pouce. J'étais contente de voir qu'il commençait à prendre véritablement forme.

Kelley me regarda avec des yeux brillants.

— M-mon p-père ? bafouilla-t-elle. Est-il vraiment ici ?

— Allez, sors, Harold ! dis-je avec un sourire.

Ce fut si agréable de sentir les coins de ma bouche remonter que j'éclatai de rire.

Harold apparut dans le salon. Il était encore majoritairement informe, mais il avait des mains et un visage, ce qui était déjà pas mal.

Kelley se leva lentement, mais resta à l'écart du nouvel arrivant.

— Tout va bien, la rassurai-je avec un autre sourire. Il n'est pas comme l'autre. Viens.

Quand je lui fis signe, elle vint se tenir à côté de moi.

— Papa ? demanda-t-elle, ne sachant pas si l'on pouvait faire confiance à un fantôme, même si elle l'avait connu dans la vie.

— Kelley, répondit Harold de son écho mélodieux.

Elle garda les yeux écarquillés rivés sur Harold, mais s'adressa à moi.

— Qu'est-ce qui ne va pas avec lui ?

— C'est encore un nouveau fantôme, alors il n'est pas entièrement formé. Tu peux aller lui parler. Il ne te fera pas de mal.

Les joues rondes de Harold planaient devant nous.

— Tout ce que je voulais, c'est te voir une dernière fois, avoua-t-il. Te dire que je t'aime et que je suis désolé de ne pas avoir fait partie de ta vie.

Kelley laissa échapper un petit rire et essuya les larmes qui coulaient librement sur ses joues.

— Tu n'étais pas au courant pour moi. Pas avant la fin.

Je me tournai et je vis Drake regarder la scène d'un air émerveillé. Kelley et lui voyaient clairement Harold, mais ils ne pouvaient plus percevoir Virginia. Toute cette histoire de fantômes était terriblement compliquée. Je ne pensais pas pouvoir un jour apprendre toutes les règles gouvernant leur façon d'interagir avec le monde des vivants.

— J'aurais dû passer plus de temps avec toi quand je l'ai appris, mais j'avais peur de te décevoir. Je pensais que nous avions plus de temps.

Kelley étouffa un autre sanglot, mais elle souriait.

— Moi aussi. Maintenant que tu es de retour, pouvons-nous… ?

La lumière de Harold diminua et Kelley s'arrêta net.

— Non, je ne peux pas rester. Je veillerai sur toi, mais ce sera depuis l'au-delà.

— Pourquoi ne veux-tu pas rester ici avec moi ?

Si Kelley avait possédé une lumière de fantôme, elle aurait sûrement faibli aussi.

— Parce que mes affaires dans ce bas monde sont réglées, dit Harold d'un ton pragmatique, mais je voyais bien que c'était douloureux pour lui de ne pas exaucer les souhaits de sa fille.

Il avait tant changé depuis la veille au soir. Non seulement il disait des phrases complètes, mais il se souvenait des choses. Il ressentait des émotions.

— Tu sais combien je t'aime et comme j'aurais aimé que les choses soient différentes. Je t'ai revue, et j'ai transmis mon avertissement à Gracie.

— Euh, en parlant de ça, l'interrompis-je en levant l'index

pour attirer l'attention de tout le monde. Virginia est désormais liée à cette maison. Elle ne peut pas nous faire de mal. Merci pour l'avertissement. Je crois que ça m'a aidé.

Harold leva ses mains déconnectées et joignit le bout de ses doigts devant son visage. Il fronça les sourcils en flottant vers le plafond et baissa les yeux vers Kelley et moi.

— Non, mon message ne concernait pas Virginia, mais quelqu'un d'autre. Quelqu'un qui vit encore, dit-il enfin en utilisant la même voix étrange que lorsqu'il avait déclamé son avertissement la première fois. Les graines qui ont été semées porteront bientôt des fruits dangereux.

Kelley poussa un petit cri, mais de mon côté, il n'y avait pas grand-chose qui me surprenait encore.

— D'accord, peux-tu me donner des détails plus précis ? Comme qui, quoi, quand, pourquoi ? Ça m'aiderait beaucoup.

Harold laissa retomber ses mains et revint à notre hauteur. Son bleu était devenu pâle et bien plus transparent qu'auparavant.

— J'en ai déjà dit plus que je n'aurais dû. Les morts ne sont pas censés interagir avec les vivants. De plus, je ne m'en souviens pas assez bien.

Il se retourna vers Kelley.

— Prends soin de toi, ma chérie. Je te verrai un jour de l'autre côté. Mais pas trop vite, d'accord ?

Kelley étira les doigts et toucha la main fantomatique de son père.

Il flotta un moment avant de disparaître de notre vue.

— C'était tellement cool, dit Drake depuis le canapé.

Kelley le rejoignit en chancelant.

— Je n'arrive pas à croire que c'était mon père.

— Il a l'air d'être plutôt sympa, s'enthousiasma Drake. Je retire tout le mal que j'ai pu dire de lui.

Pendant que ces deux-là se tenaient compagnie, je me faufilai dans ma chambre et je fis signe aux chats de me rejoindre. Quand nous fûmes tous les trois à l'intérieur, je refermai doucement la porte derrière nous.

— Que faisons-nous maintenant? leur chuchotai-je avec une soudaine montée de désespoir. Ils sont tous les deux au courant de la magie. Est-ce que ça signifie que je vais aller en prison?

Merlin gloussa.

— Eh bien, à ce sujet...

— Nous avons découvert une échappatoire, s'exclama Luna en ronronnant.

Je regardai un chat, puis l'autre. Ils avaient l'air extrêmement contents.

— De quoi parlez-vous? Quelle échappatoire?

— Eh bien, techniquement, c'est Virginia qui leur a révélé la magie. Pas toi, annonça Merlin avec fierté.

— Et j'ai seulement parlé à Drake quand elle avait déjà montré la véritable nature de ses pouvoirs, ajouta Luna. Ce qui signifie que tu ne seras pas punie.

J'étais si soulagée que je sentis presque le poids du fardeau émotionnel tomber de mes épaules.

— Personne ne sera puni, ajouta Luna avec un sourire de chat du Cheshire.

Je laissai échapper un long soupir. Ah, c'était si agréable.

— Merveilleux. Bien joué. Que faisons-nous maintenant ?

— Gracie, nous avons un plan, promit Merlin en me faisant signe d'approcher pour qu'il explique tous les détails.

28

Effectivement, les chats avaient vraiment pensé à tout. Bien qu'aucun d'eux n'ait jamais possédé le pouvoir de changer les souvenirs — c'était une spécialité des sorciers des illusions — Luna fut capable de guider Merlin pour préparer une puissante potion de sommeil.

Ils la préparèrent sous forme gazeuse afin qu'elle soit bien plus facile à administrer à nos sujets. Et une fois que Drake et Kelley furent endormis, Merlin nous téléporta jusqu'à la nouvelle maison de Kelley.

Les anciens meubles de Virginia n'avaient pas encore été retirés, alors nous déposâmes nos deux Belles au bois dormant sur le canapé floral. Je fis particulièrement attention à les placer l'un contre l'autre, avec la tête de Drake sur les genoux de Kelley. Juste au cas où cela aidait Drake à l'envisager comme une petite amie potentielle.

Notre principal espoir était qu'ils se réveillent le lendemain matin et se disent que tout ce qui avait eu lieu n'était rien de plus qu'un rêve insensé, rêve qu'ils avaient réussi à créer ensemble et dans lequel ils s'étaient déplacés tous les deux.

Moi, bien sûr, j'allais nier toute implication dans leurs aventures fantomatiques. Même si je détestais tromper mes amis, c'était vraiment pour leur protection... et leur santé mentale.

J'aurais bien aimé avoir des amis humains avec lesquels je pouvais partager mes allées et venues magiques, mais j'aurais été égoïste de les exposer à des risques sur le long terme à cause de ce savoir. Sans sorcier pour les protéger, ils étaient seuls, et donc sérieusement en péril. Du moins, c'était ce que les chats m'avaient expliqué.

Quoi qu'il en soit, Kelley et Drake étaient tous les deux bien assez occupés avec la popularité de la Maison du Café de Harold récemment améliorée.

Le lendemain de nos grandes aventures nocturnes, Kelley devait faire un autre double service avec les nouveaux employés afin de les aider pendant l'heure de pointe du matin. Drake et moi allions la rejoindre plus tard dans la matinée. Oui, elle allait certainement devoir encore augmenter le nombre d'employés, mais je faisais confiance à son intuition quant au moment d'agir.

Et quand j'arrivai au travail, je découvris que Drake était là avant moi... chose qui ne s'était littéralement encore jamais produite. Je découvris aussi qu'il tenait la main de Kelley pendant qu'elle répondait au téléphone et que l'un des nouveaux membres de l'équipe faisait fonctionner la machine à expresso.

— Bonjour ! criai-je joyeusement quand ils eurent fini de s'occuper de leur client. J'ai passé une très bonne nuit de sommeil et je suis prête pour cette journée.

D'accord, j'insistais peut-être trop lourdement sur notre ruse, mais ils ne le savaient pas. J'avais bien soigné le maquillage de mes yeux ce matin, afin qu'il n'y ait pas de cernes sur mon visage. Et maintenant j'allais être joyeuse et enjouée pendant tout le reste de mon service, même si j'avais envie de retourner au lit et de dormir.

Drake bâilla ouvertement, refusant de lâcher la main de Kelley.

— Qu'a-t-elle de si bon, cette journée ?

Je hochai la tête en direction de Kelley.

— On dirait qu'il y a quelque chose de bon. Ou en tout cas, quelque chose de différent.

Ils rougirent tous les deux et franchement, c'était adorable.

Kelley me fit signe d'approcher.

— Nous avons passé la nuit ensemble, hier. Je ne me souviens pas de sa venue, mais quand je me suis réveillée, il était là.

Elle sourit quand Drake posa un baiser sur sa joue. Ils étaient vraiment passés de zéro à soixante à l'heure en très peu de temps.

— Je ne m'en souviens pas non plus, dit-il, mais ce n'est pas inhabituel. J'oublie des choses que je devrais savoir et je sais des choses que je ne peux pas savoir.

Kelley baissa la voix et chuchota :

— Le plus étrange, cependant, c'est que nous avons tous les deux fait un rêve insensé. Le même rêve !

— Vraiment? m'exclamai-je d'une voix aiguë en faisant de mon mieux pour imiter la surprise.

— Tu étais là aussi, fit remarquer Drake, comme s'il s'attendait à ce que je m'en souvienne. As-tu par hasard rêvé de fantômes et de chats magiques qui parlent, cette nuit?

Je secouai la tête avec emphase.

— Non. J'ai dormi comme une pierre.

— N'est-ce pas étonnant comme les petits détails de la vie quotidienne peuvent fusionner pour créer cette grande aventure dans le monde des rêves? demanda Kelley en secouant la tête. Par exemple, mon père était là en tant que fantôme! Et il y avait cet autre fantôme qui essayait de nous faire du mal, mais Drake a sauvé tout le monde. C'est alors que mon père est arrivé et qu'il m'a dit comme il m'aimait. Je te jure, il suffit que tu mentionnes les fantômes une fois pendant nos jeux pour briser la glace, et ça donne ça!

— Oui, et le plus fou est que nous ayons rêvé la même chose, dit Drake en plissant les yeux et en me regardant avec insistance. Exactement la même chose.

— C'est vrai que c'est dingue.

Je hochai la tête en direction de leurs mains jointes.

— On dirait que ça vous a rapprochés.

— Kelley est une fille vraiment géniale. Géniale et jolie, répondit Drake avant de lui faire de petits baisers de papillon en battant les cils.

J'étais heureuse pour eux, mais j'avais aussi l'impression que si les épices et la citrouille ne me faisaient pas vomir aujourd'hui, leur mièvrerie allait s'en charger.

— Je dois aller débriefer la fin du service avec les nouveaux, annonça Kelley en soupirant. Je reviens bientôt.

Drake accepta un rapide baiser sur la joue et agita les doigts pour lui dire au revoir avant de la regarder marcher d'un pas léger vers son bureau.

— Alors, Kelley et toi ? demandai-je en ne cherchant même pas à cacher mon bonheur concernant cette nouvelle tournure des événements.

— Je sais que ce n'était pas un rêve, me dit Drake en chuchotant d'une voix rauque. Et je sais que tu le sais aussi.

— Je ne sais pas du tout de quoi tu parles, rétorquai-je en haussant les épaules, puis je jetai mes cheveux en arrière et je partis essuyer les tables.

Pendant ce temps, je paniquai intérieurement. Comment pouvait-il s'en souvenir ? Et qu'est-ce que ça allait impliquer pour tout le monde ?

29

Je rentrai à la maison et je trouvai deux chats très heureux et un fantôme très malheureux. Merlin et Luna m'attendaient sur la table de la cuisine avec de grands sourires étalés entre leurs moustaches. Pendant ce temps, la silhouette presque invisible de Virginia volait dans la maison en maugréant des jurons tout bas.

— Comment se passe l'intégration de la nouvelle colocataire ? demandai-je aux chats pendant que Virginia fonçait sur moi et me traversait. Physiquement, je ne ressentis rien, mais cela me fit quand même l'impression d'une violation.

Je frissonnai et je lui criai de ne pas recommencer.

— Sinon quoi ? demanda le fantôme si doucement que je dus tendre l'oreille pour l'entendre.

— Eh bien, tu es déjà privée de sortie, dis-je en riant. Mais laisse-moi un peu de temps, je vais trouver quelque chose.

Les deux chats se mirent à rire avec moi lorsque Virginia disparut dans une autre partie de la maison.

— Elle déteste ça, et nous adorons, répondit Merlin avec une lueur dans les yeux.

Luna semblait moins amusée, malgré son rire.

— Je me sens quand même un peu responsable.

— Tu ne peux pas contrôler la malveillance chez quelqu'un d'autre, dis-je en passant mes doigts sur son pelage blanc. Et puis, maintenant tes enfants sauront bien plus de choses sur les fantômes que toi. C'est une bonne chose, non ?

— Je suppose, dit-elle en soupirant et en s'appuyant contre ma main.

— Peu importe tout ça, dit Merlin en se levant et en étirant le dos. Nous avons une surprise pour toi.

Je levai un sourcil.

— Ah bon ?

— Par ici, si tu le veux bien.

Les deux chats sautèrent de la table et trottinèrent le long du couloir jusqu'à ma chambre. Mais ils s'arrêtèrent avant d'y entrer.

— Lève les yeux, dit Merlin avec de grands yeux impatients.

Je levai la tête et je ne vis rien… du moins, rien qui ne devait pas être là. Et la vue de ce plafond blanc ennuyeux me fit bondir de joie.

— Vous l'avez réparé ! criai-je en me baissant afin de caresser les deux chats pour les remercier. Comment ? Je croyais que vous deviez vous rendre à Nocturna et trouver quelqu'un ?

— Même si j'aimerais m'en attribuer le mérite, tout a été fait grâce à Luna, annonça fièrement Merlin. Dis-lui, Luna.

La chatte sembla gênée par sa bonne action.

— Eh bien, tu sais que je suis souvent allée dans mon jardin, dernièrement ?

— Oui.

— Je me suis dit que s'il y avait d'autres sorcières des jardins près d'ici, elles auraient des jardins bien remplis.

Elle marqua une pause et Merlin prit le relais.

— Nous avons passé toute la journée à nous téléporter dans différents quartiers de l'État, jusqu'à ce que nous trouvions ce que nous cherchions à deux villes d'ici. Un endroit qui s'appelle Beech Grove. Là-bas nous avons rencontré un humain magique, tu imagines ! Le jardin était à lui, mais il nous a présentés à un chat qu'il connaissait, un certain Monsieur Grosmatou.

— Et Monsieur Grosmatou nous a accompagnés et a réparé le toit d'un seul coup de la queue. Tu arrives à croire ça ? cria Luna.

Si je ne la connaissais pas, j'aurais dit que Grosmatou lui avait fait une sacrée impression.

Cependant, Merlin ne semblait pas du tout jaloux et j'admirai la stabilité de leur relation après des débuts houleux.

— Je n'arrive pas à croire que tu aies fait tout ça pour moi. Merci.

— Eh bien, c'était la faute de Merlin, mais maintenant il sait qu'il ne faut pas invoquer la foudre en intérieur. N'est-ce pas, mon cher ? souligna Luna en lui jetant un regard noir.

Merlin baissa la tête.

— Oui, ma chérie.

— J'apprécie que tu cherches à te faire pardonner, merci.

Je leur caressai la tête à tous les deux avant de me lever.

— Oh, ce n'est pas qu'il essaie de se faire pardonner, dit Luna d'une voix sévère qui s'adressait davantage à Merlin qu'à moi. Il fait simplement ce qu'il faut. Merlin a une autre surprise pour toi qui fait partie de ses excuses, néanmoins.

Merlin inspira profondément.

— J'ai beaucoup réfléchi à notre discussion de l'autre jour et au fait que c'est important pour toi que Luna et moi adoptions les usages humains pendant que nous vivons dans le monde humain...

Il se tut, me laissant perplexe. Que cherchait-il à dire ?

Luna le poussa avec la patte.

— Eh bien, vas-y. Inutile de lambiner.

Le Maine coon leva la tête et me regarda avec ses yeux verts brillants.

— Et donc, Luna et moi avons décidé de nous marier. Officiellement. Avant l'arrivée des chatons.

J'applaudis d'enthousiasme.

— C'est super ! Je suis tellement contente pour...

— Et c'est toi qui vas tout organiser pour nous, s'enthousiasma Luna. N'est-ce pas merveilleux ?

Mon sourire faiblit un instant.

— Euh, vous n'êtes pas obligés de faire tout ça pour moi.

Surtout si vous vous attendez à ce que je fasse tout le travail, ajoutai-je en silence. Je n'avais encore jamais organisé de mariage humain, et encore moins de mariage félin. Par où fallait-il commencer ?

— Ce n'est rien, ma chère. Nous voulons faire ça pour toi, assura Luna.

Elle ne comprenait vraiment rien.

— Merci, dis-je en cherchant à tout prix à garder une espèce de sourire plaqué sur le visage. Quand aura lieu l'heureux événement ?

— Ce week-end ! s'exclamèrent-ils en chœur.

Oh, mince.

30

Et voilà qu'une aventure venait de se terminer pendant que de nombreuses autres se profilaient à l'horizon. J'avais un mariage pour chats à organiser en toute hâte, une portée de chatons qui arrivaient dans moins de deux mois, une colocataire fantomatique que je devais éviter pendant le reste de mon existence mortelle, et la grande méchante était toujours en liberté.

J'étais certaine que nous allions revoir Dash, surtout après l'avertissement inquiétant de Harold au sujet de graines semées et de fruits dangereux. Malgré tout, nous ne savions toujours pas comment la trouver, ce qui voulait dire que nous allions devoir attendre qu'elle vienne à nous.

Pendant ce temps, Merlin et moi allions simplement devoir travailler à devenir aussi forts que possible pour être prêts à son retour. À cause du drain de Virginia, j'avais perdu une bonne partie de la magie que j'avais accumulée depuis que j'étais devenue le familier de Merlin. Heureusement, mon cher sorcier fut capable de me rafistoler. J'avais aussi commencé à accumuler la magie plus vite lorsque nous passions du temps ensemble.

Tout allait bien se passer. Il fallait que j'y croie, sinon j'étais certaine de devenir folle.

Cependant, ce qui m'ennuyait le plus concernant tout ce que nous avions vécu, ça n'était pas l'expérience de mort imminente aux mains d'une ennemie que je pensais être morte une bonne fois pour toutes. C'était le fait que Drake, mon collègue actuel et ancien admirateur, était maintenant au courant pour mes chats et moi… et peut-être plus.

Il avait des capacités spéciales qu'il acceptait sans sourciller. Un fantôme ne lui avait pas fait peur et n'avait pas perturbé son calme. Il l'avait traité comme tout le reste dans la vie, c'est à dire comme vaguement intéressant, mais surtout… normal.

J'avais très envie de lui demander ce qu'il était, mais je me dis que s'il le savait lui-même, il n'aurait eu aucun souci à me le dire.

En revanche, il savait ce que j'étais. Il essayait souvent de me parler des événements de cette nuit-là quand nous étions seuls au travail.

Laissez-moi vous dire que les tables chez Harold n'avaient jamais été aussi brillantes, grâce à tout le nettoyage que je faisais chaque fois que j'avais besoin d'une excuse pour l'éviter.

Pour l'instant, Drake faisait attention à me parler uniquement quand nous étions seuls, mais s'il commençait à en parler à d'autres ? Allait-il être tenu pour responsable par la police magique et forcé à payer pour ses révélations ?

Merlin et Luna avaient expliqué que je ne risquais rien, puisque c'était Virginia qui s'était révélée à lui, mais je me sentais quand même mal qu'il soit au courant.

J'étais prête à lui confier ma sécurité, mais mes secrets ?

Aucune chance.

J'avais l'impression que j'allais bientôt devoir faire des choix très difficiles pour le protéger, lui, ma famille magique, et moi-même.

Et avec une adorable petite portée de nièces et de neveux innocents en chemin, je ne pouvais pas me permettre de faire des erreurs...

MERLIN TUE UN ZOMBIE

Quand mon chat m'a apporté un oiseau mort en cadeau, j'ai grimacé.

Quand l'oiseau mort est soudain revenu à la vie, j'ai crié.

Au début, je me suis dit que cela pouvait arriver parfois, quand on vivait avec un chat magique. Sauf que ça a continué à se produire.

Il s'avère qu'un ennemi de notre connaissance crée une armée de créatures mort-vivantes avec pour objectif de nous faire capituler. Mais Merlin et moi, nous refusons de laisser prédominer la magie noire… d'autant plus que toute l'existence de la magie est maintenant en danger.

Et si la magie meurt, ce sera aussi le cas de tous ceux qui la pratiquent.

Oh non, mon chat ne sera PAS une victime de cette guerre horrible. Je suis prête à me frayer un chemin à travers un million de zombies pour aller éliminer le grand méchant. Rien ne viendra s'immiscer entre ce chat sorcier et son familier… et je suis prête à le prouver.

1

Salut, je m'appelle Gracie Springs. Je suis une barista d'une vingtaine d'années et je travaille pour payer mes études. Bon, j'aurais dû obtenir mon diplôme il y a plusieurs mois, mais je n'ai pas encore trouvé le temps de terminer mon mémoire.

Vous ne pouvez pas vraiment m'en vouloir pour ça, tout bien considéré. Sérieusement, essayez de travailler en tant que familier humain pour un chat magique avec au moins deux ennemis dangereux et dites-moi comment vous faites pour rester à la hauteur de vos obligations quotidiennes.

Depuis que mon Maine coon Merlin m'a révélé ses pouvoirs, j'ai subi une tentative d'assassinat après l'autre.

Quand j'ai emménagé pour la première fois dans la petite ville géorgienne d'Elderberry Heights, il y avait juste mon petit chat normal et moi, dans la maison que m'a donnée ma grand-mère quand elle est partie prendre sa retraite dans les Keys de Floride. Mais Luna, la femme enceinte de Merlin, est venue se joindre à nous, ainsi que l'ancien familier de Luna, un fantôme assez grognon et super diabolique nommé Virginia.

Oui, on commence à être un peu à l'étroit et les chatons ne sont même pas encore nés !

Vous voulez un autre rebondissement amusant ?

Je descends du roi Arthur et mon chat sorcier possède une lignée célèbre, lui aussi. Il descend du Merlin originel.

Non, pas de l'imposteur humain que tout le monde pense connaître. Le vrai sorcier, celui qui s'avère avoir été un chat.

À cause de notre ascendance entremêlée, Merlin et moi avons un lien presque impossible à briser. Cela fait aussi de nous une cible très visible.

Notre ennemie d'origine, Dash, n'est pas apparue depuis un moment, mais nous sommes certains qu'elle se recentre et qu'elle reviendra bientôt nous embêter.

Je ne sais franchement pas ce qu'elle nous veut et j'ai presque trop peur de le découvrir.

Parce que franchement ? Plus j'en apprends sur le monde magique, moins j'ai l'impression de le comprendre. Je ne peux pas lancer de sorts, mais je peux contenir la magie en moi. C'est mon rôle principal en tant que familier de Merlin, en fait : être un récipient ambulant pour son surplus magique. S'il était un sorcier normal, me lier à lui n'aurait pas tellement perturbé ma vie.

Cependant, puisque mon chat est tout sauf normal, je vis un événement presque fatal après l'autre.

Je donne peut-être l'impression de me plaindre, mais en réalité je suis contente d'aider. Quelqu'un doit bien s'occuper des méchants, après tout.

Alors, pourquoi pas moi ?

Je sais, ce sera une belle épitaphe pour ma tombe…

— Hiii ! Pourquoi moi ? criai-je quand Merlin laissa tomber un oiseau mort à mes pieds justes au moment où j'essayais de préparer mon café matinal.

— C'est un cadeau, annonça fièrement le Maine coon poilu.

Il ne sembla pas du tout outré par ma réaction à cette offrande dégoûtante.

Je grimaçai en examinant l'oiseau inanimé à mes pieds.

— Qu'est-ce qui pourrait bien te faire croire que je veux ça ?

— Pourquoi ne le voudrais-tu pas ? rétorqua-t-il.

Il agita la pointe de sa queue, révélant le début de son irritation contre moi.

— Et comment sais-tu que tu ne l'aimes pas avant d'avoir goûté ?

Cet échange prouvait que même si nous pouvions nous parler, nous ne pouvions pas nécessairement nous supporter.

— Euh, merci, dis-je en me penchant pour examiner le « cadeau » de plus près.

J'allais devoir trouver un moyen de m'en débarrasser dès qu'il aurait le dos tourné. Seulement, Merlin semblait toujours me surveiller.

— Tu vois, ce n'était pas si difficile, insista mon chat avec un sourire satisfait sur son visage moustachu.

J'essayai de trouver quoi dire — et il me fallait plus de temps quand je n'avais pas encore bu mon café de la journée — quand l'oiseau revint à la vie.

Je poussai un cri et je trébuchai, tombant durement sur le derrière.

— Ne t'inquiète pas, Gracie ! cria Merlin en passant à l'action. Je vais te sauver de cet ennemi emplumé !

Muette de surprise, je l'observai sauter en l'air, plonger les canines dans l'oiseau, puis atterrir sur le lino d'un seul geste fluide.

— J'aurais pu... jurer... qu'il était... mort, grommela-t-il avec l'oiseau dans sa bouche.

Puis, je fus horrifiée quand il mordit l'oiseau avec force.

Oh, ce pauvre petit rouge-gorge.

Merlin laissa à nouveau tomber l'oiseau maintenant soigneusement assassiné à mes pieds, puis il commença à se laver en léchant longuement son flanc.

Je ne savais pas quoi dire. Je ne pouvais certainement pas me forcer encore à le remercier, mais je ne pouvais pas vraiment punir mon chat parce qu'il faisait exactement ce que font les chats.

Pendant que je fixais l'oiseau, stupéfaite, il commença à

revenir à la vie. D'abord, ce ne fut que la pointe d'une aile, mais ensuite un petit œil noir et rouge s'ouvrit d'un seul coup.

Je reculai jusqu'à me cogner au frigo.

— Oh non, pas question ! cria Merlin en bondissant une nouvelle fois avant que sa victime puisse s'envoler.

Il mordit une fois de plus, lui rompant le cou de sorte que sa tête pende sous un angle peu naturel.

J'inspirai profondément en priant pour qu'une telle scène ne se déroule plus jamais dans ma cuisine. Avec ou sans café, j'étais maintenant entièrement réveillée… et aussi certainement traumatisée à vie.

— Est-il vraiment mort, maintenant ? chuchotai-je après une brève pause, craignant que mes paroles puissent réveiller l'oiseau de son sommeil de mort.

S'il était vraiment mort, cette fois.

Merlin et moi regardâmes tous deux le petit tas de plumes défiguré… qui se remit à bouger.

Ce n'était absolument pas la façon dont j'avais prévu de commencer la journée !

2

— Pourquoi ne meurt-il pas? criai-je en cherchant une prise pour me remettre debout.

— Ça sent la magie noire, déclara Merlin avant de bondir sur l'oiseau mort-ou-mourant-ou-mort-vivant. Va voir Luna. Je m'occupe de ce monstre!

Eh bien, il n'eut pas besoin de me le dire deux fois. Je courus de la cuisine et passai la porte d'entrée sans même prendre le temps d'enfiler une paire de chaussures. La rosée matinale colla à mes chaussettes, mais je m'en moquai. Je pouvais facilement enfiler des chaussettes propres, alors que je ne pouvais pas supporter de regarder Merlin s'occuper du monstre au bec pointu dans la cuisine.

Je fis le tour de la maison à toute vitesse et je découvris Luna étalée sur l'herbe, au soleil. Depuis qu'elle était enceinte, elle avait commencé à passer beaucoup plus de temps dans le jardin.

Je l'avais même aidée à planter quelques fleurs et herbes pour qu'elle supporte mieux l'éloignement de sa maison qu'elle ressentait parfois.

En me voyant, elle roula doucement sur le ventre et se releva, toujours parfaitement gracieuse et élégante, même vers la fin de sa grossesse.

Oui, l'arrivée des chatons approchait. Les chats m'avaient donné une semaine pour planifier leur mariage quand ils avaient découvert qu'ils attendaient des petits. Ils avaient estimé que puisque les liens sacrés du mariage étaient importants pour les humains et pas tellement pour les chats, j'allais être ravie de faire tout le travail. Cela avait eu lieu quelques semaines auparavant. Les jeunes mariés avaient passé quelques nuits hors de la maison pour célébrer leur lune de miel, puis la vie était redevenue normale… enfin, aussi normale que possible quand on avait deux chats qui parlent et un fantôme pour colocataire.

J'avais presque commencé à croire que les méchants magiques de ce monde en avaient terminé avec nous, mais nous avions maintenant un rouge-gorge très amoché pour prouver le contraire.

— Oh, non, dit Luna en remarquant mon air las. J'avais dit à Merlin que tu n'allais pas aimer ce cadeau, mais il a insisté. Il prétend que tu n'as pas été toi-même depuis que Virginia a emménagé et il voulait faire un geste pour te montrer que nous t'apprécions.

— C'est assez gentil, en réalité, dis-je avec un demi-sourire en frottant mon dos douloureux. Mais oui, tu avais raison, l'oiseau était une idée horrible. Surtout si l'on considère qu'il ne veut pas rester mort.

Les oreilles de Luna s'aplatirent sur sa tête et elle écarquilla ses yeux bleus.

— Comment ça, il ne veut pas rester mort ? demanda-t-elle en chuchotant.

— C'est exactement ce que j'ai dit. Cette chose semble morte, puis elle revient à la vie quelques instants plus tard. Je suis à peu près certaine d'avoir vu Merlin lui rompre le cou, mais même ça n'a pas suffi à l'arrêter.

Je frissonnai à ce souvenir... souvenir qui allait sans aucun doute réapparaître de nombreuses fois dans mes cauchemars.

— Je crois aussi que je suis peut-être végétarienne, maintenant.

Luna siffla.

— Ne plaisante pas au sujet de choses aussi terribles.

— Laquelle de ces choses penses-tu être une plaisanterie ? bafouillai-je, incrédule.

Luna m'examina un moment.

— Oh, tu es sérieuse, n'est-ce pas ?

— Mortellement sérieuse, dis-je en serrant les dents. Ou plutôt, je suppose, mort-vivantement sérieuse.

— Oui, c'est apparemment la situation que nous avons sur les bras maintenant, acquiesça Luna en hochant la tête d'un air solennel.

— Parles-tu de... ?

Je ne pouvais même pas finir cette phrase. Le mot me semblait si improbable.

— Zombies, confirma Luna.

— Mais comment ? explosai-je en maudissant notre malchance.

Quelque chose me disait pourtant qu'une absence de chance n'avait aucun rapport avec la situation.

— Le comment est assez simple, expliqua patiemment Luna. C'est le pourquoi qui m'inquiète davantage.

— Eh bien, tu m'as rendue curieuse, maintenant.

La chatte fixa la maison sans rien dire.

— Comment sont créés les zombies, Luna ? l'encourageai-je.

Elle cligna les paupières en regardant le soleil, puis elle se tourna lentement vers moi.

— Eh bien, tu sais que les chats possèdent neuf vies ?

— Bien sûr, dis-je pour accélérer la conversation.

J'avais toujours supposé que c'était seulement une expression, mais manifestement pas. J'allais devoir me rappeler de poser des questions là-dessus plus tard, quand nous n'aurions pas à affronter un zombie dans la cuisine.

— Ce n'est pas le cas de tous les chats. Seulement les sorciers. Nous ne sommes pas immortels, mais l'on nous accorde des vies supplémentaires.

— D'accord, dis-je en hochant la tête. Je suppose que c'est logique.

— Nous pouvons faire don de nos vies à d'autres. C'est un sort complexe mais relativement connu. Normalement, c'est un sort bienveillant qui sert à aider les conjoints à rester en vie aussi longtemps l'un que l'autre.

— Mais je suppose que ce n'est pas le cas avec l'oiseau que Merlin a apporté ?

— Non, affirma-t-elle en cherchant quelque chose du regard. Il existe une version corrompue du sort de partage de vie. Il peut être utilisé pour ranimer les morts.

— Mais cet oiseau venait seulement de mourir. Je l'ai vu, lui rappelai-je.

Le visage de Luna se crispa, ce qui ne me rassura pas beaucoup.

— Oui, ça signifie que notre pratiquant de magie noire se trouve tout près.

— Penses-tu qu'il fera d'autres zombies ?

— Je suppose que le premier n'était pas un accident, alors il y'en aura sans doute d'autres.

— Mais pourquoi quelqu'un accepterait-il de céder toutes ses vies juste pour nous faire un peu peur ?

C'était ce que je ne comprenais pas. Même si nous ne pouvions pas tuer l'oiseau, nous étions encore bien plus grands et plus forts et nous pouvions trouver un autre moyen de le maîtriser.

— C'est ce qui m'inquiète le plus, chuchota Luna. Les êtres véritablement diaboliques parmi nous — ceux qui envisagent d'utiliser un sort de ce genre — peuvent aussi contrôler les esprits et les volontés des autres. Il est possible que le coupable possède une armée de sorciers impuissants à sa disposition et que chacun dispose d'un escadron de zombies.

Je soupirai en passant une main dans mes cheveux.

— Tout est sur le point de très mal tourner, hein ?

— Oui, vraiment, grogna Luna comme si le fait de prononcer ces mots allait également les rendre réels.

Luna était la plus courageuse parmi nous. Si cette nouvelle histoire de zombies lui faisait peur, alors il fallait nous attendre à des choses terribles.

Cette journée ne faisait qu'empirer…

3

— Maintenant que tu sais ce que nous affrontons là, je suis certaine que tu comprends que nous ne pouvons pas laisser Merlin seul avec cette chose plus longtemps.

Luna courut le long de la maison pour revenir à l'avant.

Je la suivis d'un pas hésitant. Un oiseau mort-vivant ne pouvait pas faire grand-chose tout seul, mais s'il y en avait toute une nuée ? Le chef-d'œuvre de Hitchcock n'a pas été l'un des films d'horreur les plus impérissables de tous les temps pour rien.

Quand j'entrai dans la maison, je découvris Luna qui tournait autour de Merlin en petits cercles inquiets afin de l'examiner de près.

— Es-tu certain qu'il n'a pas réussi à te griffer ?

Merlin gonfla son pelage avant de se secouer.

— Même si c'était le cas, je vais bien. Le sort de partage de vie ne peut pas être utilisé par l'intermédiaire d'un tiers. Si quelqu'un veut me transformer en zombie, il faudra le faire en face à face.

Luna laissa échapper un petit miaulement triste.

— C'est bien ce qui m'inquiète, mon cher.

Merlin frotta son visage contre celui de sa femme.

— Ne t'inquiète pas pour moi, mon amour. Continue à faire pousser nos enfants dans ton ventre et je m'occupe du reste.

Luna fronça les sourcils et agita la queue. Elle aimait Merlin, mais elle n'aimait pas du tout être exclue de nos aventures. Quand elle avait encore sa magie, elle avait été la plus puissante des deux chats sorciers, et de temps en temps elle semblait remettre en question le sacrifice qu'elle avait fait... qu'il s'agisse de combattre les fantômes ou d'inspecter les bruits étranges pendant la nuit.

— Luna m'a informée du côté magique des choses, dis-je en hochant la tête vers elle. Je pense comprendre tout cela, mais qu'est-il arrivé à l'oiseau ?

Merlin traversa la cuisine et s'assit à mes pieds.

— J'ai battu l'infâme monstre de la meilleure et plus agréable des façons.

Il marqua une pause en levant le nez avec une fierté évidente.

— Tu l'as...

— Je l'ai mangé ! termina Merlin avec de grands yeux. En général, je n'aime pas la viande de magie noire, mais un repas est un repas. Et il fallait que je m'en débarrasse d'une façon ou d'une autre. Au moins, nous savons qu'il ne reviendra pas.

Je frissonnai en pensant à la carcasse mutilée s'éveillant dans l'estomac de mon chat. *Beurk, beurk, beurk.*

— Mais qui nous enverrait un zombie, et pourquoi ? demanda Luna dont l'inquiétude se reflétait dans les yeux bleus écarquillés.

— Tu as sûrement remarqué que nous collectionnons les ennemis comme s'ils risquaient de se démoder, plaisanta Merlin. Il est vrai que tout a été inhabituellement calme ces dernières semaines.

— Une seconde. Nous devons poser ces questions à quelqu'un d'autre, murmurai-je avant de parcourir le couloir en tapant sur les murs. Je sais que tu es là-dedans ! criai-je. Sors de là. Nous devons te parler !

Il ne fallut pas longtemps pour qu'un fantôme très fâché traverse le mur et me jette un regard glacial.

Si les regards pouvaient tuer… À vrai dire, je pense que notre fantôme espérait vraiment que son expression acerbe me tue, mais elle était complètement impuissante et liée à notre maison.

Virginia passait la plupart de son temps dans les murs, le seul véritable endroit où elle pouvait avoir la paix. Au début, elle s'était amusée à entrer et sortir des pièces en essayant de nous faire peur, mais moins nous réagissions à ces tentatives, plus elle avait volontairement commencé à disparaître en arrière-plan.

Malgré tout, l'ancienne sbire diabolique pouvait savoir quelque chose au sujet de notre nouvel ennemi maître des zombies. Et de toute façon, on ne perdait rien à le vérifier.

— Pourquoi avons-nous été attaqués par un zombie aujourd'-

hui ? demandai-je pendant qu'elle flottait devant moi, presque transparente à cause de son absence d'énergie magique.

— C'était pour ça, tout ce raffut ? demanda-t-elle. Et personne n'a pensé à me réveiller ? J'adore vous voir prendre des coups de pied au derrière.

Clairement, Virginia était trop classe pour parler de culs.

Je levai les yeux au ciel. La moitié du temps, notre fantôme âgé m'évoquait une adolescente insolente… et c'était quand elle n'essayait pas de nous tuer d'une façon ou d'une autre. Je devais lui accorder ce mérite. Elle ne cédait pas facilement.

— Si j'avais su qu'un zombie allait venir, j'aurais fait mon possible pour l'aider, ajouta-t-elle en soupirant.

— C'est drôle, je suis à peu près certaine que tu ne parles pas l'oiseau, grogna Luna en s'accroupissant devant Virginia.

— Toi non plus, *ma chère*, reprit le fantôme en se moquant du tic de langage de son ancienne maîtresse.

— Tu nous as espionnés, rétorquai-je.

Ce n'était pas une question.

Virginia haussa les épaules.

— N'oublie pas que c'est à cause de toi que je ne peux pas quitter cet endroit misérable. Évidemment que je vous espionne. Le problème est que je n'ai personne à qui tout raconter.

Je me mordis la lèvre inférieure en hochant la tête. Virginia avait raison, bien sûr. Elle ne pouvait parler à personne en dehors des quatre murs de cette maison. En attendant, les chats et moi savions qu'il ne fallait pas laisser entrer des inconnus dans notre demeure.

Une chose était claire : notre fabricant de zombies ne travaillait pas avec notre fantôme. D'un côté, c'était une bonne nouvelle. Personne d'autre que Virginia n'avait un tel accès illimité à nos agissements.

Mais de l'autre?

Je ne savais pas du tout par où commencer à chercher.

Et il me semblait qu'il allait être bien plus difficile de battre des zombies sans savoir quand et où ils allaient apparaître. Enfin, nous avions au moins eu quelques semaines pour nous reposer. Un combat était assurément en train de se préparer, et d'après la confrontation de ce matin, nous n'allions pas pouvoir le gagner facilement.

4

— Devons-nous faire des recherches à Nocturna? demandai-je aux chats en faisant référence à la ville cachée qui n'était accessible que par un chaudron actif de sorcier... ou dans notre cas, par le bassin aux oiseaux dans le jardin où Merlin préparait aussi ses potions quand c'était nécessaire.

— Nous ne pouvons pas toujours courir directement à Nocturna. Il y a d'autres moyens de résoudre les choses, grogna mon chat.

Une de ses dents pointues dépassa sur sa lèvre inférieure, lui donnant un air irrité et pourtant comique.

— Dit celui qui est recherché par un certain chat Cal, le taquina Luna.

J'avais vite appris en traînant avec ces deux chats que les vies amoureuses des félins étaient encore plus compliquées que celles des humains. Ils avaient d'abord rompu pour pratiquer leur magie, puis ils étaient devenus ennemis jurés, s'étaient battus, s'étaient soudain remis ensemble, et maintenant des chatons étaient en route. Merlin avait également contrarié quelques-uns des autres prétendants de Luna qui pensaient qu'elle avait fait le mauvais choix. L'un d'entre eux avait même défié Merlin en duel magique, ce que le Maine coon avait bêtement accepté.

Retourner à Nocturna, c'était mettre en péril la magie de Merlin, car s'il se battait et perdait, il allait devoir passer l'éternité sans ses pouvoirs. Malheureusement, Luna et moi ne pouvions pas entrer dans Nocturna sans Merlin, car il était le seul sorcier actif. Et s'il perdait sa magie, nous allions non seulement être coincés hors de la ville de façon permanente, mais nous allions aussi être des cibles faciles de ce côté-ci du chaudron. L'entité surnaturelle qui nous pourchassait maintenant n'allait peut-être pas s'arrêter si nous perdions notre seule source de magie, même si nous étions complètement impuissants sans elle.

Et c'était ce qui rendait toute cette histoire si frustrante. Notre maître zombie manipulait littéralement la vie et la mort. Je préférais rester parmi les vivants, merci beaucoup.

Je me tordis les mains en regardant un chat, puis l'autre.

— Si nous n'allons pas à Nocturna, par où commencer ? Faut-il essayer de capturer un des zombies afin de lui demander ce qu'il sait ?

Virginia flotta plus près de moi et j'agitai la main comme s'il y avait une odeur nauséabonde que je pouvais chasser dans une autre direction.

Elle se contenta de rire et s'approcha encore davantage.

— Vous m'avez seulement battue par pure chance. Ne vous attendez pas à avoir autant de chance, cette fois. Il est impensable que des personnes aussi peu équipées que vous puissent se débarrasser du maître des morts-vivants. Bientôt, je ne serai pas le seul fantôme par ici, je vous le dis.

Le pelage de Luna se hérissa et elle donna un coup de patte en l'air.

— Va-t'en, peste ! La seule personne faible ici, c'est toi. Tu as signé ton propre arrêt de mort quand tu as décidé de me trahir dans ta quête pour le pouvoir. Et tu ne peux le reprocher à personne d'autre que toi, et peut-être à cette horrible sorcière des illusions.

Merlin hocha la tête d'un air pensif, mais je voyais que quelque chose l'avait distrait.

— Nous pouvons capturer un zombie, oui, mais il ne sert à rien de le garder en vie… enfin, animé. Ils ne sont pas assez intelligents pour faire autre chose que poursuivre leur cible. Ils sont interchangeables. Les sbires parfaits, car ils ne vont pas se laisser distraire ni trahir leur créateur.

— Vous pensez vraiment avoir une chance, n'est-ce pas ? s'exclama Virginia en riant plus fort.

Merlin se retourna vers elle, la colère brillant dans ses yeux verts.

— Tais-toi, sinon je te mange aussi !

Virginia ouvrit la bouche pour dire quelque chose, mais

Merlin continua à la fixer avec toute l'hostilité dont il était capable, c'est-à-dire beaucoup.

Elle poussa un soupir et flotta vers le bord de la pièce. Elle resta assez près de nous pour continuer à nous espionner, mais elle s'était au moins retirée de la conversation.

— Peut-il vraiment s'agir de Dash ? demandai-je aux deux chats. Il nous semblait assez évident qu'elle allait revenir nous défier. Est-ce ce qu'il se passe ?

— C'est une possibilité, ma chère, acquiesça Luna avant de se lécher la patte et de la frotter sur sa tête.

— Mais elle pourrait être n'importe où, fis-je remarquer. Elle pourrait prendre l'apparence de n'importe qui ou n'importe quoi. Comment le saurons-nous quand nous l'aurons trouvée ?

La capacité de Dash à manipuler la perception des autres était ce qui lui avait permis de s'approcher de nous la première fois.

— Nous ne le saurons pas, affirma Merlin, impassible. En tout cas, pas au début. Mais je suis à peu près certain qu'elle nous veut en vie. Au moins assez longtemps pour qu'elle puisse exécuter les plans qu'elle a pour nous. Je dirais qu'il faut la laisser nous capturer, puis voir à partir de là.

— Mon chéri, souffla Luna en tapant de sa patte avant, ce qui nous surprit tous les deux. C'est incroyablement dangereux ! Pense aux chatons !

— Je pense aux chatons, raison pour laquelle il faut que tu restes ici.

Merlin lécha le front de Luna, puis il avança vers la porte et attendit tout en agitant impatiemment la queue.

— Allez, viens Gracie, ordonna-t-il d'un ton qui n'autorisait aucune objection. Plus vite nous commencerons, plus vite nous en finirons une bonne fois pour toutes.

Je ne voulais pas m'interposer dans leurs querelles, mais nous n'avions pas de meilleur plan pour démasquer notre dresseur de zombies et je ne pouvais pas supporter de rester sans rien faire en attendant qu'il ou elle frappe encore.

Je soupirai et je jetai un regard d'excuse à Luna en enfilant une paire de chaussures, avant d'attraper mes clés et de suivre Merlin à l'extérieur.

— Allons attraper un méchant, dis-je quand j'eus fermé la porte derrière nous.

— En réalité, rectifia Merlin avec un sourire satisfait, nous allons laisser le méchant nous attraper à la place.

Je hochai la tête et je suivis mon chat dans la rue sans savoir si notre plan improvisé allait fonctionner.

5

Je me baladai dans la rue en essayant de paraître nonchalante malgré l'énorme chat domestique qui avançait d'un pas déterminé à côté de moi.

— Que dois-je faire? murmurai-je à Merlin quand je fus certaine que personne ne regardait dans notre direction.

— Agis... naturellement, dit-il en gardant la bouche fermée.

Nous tournâmes le coin de la rue et vîmes la vieille madame Harkness qui arrosait ses bégonias avec un sourire aimable sur le visage.

— Bonjour, Grace! chantonna-t-elle. Et bonjour à ton petit compagnon poilu également.

J'agitai les doigts pour la saluer et j'affichai mon meilleur sourire.

— Oui, c'est une très belle matinée! lui répondis-je.

— J'ai dit : *agis naturellement*, siffla Merlin d'en bas.

— Pardon, je n'ai pas entendu? dit Mme Harkness en fronçant les sourcils avant de couper l'eau du tuyau d'arrosage et de cligner des yeux à cause du soleil.

— Oh, j'admirais j-j-juste la beauté naturelle de la journée! dis-je en accélérant le pas avant qu'elle puisse découvrir qui avait vraiment parlé.

J'attendis que nous soyons un pâté de maisons plus loin avant de me remettre à parler.

— C'était moins une.

Je m'accroupis pour caresser la tête de Merlin et je continuai à parler à voix basse. Avec un peu de chance, les passants allaient juste penser que je m'extasiais devant mon animal domestique.

— Tu ne devrais pas parler quand nous sommes dehors. N'importe qui pourrait nous écouter.

Merlin me fit un clin d'œil et je me redressai, prête à continuer notre chemin.

Merlin poussa alors un hurlement terrible et donna un coup de ses pattes arrière.

Je me baissai pour le caresser, mais il chassa ma main.

— LU! NA! cria-t-il en miaulant.

Je regardai de l'autre côté du pâté de maisons, et j'aperçus effectivement une petite tache blanche à l'horizon. Je ne pensais pas avoir déjà vu Luna bouger si vite, mais j'étais certaine que c'était elle, surtout après la réaction mécontente de Merlin.

Quand elle nous rattrapa, elle posa son derrière par terre devant Merlin.

— Je t'ai dit de rester à la maison! fulmina-t-il.

— Et je t'ai dit que je n'allais pas attendre sans rien faire, rétorqua-t-elle avec un chuchotement rauque.

— Et je vous ai dit que nous ne devions pas parler quand nous étions dehors, là où tout le monde pourrait nous entendre.

— Tu ne m'as pas dit ça, ma chère, bouda Luna. Vous voyez, je rate déjà des choses. Je refuse d'être exclue de nos aventures juste parce que je suis sur le point de devenir maman. Nous travaillons le mieux en équipe. Vous avez besoin de moi.

— D'accord, mais sérieusement, cessez de parler en public ! sifflai-je alors qu'un monospace cabossé passait devant nous.

Le conducteur me dévisagea comme si j'étais une espèce de folle, et il avait absolument raison.

Quand il disparut, Luna laissa échapper un miaulement aigu et elle se frotta le visage contre ma main… pour signaler son accord, supposai-je. Eh bien, il y en avait au moins un des deux qui voyait les choses comme moi. Et Luna avait raison, elle aussi. Elle avait fait partie intégrante de nos aventures jusque-là, et nous n'aurions jamais survécu sans son aide.

Merlin nous fixa tous les deux avec de grands yeux verts écarquillés, agitant la queue d'un air mécontent. Il ne dit rien, cependant, alors je supposai qu'il acceptait de se taire pendant un moment.

— Je ne sais pas du tout où je vais, avouai-je tout bas en m'accroupissant une fois de plus. L'un d'entre vous peut-il passer devant ?

Luna miaula et trottina devant nous, se retournant un instant pour vérifier que nous la suivions.

Merlin émit un petit grognement, mais il suivit le mouvement. Il détestait ne pas être aux commandes, ce qui n'arrivait pas très souvent.

Luna avançait bien plus vite que mon rythme normal, et au bout de quelques pâtés de maisons supplémentaires, je respirais fort et la sueur commençait à perler sur mon front.

— Ça ne fonctionne pas, me plaignis-je. Personne ne fait attention à nous.

Merlin ouvrit la bouche, prêt à m'attaquer avec «je te l'avais bien dit» ou «ça t'apprendra à essayer de me faire taire».

— Oh, je ne dirais pas personne, répondit une voix suave depuis un buisson d'azalées avant que Merlin puisse donner son avis.

Il avait parlé en collant tous les mots sans aucune respiration entre eux, créant un bruit effrayant évoquant un serpent. Malgré tout, même si je ne parvins pas tout de suite à la reconnaître, je savais que j'avais déjà entendu cette voix. Comment pouvais-je oublier quelque chose d'aussi typique?

Luna fonça dans le buisson pendant que Merlin restait en retrait sur le trottoir avec moi. Des voix félines chuchotèrent et quelques instants plus tard, Luna sortit sa petite tête blanche des fourrés et fit signe à Merlin et moi de nous approcher.

J'espérais vraiment que le propriétaire de cette azalée ne débarque pas bientôt, car je ne savais pas du tout comment expliquer la situation. Merlin entra facilement dans le buisson, mais il me fallut ramper sur les pieds et les mains et approcher mon visage de la terre pour voir à travers le méli-mélo de feuilles et de branches.

Trois paires d'yeux brillants me regardèrent : des bleus, des verts et des jaunes. Quant au nouvel arrivant, je ne vis rien de plus que ses yeux lumineux, mais cela me suffit à le reconnaître.

Monsieur Grosmatou était arrivé.

Ce qui signifiait que nous avions vraiment un problème sur les bras.

6

— J'ai été appelé pour enquêter sur une perturbation dans la zone, expliqua le chat noir.

La première fois que nous avions rencontré Grosmatou, c'était quand Merlin avait invoqué la foudre dans notre maison et fait un trou à travers le toit. Je n'avais pas l'argent pour le réparer, et Merlin ne disposait pas du bon type de magie, alors Luna et lui s'étaient téléportés dans différents quartiers de Géorgie du Sud jusqu'à trouver Monsieur Grosmatou.

La magie était différente de celle de Merlin ou de l'ancienne de Luna. Au lieu d'être lié à un élément particulier de la nature, Grosmatou exerçait une sorte de magie spéciale générée par le noyau de la Terre et avec ça, il pouvait faire presque tout ce qu'il voulait.

Il utilisait ses capacités d'élite pour gérer une équipe de divers êtres paranormaux dans la ville assez proche de Beech Grove. Même si elle était petite, Beech Grove servait de plate-forme magique pour cette région de l'État, ce qui faisait du petit chat noir accroupi devant nous l'être magique le plus puissant sur des kilomètres. S'il avait été appelé en personne pour enquêter sur une perturbation, cela signifiait qu'il se passait quelque chose de gros.

Je me mordis la lèvre inférieure en essayant d'empêcher toutes les questions que je voulais poser de se déverser les unes après les autres.

Comme je l'avais appris au mariage de Merlin et Luna, Grosmatou aimait la cérémonie et les précédents. Il voulait que les choses soient faites d'une certaine façon... non, il *l'exigeait*. Et en ce qui concernait la hiérarchie magique, mon chat était bien au-dessus de moi.

Effectivement, Merlin prit la tête de notre côté de la conversation en levant le nez pour montrer que l'autre chat ne l'intimidait pas, même si ce n'était sans doute pas vrai.

— Cette perturbation est-elle liée à des zombies ?

Grosmatou inclina la tête sur le côté et ses yeux semblèrent flotter dans l'obscurité.

— Des zombies, non. Rien d'aussi terrible.

— Eh bien...

Merlin se balança d'une patte sur l'autre avant de continuer.

— Je te signale que nous avons été attaqués par un rouge-gorge zombie ce matin et nous avons des raisons de croire qu'il y en aura d'autres.

— D'autres ? Êtes-vous certains que ce n'était pas un cas isolé ? Un nouveau pratiquant de la magie s'entraînant au sort de partage de vie et accidentellement transféré à la mauvaise entité ?

— Nous en sommes certains, répondit Luna d'un air sombre.

— Eh bien, puisque je suis déjà là, avez-vous besoin de mon aide ? proposa Grosmatou. C'est le moins que je puisse faire pendant que je cherche ma cible.

— Qui est ta cible ? demandai-je, incapable de retenir ma curiosité.

Grosmatou poussa un soupir de lassitude :

— C'est très malheureux. Un jeune vampire sévit dans votre ville. Il court le risque d'exposer toutes les espèces magiques aux humains à cause de son imprudence.

— Je n'ai rien remarqué d'inhabituel, dis-je en haussant les épaules. Ce n'est peut-être pas aussi terrible que tu le penses.

— Nous avons eu de la chance jusqu'ici, mais s'il n'est pas bientôt maîtrisé, nous aurons un vrai problème sur les bras.

Il marqua une pause et se détourna de moi, redirigeant son attention vers l'individu de plus haut rang.

— Merlin, as-tu besoin de mon aide pour gérer des zombies ?

Mon chat renifla l'air ambiant et secoua la tête.

— Merci, mais non. Nous sommes tout à fait capables de gérer…

— *CHII TII TIII YAAAAAH !*

Un cri bruyant déchira le silence. Je n'avais encore jamais rien entendu de pareil. Peu de temps après, un petit projectile traversa le buisson et atterrit devant nous.

Il se leva sur deux pattes, réduisant habilement la force de l'impact en se secouant, puis il se tourna vers Merlin avec des yeux sombres et brillants d'assassin.

— CHYAHHHHHH ! hurla-t-il encore en se jetant au visage du Maine coon.

Merlin recula en trébuchant, mais son assaillant s'accrocha à ses moustaches et refusa de tomber.

Luna et Grosmatou passèrent à l'action. Luna se jeta sur l'envahisseur, donnant des coups de griffe en cherchant à défendre son conjoint.

Monsieur Grosmatou invoqua un tentacule tourbillonnant de magie rose et il s'en servit comme d'un lasso pour attraper la créature et l'écarter de Merlin. Quand elle fut capturée, il s'approcha pour l'examiner de plus près.

La petite chose siffla et grogna, cherchant désespérément à se libérer. Quand Grosmatou ne la lâcha pas, la créature commença à ronger sa propre épaule.

C'est alors que je sus ce qu'était cette créature : un écureuil. Au moment où je compris cela, l'écureuil attaquant s'arracha le bras et quitta l'emprise magique de Grosmatou, surpris.

Il bondit hors du buisson et cria encore.

— *TCHI-TCHI-TCHIIIIIYA !*

Monsieur Grosmatou tourna sur lui-même, puis il envoya une salve de magie en l'air. Elle explosa autour de nous et je me couvris la tête avec les mains pour me protéger.

— Personne dans un rayon d'un pâté de maisons ne pourra

nous voir ou nous entendre, mais nous devons vite nous débarrasser de cette ignoble créature ! cria-t-il.

Et là-dessus, les trois chats bondirent hors du buisson, prêts à se battre comme des fous.

7

Il plut soudain des écureuils, une véritable armée descendant du ciel... ou en tout cas d'une branche d'arbre tout près. Puisque j'étais coincée à quatre pattes avec la tête dans un buisson, j'étais complètement à leur merci.

De minuscules mains griffues égratignèrent mon dos et — oh — comme c'était douloureux ! Je reculai hors de l'azalée aussi vite que possible et je me levai péniblement, mais les minuscules démons restèrent bien accrochés.

Merlin, Luna et monsieur Grosmatou chargèrent enfin et se jetèrent sur les écureuils qui s'étaient attachés à moi.

Il en arrivait toujours plus, cependant. Des écureuils noirs, gris, marron, même roux, tous avec des yeux fous, tous bien décidés à nous déchiqueter.

Et franchement, je ne savais pas comment me battre contre ça. Et je n'en avais pas envie. J'avais toujours aimé observer les écureuils enjoués venant grignoter des graines à la mangeoire aux oiseaux de notre jardin.

Bien que tout aussi agiles, ces écureuils étaient très différents. Instables. Étant donné le spectacle que nous avait offert le premier, j'étais prête à parier qu'il était aussi mort-vivant. Apparemment, notre maître des zombies nous avait trouvés, ce qui signifiait que le plan avait fonctionné. Avec le recul, c'était un très mauvais plan.

Une autre inquiétude me vint à l'esprit. Les écureuils morts-vivants pouvaient-ils encore transmettre la rage ? J'allais devoir ajouter une visite à l'hôpital à ma longue liste de choses à faire si nous arrivions à survivre à cette bataille hallucinante.

Un des petits monstres aux dents proéminentes les plongea dans mon cou et je rugis de douleur. C'était bien fait pour moi, puisque j'étais perdue dans mes pensées alors que j'aurais dû être présente à ce qu'il se passait.

Je venais juste de me débarrasser du dernier écureuil quand un autre m'attaqua et qu'un gland heurta violemment le côté de ma tête.

Qu'est-ce que… ? Je me tournai brusquement quand une demi-douzaine d'autres noix et divers projectiles me frappèrent au visage.

Oh, ça dépassait les bornes !

C'en était fini de mes inhibitions pour ne pas faire mal aux petits animaux mignons. Ils étaient déjà plus ou moins morts de toute façon, et si je ne me défendais pas, un des chats ou moi risquions de les suivre dans la tombe.

Miss Gracie Springs ne se laissait pas marcher sur les pieds, non mais !

Je commençai à taper des pieds en essayant d'écraser les petits monstres sous mes semelles. Cependant, ça ne suffit pas à les immobiliser. Les bêtes aplaties s'animaient à nouveau en ondulant sur leur ventre pour accomplir leur vengeance.

— Il y en a trop ! cria Merlin. Je ne peux pas tous les manger !

La magnifique fourrure blanche de Luna était tachée de sang pendant qu'elle continuait à mordre et griffer et sauter. Même Grosmatou semblait mal en point tandis qu'il maniait sa magie comme un fouet pour maintenir la horde des morts-vivants à distance.

Un moteur vrombit quelque part hors de notre vue. Je tournai la tête vers le bruit et l'un des combattants profita de l'occasion pour grimper le long de mon flanc et se poser en haut de ma tête.

Je poussai un cri en levant les mains, cherchant désespérément à déloger la chose avant qu'elle puisse me mordre et éventuellement me laisser une cicatrice permanente et visible.

Le moteur devint de plus en plus bruyant à mesure que le véhicule s'approchait. Le chauffeur allait nous voir en pleine bataille : une femme et des chats contre des écureuils enragés et déformés. Comment étais-je censée expliquer ça ?

Mais non ! Monsieur Grosmatou avait lancé une sorte de bouclier. Notre secret était en sécurité, mais l'étions-nous ? Nous n'étions que quatre et le maître des zombies semblait disposer d'une armée infinie d'écureuils. Étions-nous certains qu'il s'agissait bien de Dash ? Que notre adversaire nous voulait vivants ?

Vroum, vroum. Le moteur bruyant s'approcha de plus en plus avant de tourner brusquement et de révéler une moto et son conducteur casqué.

Un deuxième écureuil grimpa sur ma tête et tira sur ma queue de cheval. Je jetai un coup d'œil vers Merlin, mais il était maintenant coincé au sol comme Gulliver se réveillant sur l'île remplie de Lilliputiens. Il fallait deux douzaines des petites créatures pour le maintenir à terre, mais elles avaient réussi à le maîtriser en travaillant ensemble.

La moto vrombit et accéléra.

Je tournai la tête vers le bruit, la regardant avec horreur grimper sur le trottoir en se dirigeant tout droit vers nous sans montrer aucun signe de ralentissement.

Nous étions peut-être protégés des yeux et des oreilles curieuses par le bouclier de Grosmatou, mais ça n'allait pas empêcher la moto de s'écraser contre nous. Le conducteur ne savait même pas qu'il était en danger.

C'était fini. Si la moto ne me tuait pas, les écureuils zombies allaient s'en charger.

Oh, parmi toutes les morts possibles, il fallait que ce soit celle-là !

8

La moto fit une embardée sur le côté, me ratant de justesse tout en éliminant quelques-uns des combattants écureuils. Ses épais pneus en caoutchouc écrasèrent leurs petits corps dans le ciment. Malgré tout, les zombies poilus tressaillirent et tentèrent de s'extirper du sol.

La moto fit marche arrière, puis elle s'arrêta à quelques pas de moi. Le conducteur souleva sa visière, révélant ainsi les traits de mon collègue barista et plus ou moins ami, Drake.

— Attrape les chats et monte, cria-t-il avant de laisser retomber sa visière.

Eh bien, inutile de me le dire deux fois et encore moins de le répéter aux chats. Nous nous entassâmes sur la moto alors que les écureuils restants sautaient sur nous et nous bombardaient de glands.

Je me demandai brièvement comment Drake avait réussi à

nous apercevoir malgré la barrière de protection, mais j'étais à la fois trop surprise et trop reconnaissante pour remettre cette chance en question. En outre, la magie était bizarre quand il s'agissait de Drake. Ce n'était pas la première fois qu'il avait pu faire ce dont les autres étaient incapables.

— Accrochez-vous !

Drake fit vrombir le moteur et la moto fonça.

Les écureuils restants crièrent et piaillèrent, nous poursuivant incroyablement vite.

Nous étions vraiment sortis de la bulle de protection maintenant, ce qui signifiait que les êtres magiques et non magiques allaient voir notre départ en panique ainsi que la foule d'animaux fâchés qui nous poursuivaient.

Drake accéléra, roulant au moins au double de la limite légale de vitesse… c'est du moins l'impression que j'en eus à cause de mon manque de pratique.

Merlin et Luna enfoncèrent tous deux leurs griffes dans ma peau lorsque nous tournâmes brusquement.

Monsieur Grosmatou produisit une espèce de magie rose tourbillonnante qui, tout en étant à peine visible, le collait fermement sur la moto. J'aurais aimé qu'il prenne le temps d'aider mes chats, mais non.

Mes pauvres cuisses !

Nous filâmes devant la maison et je retirai une de mes mains de la taille de Drake pour serrer son épaule.

— N'allons-nous pas nous arrêter ?

— Hors de question ! cria-t-il, la voix à peine audible par-dessus le bruit du moteur et du vent. Ces petites pestes avaient l'air d'être sérieuses. Je vous en éloigne autant que possible.

Du moins, c'est ce que je pense qu'il a dit.

Nous roulâmes avec pour seule compagnie les bruits du moteur et du vent qui filait. Au bout de vingt minutes, on finit par s'arrêter devant un joli pavillon en bordure de la ville.

— Bienvenue à *mi casa,* annonça Drake en garant la moto dans l'allée à côté d'un Segway.

— Merci, marmonnai-je, à bout de souffle.

J'avais l'impression que le monde défilait encore à côté de moi, alors que j'avais remis les pieds sur le trottoir solide.

Drake leva son casque et révéla une masse de cheveux coiffée en piques dures avec du gel.

— Je suis content de ne pas avoir raté ce combat. Des écureuils zombies ? Qui aurait pu croire qu'une telle chose existait ? Je veux dire, je l'ai espéré, mais...

— Une seconde, comment savais-tu que c'étaient des zombies ? demandai-je, bouche bée.

Il se pencha pour vérifier l'état de ses cheveux dans l'un des rétroviseurs de la moto et se fit un clin d'œil.

— Oh, tu me connais. Je sais un peu de choses sur beaucoup de choses. Cela inclut les zombies. Et leur regard vide était révélateur à mort.

— *À mort-vivant*, murmurai-je, incapable d'arrêter le petit sourire qui passa sur mes lèvres.

On pouvait compter sur Drake pour apporter une légèreté caractéristique à n'importe quelle situation.

— Pourquoi t'attaquaient-ils, au fait? demanda-t-il avec un regard inquisiteur, reportant toute son attention sur moi maintenant qu'il savait que ses cheveux avaient l'état souhaité.

— Euh... commençai-je avant de m'arrêter immédiatement.

Parce que sérieusement, comment pouvais-je expliquer cela? Plus tôt, il avait vu le fantôme de Virginia et découvert que mes chats étaient magiques et qu'ils savaient parler, mais nous lui avions administré une potion spéciale pour effacer ses souvenirs et couvrir nos traces. Malgré tous nos efforts, cependant, il refusait d'attribuer toutes les choses étranges qui avaient eu lieu ce soir-là à un rêve un peu fou. Il savait qu'il se passait quelque chose, ce qui impliquait qu'il nous fallait faire très attention.

Mais comment pouvais-je expliquer une horde d'écureuils meurtriers?

Monsieur Grosmatou me sauva d'une explication en sautant de la moto et en se plaçant devant Drake.

— Tiens, tiens, précisément l'homme que je cherchais, dit-il avec un sourire mécontent.

— Que se passe-t-il, petit homme chat? demanda Drake en riant pendant qu'il nous faisait traverser son garage pour entrer dans la maison.

Grosmatou garda la queue basse et pliée au bout.

— Je suis ici pour t'enregistrer auprès du comité surnaturel local. Il semblerait que tu as créé quelques problèmes pendant tes balades nocturnes.

Drake s'arrêta juste après la porte et fixa le chat noir autoritaire en plissant les yeux.

— Pardon ?

Grosmatou le suivit et sauta sur le comptoir, refusant de rompre le contact visuel avec Drake.

— Es-tu enregistré ? Sinon, je dois t'emmener tout de suite.

Luna, Merlin et moi restâmes juste à l'extérieur de la porte, regardant avec de grands yeux la scène qui se déroulait. Je pense que nous avons compris ce qu'il se passait avant Drake.

— Pourquoi aurais-je besoin de m'enregistrer ? demanda-t-il avec un gloussement nerveux. Tu as dit que c'était pour un comité surnaturel ? C'est super et tout, alors, pas de problème, je veux bien m'enregistrer, mais je ne suis pas surnaturel.

Monsieur Grosmatou soupira.

— S'il te plaît, ne me dis pas que tu ne sais même pas ce que tu es.

Drake enfonça les mains dans ses poches et se balança sur les talons.

— Je suis juste un type plus ou moins normal qui vit de son fonds fiduciaire et qui essaie de s'occuper.

Le chat patron rit sèchement.

— Un type normal ? Loin de là.

Tous les yeux étaient rivés sur monsieur Grosmatou. Personne ne parla. Nous attendions tous de voir si Drake allait comprendre tout seul.

Quelle révélation. J'avais toujours su qu'il y avait quelque chose de bizarre chez Drake, mais ça ?

Mon ami secoua la tête et croisa les bras sur son torse.

— Pardon, je ne comprends pas.

Grosmatou secoua la tête et soupira. Quand il leva à nouveau les yeux, il parla lentement, comme pour un imbécile.

Si Drake était vexé, il ne le montra pas.

— Tu es une créature surnaturelle et tu dois t'enregistrer auprès du comité.

— Ah oui ?

Tout le monde hocha la tête.

— Et quel genre de créature surnaturelle suis-je, monsieur Petit Minou ?

— Un vampire, grogna Grosmatou. Et que je ne t'entende plus jamais m'appeler monsieur Petit Minou.

9

Drake fit un pas en arrière et s'appuya contre le mur.

— Non, dit-il en secouant la tête. Ce n'est pas possible. Je pense que je le saurais si j'étais un vampire.

Je jetai un coup d'œil vers Merlin qui leva les yeux au ciel.

Au moins, Luna manifestait un peu de compassion, mais elle ne prononça pas un mot.

— Tout va bien, Drake. Vraiment. Tu es toujours toi, affirmai-je avec un petit sourire.

Drake gémit en secouant la tête.

— Non. Ce n'est pas ce que je suis. C'est impossible.

Monsieur Grosmatou leva une patte et tendit une griffe.

— On dirait bien que je dois te convaincre, alors voilà. Commençons par les choses faciles. Est-ce qu'il t'arrive de savoir quelque chose alors que tu ne le devrais pas ? Comme des souvenirs de choses qui n'ont pas réellement eu lieu ?

Drake hocha la tête en silence et Grosmatou leva une deuxième griffe.

— Est-ce qu'il t'arrive parfois de te réveiller quelque part sans savoir comment tu y es arrivé ? insista-t-il davantage.

Drake hocha encore la tête.

Grosmatou ajouta une troisième griffe à son poing poilu.

— As-tu un désir insatiable de richesses et de savoirs ?

Drake ne dit rien.

— Tu sais un peu de choses sur beaucoup de choses, dis-je en le citant. Et tu vis de ton fonds fiduciaire.

Tout le visage de Drake semblait s'être vidé de sa couleur, lui donnant une apparence bien plus vampirique qu'avant. Franchement, je ne l'avais encore jamais vu si perturbé, pas même quand le fantôme de Virginia essayait activement de nous assassiner. Je regardai maintenant ses mains tapoter le mur sans trouver une prise.

Quand il parla à nouveau, sa voix était brisée et aiguë.

— M-m-mais je ne bois pas de sang. Je ne ferais jamais une telle chose !

Les griffes de Grosmatou se rétractèrent et il posa la patte sur le carrelage.

— Ai-je dit quoi que ce soit sur le fait de boire du sang ? gronda-t-il.

Il se tourna alors vers moi d'un air agacé.

— Vous autres les humains et vos histoires stupides. Vous avez fait régresser les vampires de centaines d'années à cause de vos soi-disant divertissements. Il y a des centaines d'années qu'ils ne boivent plus de sang. Ça fait des lustres !

— Je suis d-d-désolée, murmurai-je, davantage comme une question qu'une déclaration.

Pourquoi m'en voulait-il pour ça, alors que j'étais la seule ici qui essayait de l'aider ?

— Normalement, les nouveaux vampires ne sont pas laissés seuls. Quelque chose a dû mal se passer lors de ta transformation.

Le chat noir cligna lentement des paupières en surveillant la réaction du vampire nouvellement révélé.

La voix de Drake était toujours aiguë comme un préadolescent lorsqu'il parla à toute vitesse.

— Je ne suis donc pas né vampire ? Mon père et ma mère ne sont pas...

— Mon Dieu, non, personne ne naît vampire. Comme c'est ridicule !

C'était maintenant au tour de monsieur Grosmatou de lever les yeux au ciel. Les chats n'étaient pas des créatures très patientes, comme je l'avais appris dès le début de mon emploi en tant que familier.

Drake ne savait rien de tout cela. Même si mes histoires magiques ne le gênaient pas, ceci était différent. Il venait de découvrir qu'il était un monstre, et un monstre qui avait accidentellement causé le chaos.

Il se laissa glisser au sol en serrant la tête entre ses mains.

— Je suis mort, murmura-t-il. Je suis carrément mort.

— Eh bien, techniquement, tu es mort-vivant, clarifia Grosmatou en levant le nez.

— Comme les écureuils, ajouta Merlin en riant.

Luna lui jeta un regard irrité.

— Sois gentil avec lui, mon cher. Ne vois-tu pas comme il est bouleversé ?

Grosmatou avait commencé à rire, lui aussi, mais il parvint à se calmer rapidement.

— Si c'est un ami à toi, comment as-tu fait pour ne pas comprendre ce qu'il était ? me demanda-t-il.

— C'est une bonne question, dis-je en tournant la tête vers Merlin.

Il gonfla les poils, sur la défensive.

— Quoi ? Je ne peux pas tout savoir sur tout, d'accord ? Je savais qu'il y avait quelque chose de bizarre avec ce type, mais la plupart des vampires sont fiers de l'être et de le dire : comment étais-je censé savoir ce qu'il était alors qu'il l'ignorait lui-même ?

Eh bien, il n'avait pas tort sur ce point.

Luna se frotta contre Merlin en ronronnant jusqu'à ce qu'il se dégonfle.

— Calme-toi.

— Vous trois, vous allez être capables de rentrer à la maison sans moi, n'est-ce pas ? demanda le chat patron à Merlin, avant d'avancer vers Drake qui sanglotait doucement. Tu dois m'accompagner.

Il continua à pleurer sans tenir compte de Grosmatou ou de nous autres. De mon côté, je ne savais pas exactement ce que monsieur Grosmatou faisait dans la vie, mais j'étais sûre qu'il n'avait pas l'habitude des refus. Et je savais également qu'il était peu probable de le voir abandonner maintenant.

Effectivement, le chat noir tendit la patte et tapota le bras de Drake.

— As-tu entendu, vampire ? Il faut que tu...

— Ce serait peut-être bien d'être plus délicat avec lui ? suggérai-je. Et puisque tu es là, peux-tu nous aider avec notre problème de zombies ? Tu nous l'as proposé plus tôt. Faisons une pause avec les vampires et parlons zombies. Ça te va ?

Il secoua la tête.

— C'était avant de trouver le responsable. Comme vous pouvez le voir, j'ai obtenu ce que je cherchais et il me faut maintenant retourner à Beech Grove. De nombreuses affaires pressantes nous attendent là-bas.

— Tu plaisantes ? intervint Luna.

Ça ne lui ressemblait pas de passer à l'offensive de cette façon, mais elle avait apparemment été poussée dans ses retranchements.

— Tu es le diplomate de toute cette région, et une invasion zombie ne t'inquiète pas du tout ?

— Il était très clair qu'ils vous attaquaient, et seulement vous. Ce n'est donc pas un problème prioritaire. Celui-ci, en revanche...

Il hocha la tête en direction de Drake.

— Il a causé des problèmes dans toutes les Peach Plains. Nous devons le maîtriser, et tout de suite, ou bien prendre le risque d'exposer notre peuple.

— Alors quoi ? Tu vas simplement nous laisser mourir aux

mains de ce maître zombie crapuleux ? explosai-je en regardant le chat avec toute l'hostilité dont j'étais capable.

— Voilà ce que je vous propose, soupira Grosmatou. Envoyez-nous votre requête à l'écrit et le comité vous répondra en cinq à dix jours ouvrés.

Je hochai la tête en silence. C'était la seule façon de m'empêcher de hurler contre ce crétin inutile.

Grosmatou donna encore un coup de patte à Drake et se racla la gorge.

— Maintenant, tu m'accompagnes, ou quoi ?

Drake sanglota et gémit, mais ne répondit pas.

— Très bien. Ce sera donc la manière forte, grogna Grosmatou, puis Drake et lui disparurent dans un tourbillon de magie rose étincelante.

10

N'ayant pas été emportés par la magie de téléportation de Grosmatou, nous sortîmes tous les trois dans le jardin de Drake. Merlin cligna alors deux fois des paupières pour nous ramener chez nous. Il était toujours plus facile pour lui de naviguer dehors plutôt que depuis l'intérieur d'un endroit qui ne lui était pas familier.

— Eh bien, ça ne nous a vraiment servi à rien, grommela le Maine coon avant d'aller boire à son bol d'eau.

— C'était un bon plan, mon cher. Vraiment, l'encouragea Luna. Mais Drake nous a sauvés avant que notre maître zombie puisse nous capturer.

— Je suis très fâché contre toi, annonça Merlin à sa femme après avoir léché quelques gouttelettes d'eau de ses lèvres.

Elle leva brusquement la queue, puis la plia en avant.

— Ne le sois pas. Je vais bien.

La queue de Merlin se réorganisa immédiatement dans la même position.

— J'ai dit que ça allait être dangereux et que tu devais rester en retrait, mais tu as refusé d'écouter. Regarde ce qui est arrivé ! Tu aurais pu être blessée. Un des chatons aurait pu être blessé !

— Je ne suis pas une fleur délicate et je ne suis pas une enfant, siffla Luna en se tenant très droite, refusant de céder.

— Ah bon, tu penses…

— Ça suffit ! les interrompis-je. Nous sommes tous du même côté. Si nous nous disputons, nous n'avons aucune chance. Nous ne savons déjà pas du tout ce que nous faisons. Ne rendons pas cette situation encore plus difficile.

Luna se détendit un peu et baissa la tête comme pour s'excuser.

— Tu as raison, ma chère. Bien sûr, tu as raison.

Même si Merlin était techniquement mon patron, je décidai de gérer la situation. C'était le seul moyen d'avancer.

— Merlin, je sais que tu veux seulement faire en sorte que ta famille soit en sécurité, mais tu dois laisser Luna décider elle-même ce que cela implique. Tu sais qu'elle ne va pas volontairement mettre les chatons ou elle-même en danger. Elle est intelligente et forte, et nous avons besoin de son aide si elle veut bien nous la donner.

Aucun des chats ne dit mot, mais au moins ils ne contredirent pas mon affirmation.

Après quelques instants de silence tendu, je continuai :

— D'accord, notre premier plan n'était pas vraiment une réussite, alors je crois qu'il est temps d'en faire un autre. Je sais que nous sommes *chatsona non grata* à Nocturna, Merlin, mais je crois vraiment que c'est là que nous devons nous rendre. Nous pensons que notre maître zombie est peut-être Dash, et nous savons que Dash s'intéresse à nos lignées.

Merlin restait encore tout rigide, mais il avait baissé la queue dans une position moins hostile.

— Nous avons déjà rencontré le sorcier de sang. Nous savons exactement qui nous sommes et comment nous sommes liés.

Quand je secouai la tête pour le contredire, sa queue remonta pour former ce méchant crochet en avant.

Je soupirai. Pourquoi est-ce que tout devait être une bataille pour la domination ? Je voulais simplement comprendre cette histoire de zombies avant que nous soyons encore attaqués. Si nous pouvions éviter ça, j'allais être très heureuse.

Malgré tout, je continuai prudemment.

— Il est évident que nous avons raté quelque chose. Je pense que nous devrions y retourner et voir si nous pouvons découvrir ce que c'est.

Luna étira ses pattes arrière en s'avançant vers moi.

— Et avant que tu dises quoi que ce soit, je vous accompagne aussi.

— Personne ne peut y aller si je refuse de vous y conduire, fit remarquer Merlin avec un grognement peu convaincant.

Il avait déjà commencé à faire dégonfler ses poils.

— C'est donc une bonne chose que tu ne refuses pas, dis-je avec un sourire espiègle.

— Et qu'en est-il de Cal et de ses sbires ? demanda Merlin. Ils me cherchent sans doute encore pour terminer notre duel.

Plus d'un mois s'était écoulé depuis cette rencontre, mais je savais très bien que les chats étaient capables d'être rancuniers plus longtemps.

— Ne peux-tu pas utiliser ta magie pour changer ton apparence ? suggérai-je en haussant les épaules.

— Je suis un sorcier du ciel et tu le sais. Les illusions ne font pas partie de mes capacités.

Il bâilla et tomba théâtralement sur le côté.

— Je peux te faire un relooking, si tu veux ? proposai-je.

— Certainement pas.

Merlin se leva d'un bond et partit de l'autre côté du couloir.

— Où vas-tu ? criai-je.

— Le portail pour Nocturna ne s'ouvre pas avant le coucher du soleil. Je vais faire une sieste, marmonna-t-il pour toute réponse.

Luna bâilla également.

— C'est une bonne idée, dit-elle avant de passer par la chatière pour se rendre dans son endroit préféré du jardin derrière la maison.

Il ne restait plus que moi, seule dans la cuisine.

Je pouvais travailler un peu sur mon mémoire de maîtrise, tirer quelque chose de constructif de cette journée.

— Je vois que tu es encore en vie et en bonne santé. Comme c'est dommage pour moi, râla une Virginia fantomatique en traversant le mur et en venant planer devant moi.

Oui, mais non. Je n'allais pas la supporter si je pouvais l'éviter.

J'attrapai mes clés et je quittai vite la maison.

Je ne savais pas du tout où j'allais, mais avec un peu de chance, j'aurais au moins quelques heures de tranquillité avant de plonger encore plus profondément dans cette aventure de zombies.

11

Ma vie était bien triste si l'on considère que le seul endroit auquel je pensai était mon lieu de travail, la Maison du Café de Harold. Non, je ne devais pas travailler ce jour-là. Oui, ma vie sociale était sans doute tombée au fond du trou.

En réalité, je n'avais pas pris le temps d'apprendre à connaître beaucoup de gens depuis que j'avais emménagé à Elderberry Heights. Toute ma famille était à la maison dans le Michigan, en dehors de grand-mère Grace qui avait déménagé dans les Keys de Floride. J'avais quitté mes amis dans ma vieille ville universitaire, et tous mes nouveaux voisins avaient bien quarante années d'avance sur moi.

Ma patronne Kelley était cependant devenue une bonne amie au cours des deux derniers mois. Je l'avais soutenue pendant la mort de son père et l'enquête pour meurtre consécutive, et j'étais restée à ses côtés quand elle avait changé l'image de la Maison du Café de Harold pour servir en permanence des lattes aux épices et potiron.

Elle sortait également avec Drake, ce qui faisait d'elle la personne parfaite pour récupérer des informations sur lui et les problèmes nocturnes dont monsieur Grosmatou avait parlé.

D'après ce que je savais, Kelley était à cent pour cent une humaine certifiée. Mais j'avais également cru ça de Drake.

Comment savoir quoi que ce soit ?

— Salut. Que puis-je t'offrir ? chantonna Kelley dès que j'entrai dans le café.

— Juste un thé chaud. Merci.

Je n'avais jamais été une grande buveuse de thé, mais récemment, j'étais devenue très anti-épices-potiron. Il ne faut pas abuser des bonnes choses. Il était plus facile de faire comme si je ne voulais pas de café plutôt que de blesser Kelley. Car si je refusais d'accepter sa proposition d'une boisson gratuite, elle allait me servir la nouvelle décoction qu'elle testait pour les clients. Ce qui expliquait ma demande de thé chaud malgré le beau temps.

— Comment s'est passée la journée ? demandai-je quand elle fit glisser sur le comptoir une tasse d'eau presque bouillante.

J'attrapai nonchalamment un sachet de thé à l'hibiscus dans le présentoir et je le plongeai dans la tasse.

— Bien remplie, comme d'habitude, répondit-elle avec un grand sourire.

— Hé, as-tu eu des nouvelles de Drake ?

Bien joué, Gracie ! C'était vraiment un miracle que j'aie réussi à survivre à toutes mes mésaventures récentes, étant donné mon manque de sens du relationnel. D'un autre côté, dernièrement je m'occupais surtout de chats et d'autres espèces surnaturelles.

Kelley secoua la tête.

— Depuis ce matin quand nous nous sommes envoyé un texto pour dire bonjour. Pourquoi ? Il se passe quelque chose ?

— Oh, oui. Je veux dire, non. Tout va bien ! m'empressai-je de la rassurer en versant deux sachets de sucre dans ma tasse et en attrapant une touillette.

Je gardai les lèvres pincées en préparant ma boisson. Pourquoi n'avais-je pas au moins essayé d'imaginer un plan en venant ici ?

Après m'être mentalement réprimandée une dernière fois, je levai les yeux vers elle et je demandai :

— C'est juste qu'il agit un peu bizarrement dernièrement. Tu ne crois pas ?

— Bizarre comment ? dit-elle d'un air absent en travaillant sur une boisson glacée pour un client.

— C'est difficile à décrire, hasardai-je, ne souhaitant pas révéler les secrets de Drake ni les miens. C'est juste, tu sais, bizarre.

Kelley pencha la tête sur le côté en réfléchissant, tout en utilisant nonchalamment le blender.

— Eh bien, Drake a toujours été différent. C'est pour cette raison que je l'aime tant.

— Tu as raison, dis-je, déçue par la vitesse avec laquelle j'avais atteint une voie sans issue. Nous ne devrions pas être surprises par ce qu'il fait.

— Oui, comme quand il a acheté ce Segway, dit-elle en gloussant.

— Et la moto, ajoutai-je en riant.

Kelley fit une grimace pour plaisanter.

— Oui, devine ce que je préfère.

Elle frissonna, puis elle versa la boisson du blender dans un grand verre.

— Les Segways ne sont vraiment pas conçus pour deux personnes, mais ça ne l'a pas empêché de passer me prendre avec ça pour notre rendez-vous, la semaine dernière.

Je me joignis à son rire et c'était très agréable d'occuper mon esprit avec quelque chose de frivole pour changer. Nous bavardâmes de choses et d'autres pendant quelques minutes, mais je savais que je ne devais pas rester trop longtemps et l'empêcher de travailler, surtout que le café était toujours bondé et que tout le monde devait mettre la main à la pâte.

— Eh bien, je devrais sans doute...

— Une seconde ! m'interrompit Kelley en sortant le téléphone de son tablier.

Je ne l'avais pas entendu sonner, mais ce n'était pas vraiment étonnant, puisqu'elle avait tendance à le mettre sur silencieux.

— Oh, tiens, c'est Drake ! annonça-t-elle avec un sourire enthousiaste, mais en continuant à lire, son visage se réarrangea en un froncement de sourcils. Il dit qu'il va quitter la ville pendant quelques jours et il veut savoir si je peux trouver quelqu'un pour le remplacer au travail.

Kelley baissa son téléphone mais continua à fixer l'endroit où il se trouvait juste avant, le regard vide.

— Nous étions censés sortir ce soir, mais apparemment il est déjà parti. Il n'a même pas dit pourquoi.

— Il te prévoit peut-être une surprise, dis-je en me forçant à manifester un nouvel enthousiasme.

Bien sûr, je connaissais la vérité concernant la disparition soudaine de Drake. Si je le voyais avant elle, j'allais devoir lui dire de faire quelque chose de spécial pour Kelley ou de risquer de la perdre en tant que petite amie. D'un autre côté, s'il était vraiment un vampire, elle s'en sortait peut-être mieux sans lui.

— Ou bien il me trompe, gémit Kelley.

— Non ! Il ne ferait jamais ça !

Je tendis la main par-dessus le comptoir et je serrai le bras de mon amie pour la rassurer.

— Tu as bien dit qu'il était bizarre ces temps-ci. Sais-tu quelque chose que j'ignore ?

Elle leva un sourcil en me regardant.

— Non, non, non. Pas du tout ! Ce n'est pas du tout ce que je voulais dire. Drake est fou de toi. Je n'en doute pas une seconde. Enfin, faut que j'y aille.

Et je me précipitai hors de là aussi vite que possible sans courir. Ce ne fut pas un moment très glorieux.

12

Après avoir quitté le café, je roulai en ville pendant environ une heure en essayant de rassembler mes idées. Au cours des dernières semaines relativement paisibles, j'avais commencé à fantasmer à l'idée de retourner à une vie normale. J'avais même pensé que le danger ne m'attendait pas à chaque coin de rue, que je n'allais pas être obligée de faire autant d'efforts pour garder secret le monde magique de mon chat.

Oh, comme j'avais eu tort.

Plus j'y pensais, plus je désespérais à cause de l'état actuel de ma vie. En effet, quel était l'intérêt de finir mon diplôme de Master? Ce n'était pas comme si j'allais un jour pouvoir faire un travail normal, tant que j'avais mes responsabilités de familier.

J'avais autrefois flirté avec l'idée d'aller encore plus loin dans mon éducation pour obtenir un doctorat. J'aimais l'école et j'aurais aimé devenir professeure. Mais comment pouvais-je vraiment me rendre disponible pour mes étudiants et mes collègues si l'énormité du secret de mon chat passait toujours avant le reste ?

Au moins, j'avais maintenant une patronne compréhensive au café. Je n'arrivais toujours pas à trouver le temps ou la passion nécessaires pour terminer mon mémoire à moitié rédigé. Qu'est-ce qui me faisait croire que je pouvais passer au niveau suivant avec un mémoire de thèse ? Ou ajouter des cours à ma charge de travail déséquilibrée ?

Et puis il y avait le fait très douloureux que je n'allais clairement jamais pouvoir tomber amoureuse, me marier, avoir des enfants… toutes ces choses que je ne voulais pas maintenant, mais que je savais que j'allais désirer un jour.

Mon chat et ses besoins magiques allaient toujours être prioritaires. Ce qui voulait dire que je devais toujours passer après lui.

J'aimais Merlin et Luna et je savais que j'allais être folle des chatons, mais qu'allait-il se passer si je voulais plus que ça ?

Oui, je n'aurais sans doute pas dû être aussi focalisée sur l'avenir, puisque je ne savais pas si j'allais survivre à notre situation délicate du moment… ou la suivante, ou celle d'après.

Je m'emballais, c'était sûr, mais je ne pouvais pas non plus m'en empêcher.

Ce n'était pas seulement pour moi, cependant. Je m'inquiétais aussi au sujet de Drake. Une partie de moi s'était brisée en le voyant s'effondrer sur le sol.

Je l'avais toujours perçu comme le type d'une décontraction

ultime, mais même lui avait ses limites. À quoi allait ressembler sa vie, maintenant qu'il savait ce qu'il était ?

Je suppose que j'aurais dû être contente que mon problème soit si petit comparé au sien. Non seulement Drake était devenu une créature de la nuit, mais il était tout seul. Ma servitude magique s'accompagnait d'une famille qui m'aimait beaucoup, qui me soutenait, quoi qu'il arrive.

Ce fut sur cette dernière pensée que je rentrai à la maison, pour découvrir un chat très fâché m'attendant sur la table de la cuisine.

— Oh, regardez qui a enfin décidé de se montrer ! miaula Merlin. Notre bol d'eau est vide depuis des heures !

— Je ne suis partie qu'une heure et demie, dis-je en secouant la tête et en me forçant à respirer lentement et profondément pour ne pas perdre mon calme.

— C'est ça, oui ! cria Merlin.

Je me mordis la lèvre en me baissant pour attraper le bol d'eau en inox. Cela me rappela aussi la résolution que j'avais prise dans la voiture : ceci était ma vie et ces chats étaient ma famille. Je les aimais, même quand ils me tapaient sur les nerfs. Malgré tout, j'avais lâché une occasion de devenir une universitaire respectée pour travailler en tant que servante pour un chat très gâté, indépendamment du fait qu'il était également magique.

Je finis de remplir le bol et je le posai sur la table à côté de Merlin.

Il but une gorgée hésitante, puis il éternua et chuchota :

— Ce n'est pas à la bonne température. Qu'est-ce que tu me fais là, Gracie ?

Cela prouvait que peu importe à quel point notre monde devenait magique, au bout du compte, Merlin restait toujours un chat normal aussi.

— Toutes mes excuses, votre majesté, dis-je en faisant une courbette.

Merlin agita la queue et plissa les yeux pendant un moment avant de céder avec un soupir.

— Très bien, je suis désolé d'être si dur avec toi. Je passe une très mauvaise journée, mais je ne devrais pas me venger sur toi.

Waouh, de véritables excuses. Ceci allait faire partie de l'Histoire comme un de mes jours préférés, malgré les multiples tentatives d'assassinat que j'avais subies par l'intermédiaire de diverses créatures mortes-vivantes :

— À cause des zombies, tu veux dire ? demandai-je tendrement en soulevant son bol et en le ramenant à l'évier.

S'il était capable de s'excuser, alors je pouvais faire un peu plus d'efforts pour satisfaire ses besoins.

— Quoi ?

Merlin fixa un rayon de soleil de l'autre côté de la pièce. Il regrettait sans doute de ne pas y être allongé au lieu d'être assis ici à me parler.

— Les zombies ? Oh, non. Enfin, bien sûr, c'est un problème, mais ce qui m'inquiète vraiment, c'est ma Luna.

Je reposai le bol et il vint le vérifier. Quand Merlin décida que l'eau était assez bonne pour sa consommation, il se pencha en avant et la lapa de bon cœur.

— Je sais que tu veux seulement veiller sur Luna, dis-je avec douceur.

Oui, j'avais déjà fait connaître mon opinion sur le sujet, mais manifestement cela pesait encore sur les épaules de mon chat. J'avais aussi l'impression de devoir défendre Luna. Solidarité féminine et tout ça.

— S'il te plaît, ne me dis pas que je dois m'excuser, marmonna Merlin en levant momentanément la tête.

— Eh bien, ça ne serait pas la pire des idées.

— J'ai déjà essayé, mais elle n'a pas accepté.

Là, j'étais surprise.

— En es-tu certain ?

— Évidemment que j'en suis certain, aboya Merlin avant d'avoir la bonne idée de paraître honteux d'avoir perdu son calme.

— Pardon, pardon. Je sais que ce n'est pas de ta faute, mais je n'invente rien. Quand j'ai essayé de m'excuser, Luna a dit qu'elle était trop fatiguée pour discuter et elle a demandé que nous en parlions plus tard.

— Oh, dis-je en ne sachant pas ce que je pouvais lui suggérer. Eh bien, je suis certaine que tout ira bien. Elle veut sans doute gérer une seule chose à la fois, et les zombies passent avant.

— Mmm-mmm, dit Merlin en se retournant vers son eau.

Ouille. J'espérais vraiment que ces deux-là se rabibochent avant l'arrivée des chatons.

13

Lorsque la nuit tomba enfin, les deux chats et moi sortîmes dans le jardin pour nous diriger tout droit vers le chaudron de Merlin, c'est-à-dire le bassin aux oiseaux qui servait de lien avec toutes les choses magiques, y compris la ville de Nocturna.

Il nous fallut atteindre que quelques voitures passent, mais dès que la voie fut libre, nous courûmes vers le chaudron. Merlin sauta dans le bassin, éclaboussa de l'eau, puis me fit signe de traverser le portail.

Ce n'était que la deuxième fois que je voyageais par chaudron. Mon cœur battait la chamade lorsque je plongeai à travers la minuscule ouverture vers le royaume suivant, mais je parvins au moins à atterrir sur mes pieds. Les chats me rejoignirent quelques secondes plus tard, et ensemble nous examinâmes les rues pavées débordant d'activité de la vieille ville. Les bâtiments imitaient le style bavarois et ils étaient construits afin d'abriter des chats et non des humains. Cela donnait à l'ensemble une adorable qualité de contes de fées, et je trouvais cela très enchanteur.

— Bon, il s'agit de ton plan, alors que faisons-nous maintenant ? demanda Merlin en me souriant.

Apparemment, notre petite discussion dans la cuisine avait un peu adouci son attitude.

— Nous devons aller consulter le sorcier de sang, annonça Luna.

Ça ne lui ressemblait pas de nous interrompre, mais je comprenais que les tensions entre Merlin et elle étaient élevées. Elle voulait sans doute simplement finir ce petit voyage aussi vite que possible.

Je hochai la tête.

— Oui, c'est aussi ce que j'allais dire.

— Alors, allons-y.

Luna trotta le long du passage pavé, nous laissant la suivre.

Merlin et moi échangeâmes des regards curieux avant de lui emboîter le pas. Plus vite nous avions fini avec ça, plus vite nous allions trouver un moyen d'exterminer notre problème de zombies une bonne fois pour toutes.

Pendant que nous nous promenions à travers les rues sombres de Nocturna, quelques chats amicaux nous saluèrent. Cependant, rien ne pouvait arrêter Luna qui cherchait à atteindre sa destination sans délai.

En passant le coin de la rue, mon orteil se prit dans une

fissure du sentier en pierre, me faisant trébucher et tomber à quatre pattes.

— Est-ce que ça va ? demanda Merlin en se précipitant vers moi pour examiner mes paumes éraflées.

Je poussai un long soupir tremblant. Ça piquait, mais pas assez pour que je demande une aide magique.

— Je vais bien. C'est juste un peu difficile d'y voir sans lumière, dis-je en me relevant lentement.

— Nous avons la lune pour nous guider, rétorqua Luna en inclinant la tête vers le ciel.

— Oui, mais je n'ai pas de vision nocturne comme vous deux, lui rappelai-je.

Les résidents félins de Nocturna n'avaient pas besoin de lumière artificielle pour y voir, donc certains sentiers étaient mieux éclairés que d'autres. Celui dans lequel nous venions de tourner n'avait aucune lanterne et pas un seul lampadaire.

— D'accord.

Luna s'assit et attendit que je parvienne à m'orienter avant de continuer.

Notre petit groupe était presque arrivé à la vieille charrette couverte où le siamois possédait son cabinet de sorcier de sang quand une silhouette bondit hors de l'allée et sauta sur Merlin.

— Ah-ha ! Je savais que tu ne pouvais pas te cacher éternellement, grogna un gros chat tigré roux.

En tant que jeune Maine coon, Merlin n'avait pas encore atteint sa taille définitive. Cependant, il était rare de trouver d'autres chats plus grands que lui. D'une façon ou d'une autre, cet assaillant costaud semblait pourtant faire le double de son poids.

— Lâche-le, criai-je en tapant du pied pendant que Luna observait la scène à quelques pas de là.

— Cette poule mouillée me doit un duel, décréta la boule orange, me renseignant sur son identité.

— Tu es Cal, dis-je en pointant un doigt tremblant de colère vers lui.

Il nous fit un grand sourire en montrant ses dents pointues.

— Mince, qu'est-ce qui a bien pu te mettre la puce à l'oreille ?

— Nous n'avons aucune raison de nous battre, grogna Merlin, toujours coincé sous le volume du chat plus grand. Luna a fait son choix, et ce n'était pas toi.

— C'est ça ! Dis-lui ce que tu penses ! cria Luna en gardant ses distances. Maintenant, laisse-nous, s'il te plaît. Nous avons à faire.

Cal ricana.

— Plus important que ça ? Je ne crois pas. J'attends de remettre ce type à sa place depuis des semaines. Où étais-tu, Merlin ?

— J'ai une vie en dehors de Nocturna. Et si je ne me trompe, c'est tout le problème pour commencer.

Merlin grogna, puis il tourna brusquement la tête sur le côté pour faire descendre son adversaire.

Cal tomba, donnant l'occasion à Merlin de s'échapper de son emprise. Maintenant, les deux chats se faisaient face, le poil hérissé, en sifflant sauvagement.

— Tu es jaloux, dit sèchement Merlin.

— Non, c'est simplement que je n'aime pas voir de bonnes choses arriver à de mauvais chats, rétorqua Cal. Alors, on va faire ça ici au milieu de la rue, ou quoi ?

— Non, non.

Merlin jeta un coup d'œil vers Luna et elle hocha la tête d'un air rassurant.

— Je ne veux pas que quelqu'un soit blessé. Allons faire ça dans les champs.

Cal fit un pas en arrière, puis il s'assit.

— Je compte sur toi pour être là, lança-t-il sans quitter Merlin des yeux. Cinq minutes, sinon tu déclares forfait.

— Tu as ma parole, répondit Merlin en inclinant légèrement la tête.

Là-dessus, Cal eut un sourire sinistre, cligna deux fois des paupières, et disparut dans la nuit.

14

Luna s'avança sur la pointe des pieds vers Merlin et moi.

— Venez. Nous devons faire vite. Nous avons encore le temps de rendre visite au sorcier de sang avant que ce voyou revienne.

Merlin miaula d'un air morose et pencha la tête de honte.

— Je sais que tu veux m'empêcher de me battre, ma chérie, mais tu sais ce qui arrivera si je déclare forfait.

— Que se passera-t-il ? demandai-je en me sentant complètement à côté de la plaque concernant les méthodes particulières de résolution des conflits de Nocturna.

— Une Alerte à Toutes les Pattes sera envoyée à tous les sorciers de la zone. En refusant de me battre, je renie ma magie, et ils seront en droit de me la prendre.

Merlin expliqua cela d'un ton monotone, comme s'il avait déjà accepté le pire. Ça ne lui ressemblait pas du tout.

Je secouai la tête avec emphase. Si nécessaire, j'allais suffisamment croire en mon chat pour nous deux.

— Nous ne pouvons pas prendre un tel risque. Bon sang. Je suis vraiment désolée, Merlin. Je n'aurais pas dû te forcer à revenir ici. Tu as essayé de me prévenir.

Le Maine coon leva une patte pour me faire taire.

— Non. C'est entièrement de ma faute. Je n'aurais pas dû narguer Cal. Je savais qu'il était jaloux et j'ai quand même pris beaucoup de plaisir à étaler mon bonheur devant lui.

— Mais le sorcier de sang… miaula pathétiquement Luna.

— Nous pouvons lui rendre visite quand tout sera fini, lui dis-je.

Je comprenais qu'elle ne voulait pas que Merlin se batte, mais elle pouvait au moins admettre cette hypocrisie plutôt que d'essayer d'agir comme si elle avait d'autres raisons de le retenir.

— Et si tu perds ? demandai-je sombrement à Merlin.

Même si ça ne me plaisait pas, nous devions envisager toutes les possibilités. Si Merlin perdait le duel magique, il n'allait pas mourir, mais il resterait pour toujours sans sa magie… et qu'allait-il alors m'arriver ?

Merlin soupira.

— Dans ce cas, je suis prêt à parier que le maître zombie sera bien moins intéressé par ce que je fais.

— Eh bien, je suppose que c'est une façon de résoudre le problème, dis-je en me forçant à sourire, car je savais que Merlin avait besoin d'être soutenu et Luna était étrangement détachée de la situation.

— En réalité, j'ai de la chance que Cal n'ait pas émis l'Alerte la première fois que j'ai disparu. Je suppose qu'il trouvera cela bien plus satisfaisant de me frapper lui-même plutôt que de me voler ma magie à cause d'un détail technique.

Je hochai lentement la tête et je jetai un coup d'œil vers Luna. Ses yeux bleus étaient écarquillés pendant qu'elle observait tout, mais elle continuait à rester silencieuse… laissant certainement Merlin décider par lui-même. Luna voulait que Merlin la laisse prendre ses propres décisions sur ce qui était sûr ou trop risqué pour être acceptable, et maintenant elle lui rendait ce même service.

— Pouvons-nous faire quoi que ce soit pour t'aider à te préparer ? demandai-je après un bref moment de silence.

— Oui.

Il se leva sur ses quatre pattes et s'étira.

— J'ai besoin que tu restes aussi près de moi que possible quand je serai dans le champ, mais tout en gardant aussi une certaine distance de sécurité.

— Comment saurai-je quelle est cette distance ?

Trop près et j'allais me mettre en danger. Trop loin et c'était Merlin qui courait des risques. Ça n'allait pas être facile, mais c'était le moins que je puisse faire.

Merlin frotta sa tête contre mon tibia.

— Je ne sais pas, mais je te fais confiance pour le découvrir. Ta présence me donnera un avantage par rapport à Cal. Il n'a pas de familier, ce qui signifie que je serai le seul à avoir accès à des réserves supplémentaires si nécessaire.

Oh, c'était vrai !

Nous pouvions peut-être gagner, finalement. Tout allait dépendre de moi. Je pouvais sauver la magie de Merlin, et quand il aurait battu Cal à la loyale, nous n'aurions plus besoin d'avoir peur de revenir à Nocturna.

Mon statut de familier signifiait enfin quelque chose : il me donnait un peu de pouvoir… un pouvoir que j'avais bien l'intention d'utiliser pour le bien de tous.

Avec un peu de chance, Merlin allait remporter une victoire rapide et sans douleur, et nous aurions encore le temps nécessaire pour rendre visite au sorcier de sang avant que le soleil du matin ne se lève et endorme la ville.

Sinon, j'allais devoir être prête à séjourner dans une ville qui n'était pas conçue pour les humains. Et si Merlin perdait sa magie…

— J'ai une question, lâchai-je.

Je ne voulais pas empirer son angoisse du duel à venir, mais j'avais besoin d'en savoir plus.

Merlin se laissa tomber sur le derrière et me fixa droit dans les yeux.

— Oui ?

— Si tu perds ta magie, que m'arrivera-t-il ? chuchotai-je.

— Eh bien, tu te souviens de ce qui est arrivé à Virginia quand Luna a abandonné sa magie ? Cela a coupé le lien. Il te suffit de ne pas suivre la magie en fuite et d'éviter les puits, et tout ira bien.

Il sourit sans enthousiasme et je me baissai pour lui caresser la tête.

— Oh, et il y a une dernière chose que tu dois sans doute savoir, ajouta-t-il tout penaud. Si je perds, Luna et moi pourrons partir avec l'aide d'un autre chat, mais Gracie… tu seras coincée à Nocturna pour toujours.

15

Coincée à Nocturna? Mais qu'allais-je faire ici? Comment pouvais-je vivre dans un monde auquel je n'appartenais pas?

— Un autre chat ne peut-il pas m'aider, moi aussi? suggérai-je d'une toute petite voix.

Merlin me regarda brièvement dans les yeux avant de détourner la tête.

— Tu es liée à mon sang. Notre connexion a permis de te transporter ici. Sans ma magie, cette connexion sera rompue.

J'avalai la boule d'émotion qui s'était formée dans ma gorge. Merlin avait besoin d'un bras droit fort maintenant, pas d'un boulet. Il fallait que je dépasse mes craintes et que je fasse ce qu'il me demandait sans y ajouter mes doutes ou mes hésitations.

Merlin était un sorcier puissant. Il l'avait prouvé de nombreuses fois.

Il pouvait gagner.

En fait, il allait gagner.

Oui, il me suffisait de continuer à y croire.

Après tout, il ne m'avait encore donné aucune raison de douter de ses capacités.

Je frappai dans mes mains avec plus d'énergie que ce que je ressentais.

— Alors, il nous suffit de faire en sorte de gagner. Allons-y !

Merlin hocha lentement la tête, puis il cligna deux fois des yeux, nous transportant tous les trois dans une clairière loin de la ville. On voyait tout juste les immeubles affleurer à l'horizon, à cause d'un plafond de feu au-dessus de nous, illuminant le ciel dans toutes les directions.

— Euh, Merlin, quel genre de sorcier est Cal ? chuchotai-je, incapable d'arracher les yeux aux flammes qui menaçaient de nous tomber dessus d'une seconde à l'autre.

— Volcan, dit-il avec la mâchoire serrée en scrutant le champ à la recherche de son rival.

Je suivis son regard mais je ne vis personne. Certainement pas Cal.

— Tiens, il s'est peut-être rendu compte qu'il avait vu trop gros et il a décidé de déclarer forfait ? suggérai-je avec espoir, mais Merlin ne sembla pas convaincu.

Au-dessus de nous, la couverture de feu ondulait comme une vague et je levai la tête pour observer le spectacle. Pendant que je les regardais, les vagues se mirent à se jeter furieusement contre une barrière invisible, puis à déborder par-dessus en énormes coulures de lave.

Des fissures apparurent dans le sol à mes pieds et je sautai sur le côté pour éviter d'être avalée par le mouvement soudain du terrain.

La minuscule fissure se transforma en gouffre et fila au loin puis explosa vers le haut, créant un trône de terre et de roche.

Les flammes au-dessus reformèrent une couverture solide et suivirent la fissure qui serpentait en une danse mortelle. Les deux éléments convergèrent pour former un cyclone né de la destruction, et Cal bondit du trône, traversant tout droit le mur de feu.

— Il était temps que tu arrives, dit le chat roux avec un sourire sinistre. N'est-ce pas typique de ta part d'apparaître à la toute dernière minute ?

— N'est-ce pas typique de la tienne d'apparaître dans un feu de gloire ? rétorqua Merlin avec un mépris visible. Mais si tu veux m'impressionner, il te faudra bien plus que quelques tours pour amuser la galerie.

— Assez de bavardages. Ta queue m'appartient, chat !

Cal gloussa cruellement en filant vers Merlin d'un pas rapide et assuré.

Je m'avançai aussi vers le Maine coon en sachant que plus je restais près de lui, plus il allait avoir des facilités à remettre ce type à sa place.

Pendant que Cal courait vers nous, des flammes s'élevaient derrière lui, le propulsant encore plus vite.

Merlin resta figé sur place, comme s'il était hypnotisé par le spectacle. Et juste au moment où je fus certaine que Cal allait lui foncer dedans, la tête la première, Merlin tourna sur lui-même, créant sa propre tempête.

Un cyclone hurlant se forma au-dessus de lui et s'élança vers Cal. Maintenant, le chat roux avait accumulé tant d'élan qu'il ne pût pas s'arrêter à temps. Il s'écrasa contre le maelstrom et fut aspiré à l'intérieur, avec ses flammes et tout.

Merlin cria quelque chose dans le vent, mais je ne l'entendis pas par-dessus les rafales rugissantes.

La tornade tourna de plus en plus vite, soulevant l'adversaire de Merlin de plus en plus haut. Mais Merlin n'avait pas encore fini. Il donna un coup de patte arrière avec sa manœuvre familière. C'était le pouvoir que je redoutais le plus chez lui : après tout, il avait fait un trou dans mon toit.

Il frappa plus vite et plus fort, encore et encore. Ses pattes étaient devenues floues et la poussière s'envola, obscurcissant ma vue du champ.

Et puis du ciel…

CRAC !

Un puissant coup de tonnerre frappa le cyclone, et j'aurais pu jurer avoir vu le squelette de Cal flasher devant moi, comme dans les dessins animés à l'ancienne que je regardais les samedis matin quand j'étais petite.

Merlin trébucha et tomba en avant. Il venait d'utiliser consécutivement ses deux sorts les plus puissants et il était évident que ce n'était pas sans conséquences.

La tornade se dissipa et Cal tomba sur le sol.

Aucun chat ne bougea, si ce n'est pour respirer bruyamment. La magie de Cal émit des étincelles autour de son corps.

Merlin ne fit rien.

— Merlin ! lui criai-je. Tu dois invoquer la pluie. Ce sort est facile. Tu peux le faire !

Mon chat sorcier leva une patte vers le ciel, mais ne parvint pas à la tenir en l'air assez longtemps pour jeter son sort.

Je courus vers lui. Mon contact pouvait peut-être lui donner la force dont il avait besoin pour terminer cette bataille. Je l'avais presque atteint quand une colonne de boue bien compacte s'éleva de la terre, m'empêchant d'avancer.

Je fis un pas sur le côté, mais un autre pilier s'éleva pour bloquer cette route également.

— Merlin ! criai-je en frappant des poings contre la cage en verre qui me piégeait maintenant de tous les côtés.

Non, non, non !

Si je ne l'atteignais pas — et vite — c'était la fin pour nous deux…

16

Je ne voyais rien en dehors de quelques flammes éclairant le ciel au-dessus. Je criai et je frappai contre les murs de boue qui s'étiraient loin au-dessus de moi, mais je ne pus pas me libérer.

— Rends-toi, rugit Cal par-dessus le vacarme.

Je m'arrêtai de crier et je restai silencieuse, attendant la réponse de Merlin.

— *Ja... mais*, parvint-il à dire entre deux halètements.

— Ta magie est à moi, souffla Cal difficilement, prouvant que lui aussi avait souffert. Il me suffit de tendre la patte et de la prendre.

Un silence terrifiant s'étira pendant des lustres.

Que se passait-il ? Merlin se relevait-il pour se battre ? Cal lui avait-il déjà volé sa magie ? Et qu'allait-il se passer avec la magie quand elle aurait disparu ? Allait-elle se déverser dans la nature comme celle de Luna, ou bien Cal pouvait-il vraiment disposer à la fois de la sienne et de celle de Merlin ?

— C'est ta dernière chance, dit Cal avec force. Lève-toi et bats-toi comme un chat, ou abandonne maintenant.

Quelque chose tomba sur ma joue, ce qui me fit sursauter. Je bondis en arrière juste au moment où autre chose me frappa l'épaule.

La pluie !

Merlin avait réussi. Il avait pu déclencher la pluie. Elle tombait dru, tambourinant de plus en plus fort sur ma tête.

Il n'avait pas abandonné !

Les chats grognèrent et sifflèrent, continuant à se jeter des sorts. Pendant ce temps, la pluie commença à s'accumuler à mes pieds, puis elle monta rapidement de mes genoux à mes épaules, de plus en plus haut.

Je trépignai dans l'eau, attendant l'occasion de m'extirper de ma prison temporaire et de faire mon possible pour aider Merlin à saisir la victoire.

Quand je fus enfin capable de jeter un coup d'œil par-dessus l'énorme mur en terre, j'aperçus Merlin avec les griffes proches de la gorge de Cal, prêt à frapper. Je ne pus rester en hauteur assez longtemps et je retombai dans la piscine en dessous de moi.

Je me hissai à nouveau et je grimpai sur l'étroite bande de terre, les pieds tremblants. J'étais au moins à quatre mètres et demi du sol sans savoir comment descendre en sécurité.

Les deux chats levèrent brusquement la tête et se tournèrent vers moi.

Un sourire diabolique passa sur le visage rayé de Cal quand il fit une feinte similaire à celle de Merlin dans l'allée. Il se dégagea de l'emprise de mon chat et invoqua une énorme boule de feu. Une seconde plus tard, il catapulta la chose tout droit vers moi. Je sautai sur le sol, ne m'inquiétant plus de la meilleure manière de tomber.

L'important était de ne pas mourir.

Juste avant de frapper la terre, un petit souffle de vent m'attrapa et me fit lentement descendre. Merlin avait littéralement sauvé mes fesses.

Malheureusement, Cal avait compté sur le fait que Merlin allait être distrait pour me sauver, et leur position était maintenant inversée.

L'énorme chat roux se tenait au-dessus de mon Maine coon, agitant fébrilement les pattes pour frapper le visage de Merlin, son torse, tout ce qu'il pouvait atteindre… attaquant la source même de sa magie.

— Oh, Merlin, pensais-tu pouvoir gagner ? le provoqua-t-il en donnant un coup qui envoya Merlin plus loin.

Tout était de ma faute. Si j'étais restée à ma place…

J'étouffai un sanglot, car je refusais de faire un bruit. J'avais déjà trop coûté à Merlin. Au moins, il pouvait s'échapper vivant. Il avait toujours sa famille. Luna, les chatons…

Le pelage blanc lumineux de Luna attira mon attention quand elle traversa le champ, s'approchant des chats qui se battaient. Elle n'avait pas de magie, qu'avait-elle donc l'intention de faire ?

J'eus vite ma réponse quand elle s'avança discrètement derrière Cal et enfonça ses griffes et ses dents dans son cou.

Cal se débattit, mais elle resta bien attachée, incroyablement forte. Elle ne prenait pas seulement sa magie, compris-je lorsque le corps ramolli de Cal tomba dans le champ. Toute sa vie avait été drainée hors de lui. Luna avait fait ça.

Elle avait mis fin à ce duel en brisant toutes les règles.

— Luna, m'écriai-je en fonçant vers les chats. Que viens-tu de faire ?

— Il perdait, dit-elle en haussant les épaules.

— Mais tu l'as tué ! rétorquai-je alors que des larmes coulaient sur mes joues.

Il s'était passé tant de choses en si peu de temps que j'avais des difficultés à traiter toutes les informations.

— Pourquoi l'as-tu tué ? aboyai-je.

— Merlin a besoin de sa magie, dit froidement Luna avant de se tourner vers moi avec les griffes tendues.

Elle bondit dans ma direction, les yeux rouges de rage.

Je fis un pas en arrière, mais ça ne suffit pas à éviter l'attaque.

Luna tomba sur moi et tout fut plongé dans l'obscurité.

17

Je repris difficilement connaissance dans un lieu totalement inconnu.

Debout.

Enchaînée à un rocher.

En haut d'une montagne.

Oh, non...

Je tirai sur mes chaînes, mais il n'y avait pas de mou.

Merlin. Qu'était-il arrivé à Merlin ?

Je scrutai l'obscurité et j'aperçus finalement une petite cage en métal, pas très différente du genre qu'un humain utiliserait pour piéger une mouffette ou un raton laveur s'étant trop approché de la maison.

Merlin était allongé à l'intérieur, inerte.

— Merlin ! Réveille-toi ! chuchotai-je relativement fort.

Même si je ne voyais personne d'autre ici avec nous, notre

ravisseur pouvait encore être dans les parages.

— Comment sommes-nous arrivés ici ? lui demandai-je, mais il ne bougea pas.

C'est alors que je me souvins de ce qu'il s'était passé.

Luna.

Elle avait tué Cal et elle s'était ensuite retournée contre moi. Mais pourquoi ?

Merlin gémit dans son sommeil mais il ne parut pas entendre mes appels à l'aide. Au moins, je savais qu'il était en vie, même s'il n'allait pas tout de suite m'aider à préparer un plan d'évasion.

Je luttai encore contre mes chaînes, grognant et tirant jusqu'à ce que je perde mon souffle.

— Abandonne, ordonna une étrange voix grave pas très loin de là. Tu ne peux pas gagner.

Je scrutai le sommet, mais je ne vis personne.

— Qui êtes-vous ? Et pourquoi nous avez-vous conduits ici ? criai-je dans l'obscurité.

— Tu as beaucoup d'exigences pour quelqu'un qui n'a plus de choix, dit la voix en gloussant cruellement.

Bon, il trouvait ça divertissant. De mon côté, ça ne m'amusait pas du tout. Je n'arrivais pas non plus à replacer cette voix. Elle était familière et étrange en même temps.

Je plissai les yeux vers l'origine du son et je finis par apercevoir un chat noir perché au bord du sommet.

À côté du chat, un chaudron s'activa soudain, brillant d'un vert marécageux hideux.

— Monsieur Grosmatou ? demandai-je prudemment.

Mais n'était-il pas parti dans sa propre ville avec Drake ? Et n'était-il pas censé être un des gentils ?

Le chat se tourna brusquement vers moi, éclairé par la magie qui mijotait derrière lui.

— Tu me reconnais, maintenant ?

La poitrine du chat était entièrement noire, ses yeux d'un vert luisant. Monsieur Grosmatou avait une petite tache de blanc sur le poitrail et de grands yeux ronds et dorés. Ce n'était pas lui.

Mais quels autres chats noirs connaissions-nous ? *Oh.*

— Dash, dis-je en serrant les dents.

— Il t'a fallu longtemps.

La dangereuse sorcière des illusions minauda comme si tout ceci n'était qu'un jeu.

— D'un autre côté, il me semble que tu me connais mieux sous cette forme.

Un nuage de magie obscurcit ma vision. Quand il s'évapora, une agente de police pragmatique me lança un regard noir. C'était la forme originelle dans laquelle j'avais rencontré Dash : une policière enquêtant sur la mort de mon vieux patron Harold. Bien sûr, tout avait été un piège. En tant que sorcière des illusions, Dash pouvait prendre la forme qu'elle voulait.

Du moins, j'avais toujours considéré Dash comme une femelle, puisque je l'avais d'abord rencontrée sous la forme d'une policière. Maintenant, cependant, j'étais presque certaine que le chat noir était un mâle. Une seconde, pourquoi perdre mon temps à essayer de découvrir le pronom approprié pour un chat qui voulait presque certainement me tuer ?

Réfléchis, Gracie. Réfléchis !

— Où est Luna ? demandai-je avec des sueurs froides.

Un autre nuage de magie apparut et il en sortit un chat entièrement blanc avec des yeux bleus brillants.

— Je suis juste là, ma chère, dit Dash avec la voix de Luna.

J'aurais dû le savoir. Luna ne nous aurait jamais trahis. Ça avait été Dash depuis le début… du moins depuis que nous étions arrivés à Nocturna.

J'essayai de me jeter en avant, mais les chaînes me maintenaient en place.

— Que lui as-tu fait ?

Dash reprit sa forme naturelle. Un chat noir ordinaire et sans prétention.

— Je ne vois pas en quoi c'est important. Vous ne vous reverrez jamais.

— Dis-moi où elle est ! criai-je en luttant contre mes chaînes avec une vigueur renouvelée.

— Détends-toi. Profite des dernières heures de ta vie. Si ça peut aider à te calmer, je peux t'assurer que la chatte blanche va très bien. Toi, en revanche ? Tu vas mourir.

Dash rit sèchement. Je n'avais encore jamais eu autant envie de frapper un animal, pas même les écureuils zombies qui avaient fait de leur mieux pour essayer de me tuer.

Dash leva la tête et examina silencieusement le ciel nocturne plein d'étoiles avant d'annoncer :

— Vous auriez tous pu rester vivants, tu sais ? Mon plan était simple. Vous faire venir à Nocturna pour voir le sorcier de sang.

Prendre ce sang sans que vous le sachiez. J'aurais pu exécuter ce plan sans aucune victime. Mais maintenant, à cause de vous, beaucoup vont mourir.

Je déglutis, ne sachant pas comment j'allais me sortir de cette situation, particulièrement sans l'aide de Merlin.

Il me fallait un miracle.

18

— Laisse-moi partir, exigeai-je, refusant de mourir en silence… ou de mourir du tout, si je pouvais l'empêcher. Il est inutile de faire du mal à qui que ce soit. Nous pouvons mettre fin à tout ça maintenant.

— Et pourquoi le ferais-je ? demanda Dash en se tournant vers le chaudron brillant et en examinant le breuvage.

— Parce qu'au fond de toi, tu es quelqu'un de bien, hasardai-je.

Dash partit d'un rire sarcastique.

— Je crois que quelqu'un a regardé trop de films de contes de fées. Parce que je peux t'assurer que je suis complètement pourri, j'ai tous les vices.

Les notes de cette vieille chanson drôle retentirent dans mon esprit. Je maudis le chat noir qui venait d'ajouter une chanson qui reste dans la tête à ma liste actuelle de problèmes. Je secouai la tête pour y voir plus clair. Une seule chose importait maintenant : il fallait nous échapper.

— Pourquoi fais-tu ça ? demandai-je. Quel avantage en retires-tu ?

Dash tourna ses yeux d'un vert incandescent vers moi.

— Oh, c'est vraiment plutôt simple. Quand j'ai compris ce qu'étaient Merlin et toi, le lien que vous partagez, j'ai su que j'avais enfin trouvé ce que j'ai attendu pendant des siècles.

— Des siècles ? Personne n'est aussi vieux.

— Une fois de plus, tu as tort. J'ai presque mille ans.

Je retins mon souffle. Je ne m'étais pas attendue à ça.

— Mais comment ?

Dash sourit en révélant ses canines blanches et pointues.

— Tu n'es qu'une descendante, le dernier rejeton. Moi, cependant, je suis l'original.

— Tu es le Merlin imposteur, soufflai-je en sachant immédiatement que c'était vrai.

C'était la seule chose logique étant donné l'intérêt qu'elle — ou, je suppose, il — manifestait pour la lignée de Merlin et moi.

— Mais je pensais que tu étais mort.

Un nuage de magie remplaça le petit chat noir par un très vieil homme dont la barbe blanche s'étirait jusqu'aux chevilles.

— Tout le monde le pensait. Heureusement pour moi, mes illusions m'ont permis de rester caché jusqu'à trouver ce dont j'avais besoin.

— Tu étais le premier familier. Tu as promis ta loyauté au véritable Merlin ! crachai-je, dégoûtée.

Dash resta impassible.

— Oui, eh bien, pourquoi être le serviteur quand on peut être le maître ?

C'était affreux. Les seuls autres familiers que j'avais rencontrés étaient tous deux devenus diaboliques par soif de pouvoir. Si je survivais, allait-il m'arriver la même chose ?

Je repensai à la dernière fois que nous avions affronté Dash. Si je pouvais continuer à le faire parler, cela allait nous faire gagner du temps. Nous pouvions encore sortir de là, Merlin et moi.

— Pourquoi nous as-tu envoyé ces zombies ?

Cette partie-là n'avait toujours aucun sens pour moi.

— Oh, c'est facile. N'as-tu vraiment pas encore compris ? Il fallait que je vous fasse partir à Nocturna. Heureusement, vous êtes très prévisibles. Vous êtes venus ici dès que tu as pu convaincre ton maître d'accepter, n'est-ce pas ?

— Merlin et moi sommes plutôt dans une sorte de partenariat, rectifiai-je en jetant un coup d'œil à mon allié allongé dans sa cage.

S'il te plaît, s'il te plaît, réveille-toi.

— Est-ce important, alors que vous allez mourir tous les deux au lever du soleil ?

— Pourquoi veux-tu nous tuer ?

— Pourquoi pas ? D'ailleurs, je sais ce que tu fais. Tu essaies de me faire continuer à parler pour retarder mon plan diabolique. Mais ça n'a aucune importance. Ceci doit se passer à un moment très spécifique, et je t'ai déjà dit lequel.

— Au lever du soleil, dis-je, la bouche sèche. Et même toi, tu affirmes que ton plan est diabolique. Ça ne devrait pas t'indiquer quelque chose ?

— Le bien, le mal, lâcha Dash d'un ton monocorde. Ils se ressemblent plus que tu ne le penses. La perception des deux change avec le temps. Tu me considères peut-être comme diabolique, mais les générations futures me verront comme un dieu.

— Tu es un monstre, crachai-je, ce qui me coûta un effort, car je n'avais presque plus de salive.

— Et ton opinion n'a aucune importance. Tu n'es rien de plus qu'une note de bas de page dans la légende de ma gloire. Avec votre lien de sang et les étoiles parfaitement alignées, je vais à nouveau forger la puissante Excalibur et l'utiliser pour obtenir le pouvoir ultime sur les mondes magiques et ordinaires.

— Tu parles comme un aliéné.

— Essaie d'attendre presque mille ans avant de te venger, et tu comprendras.

— Te venger ? Contre qui ?

— Merlin m'a accordé un vœu ultime pour me remercier d'avoir accepté le rôle de familier. Et quand mon vœu ne lui a pas plu, il a essayé de m'entourlouper.

— Tu as demandé à être aussi puissant que lui ! criai-je.

Je savais que la logique de Dash avait un sens dans sa propre tête, mais certainement pas pour moi.

— Les familiers sont uniquement censés être des réceptacles.

— Maintenant ! explosa Dash, ou Merlin, ou je ne sais qui. À ton avis, pourquoi ces règles ont-elles été instaurées ? Hein ?

— Il t'a maudit. Comment as-tu survécu ?

— Non, il m'a forcé à me cacher. Une fois que la magie a été accordée, il n'a pas pu la reprendre. Pas sans ceci.

Il enfonça les deux mains dans le chaudron et en extirpa une épée scintillante.

Je retins mon souffle.

— Est-ce… ?

— Excalibur. Oui. Du moins, ça le sera. Cela fait presque mille ans jour pour jour que ton ancêtre Arthur l'a retirée d'une pierre, déclarant que c'était l'arme ultime. Mais ce n'est pas la raison pour laquelle Excalibur a été créée ni ce qu'elle était censée faire.

J'écarquillai les yeux. Rien de ce que ce type me racontait ne correspondait à ce que je savais des légendes d'origine.

— Pardon ?

— Merlin l'a fabriquée pour moi. Pas parce que…

— Je suis désolée. Cela devient très confus. Nous en sommes à trois Merlin maintenant, et j'ai du mal à te suivre.

Le sorcier grogna.

— Très bien. Le sorcier chat d'origine a créé cette arme, pas pour prendre la vie, mais pour prendre la magie.

— Elle était faite pour toi.

— Oui, mais j'avais déjà réussi à m'échapper. Il a été si frustré qu'il l'a enfoncée dans cette pierre. Et en faisant cela, il n'a pas réussi à l'extraire lui-même.

— Sinon il risquait de perdre sa magie, supposai-je.

Dash fit un grand sourire.

— Précisément.

— Alors, Arthur… ?

— Était un moyen d'atteindre un but. Parce qu'il a retiré l'épée de la pierre, il n'allait jamais pouvoir manier sa propre magie, même s'il le souhaitait. Et cela faisait de lui le familier servile parfait… Oh, regarde qui a enfin décidé de se joindre à nous.

Je tournai la tête vers la cage où Merlin — mon Merlin — commençait enfin à s'éveiller.

19

Merlin se réveilla et essaya de s'asseoir, mais son dos se cogna contre le dessus de la cage, le forçant à s'accroupir. Il secoua la tête avant de parcourir le sommet du regard.

— Gracie ! cria-t-il en me voyant.

— Merlin, ça va, dis-je vite, soulagée. Nous allons sortir de là.

Avec l'aide de Merlin, nous avions encore une chance.

— N'as-tu rien écouté de tout ce que j'ai dit ? demanda Dash en s'avançant vers moi avec colère.

— Oui, je t'ai entendu. Mais tu as déjà perdu, et je suis prête à parier que ça t'arrivera encore.

— Oh, un pari ? Quels sont les enjeux ? Oh, je sais. Que dirais-tu de ta vie ?

Le vieux sorcier gloussa, apparemment amusé par ses propres plaisanteries.

— Qui est ce type ? demanda Merlin d'une voix traînante.

Le manque de magie l'affaiblissait toujours. Nous étions nettement désavantagés.

Je soupirai.

— C'est une longue histoire, mais c'est Dash qui s'avère aussi être Merlin l'imposteur originel. Il va nous tuer afin de reforger Excalibur, ou quelque chose du genre.

Dash s'en prit à moi, le regard plein de venin :

— Hé, témoigne-moi un peu de respect. J'ai travaillé dur sur ce plan. Et tu omets toutes les meilleures parties.

Je haussai les épaules, contente de le vexer. Pour l'instant, c'était le seul moyen dont je disposais pour me défendre.

— À mon avis, ton plan est un peu tordu. Est-ce le mieux que tu aies trouvé alors que tu avais presque un millénaire pour le faire ?

— Il est sans faute, cria-t-il en postillonnant vers moi. D'accord, ce duel ridicule a légèrement modifié les choses, mais le résultat final sera le même. Il y a bien longtemps, nos ancêtres ont formé un lien éternel quand Arthur a retiré Excalibur de la pierre. L'épée a été forgée par le chat sorcier pour me voler ma magie, mais à la place, Arthur a été le premier à succomber à cette malédiction. *Ipso facto*, nos trois lignées furent liées pour l'éternité.

J'esquissai un sourire.

— *Ipso facto*, hein ?

— Ça suffit !

Le cri de Dash résonna au loin, prouvant comme nous étions isolés en haut de cette montagne.

— Oui, je crois que j'en ai assez entendu, annonça sèchement Merlin, toujours coincé dans sa position accroupie à cause de la taille relativement petite de sa cage. Tu es le sorcier imposteur, mais je suis le vrai. Le dernier de la plus puissante lignée magique à fouler le sol de cette planète. Ce qui signifie que je peux te battre, espèce de charlatan.

D'accord, il n'avait pas beaucoup de place pour manœuvrer dans sa cage, mais ça n'empêcha pas Merlin de légèrement frapper le sol avec ses pattes arrière, utilisant sa manœuvre classique pour invoquer la foudre.

Il ne se passa rien en dehors de la cage, mais à l'intérieur, Merlin laissa échapper un hoquet avant de tomber à plat sur le ventre.

Dash rit méchamment.

— Tu croyais que je n'allais pas rendre cette chose à l'épreuve de la foudre? C'est une cage magique. Tous les sorts que tu essaieras de lancer nourriront simplement la cage et la renforceront. Il n'y a pas d'issue.

Merlin haleta en se levant et il se jeta contre le côté de la cage.

Il ne se passa rien, ce qui amusa beaucoup Dash.

Je refusais d'accepter la défaite. La magie ne pouvait pas nous libérer, mais je n'en avais jamais eu pour mon usage de toute façon. Il nous fallait une solution non magique, et j'allais la trouver.

Dash replaça Excalibur dans le chaudron et continua à

travailler sur sa potion, faisant je ne sais quoi. Mes paupières tombèrent en le regardant.

Non ! Si je m'endormais, tout était fini.

— Tu ne nous as jamais dit ce que tu as prévu de faire quand tu auras à nouveau forgé cette chose. Autre que de nous tuer, je veux dire.

Dash m'ignora.

— Youhou ! criai-je. La Terre appelle Dash, ou Merlin, ou qui que tu sois !

Le sorcier barbu se tourna vers moi.

— Je suis de nombreuses personnes en une seule. Je suis tout le monde et donc personne.

— Mmm-mm. Et le reste de ton plan, alors ? Ne veux-tu pas me le révéler ?

— Pourquoi ? Tu seras morte, de toute façon.

Un petit sourire apparut sur ses lèvres. J'étais ravie que l'idée de mon trépas donne un peu de joie à son petit cœur sombre, car je n'allais certainement pas mourir aujourd'hui. Malgré tout, il fallait que je joue sur sa vanité pour le faire parler.

— C'est vrai, mais je suis quand même curieuse.

— Eh bien, c'est encore un peu tôt, mais je ne vois aucune raison de ne pas tout préparer maintenant.

Dash retourna vers le chaudron et en retira une fois de plus l'épée. Il la porta jusqu'à moi, s'arrêtant à quelques dizaines de centimètres hors de ma portée. Puis il reprit sa forme de chat.

J'avais enfin l'occasion de me battre.

Je donnai un coup de pied, mais je le ratai de très loin.

Il m'ignora en levant une patte et en sortant les griffes, puis il se griffa le torse avec un petit cri de douleur. Du sang coula sur le sol, éclaboussant l'épée.

— En combinant nos trois lignées de sang, je reforgerai Excalibur et je l'utiliserai pour sceller le portail entre Nocturna et le monde humain, afin que personne ne puisse plus jamais s'élever contre moi. Ensuite, je régnerai comme un dieu, le plus puissant — le seul — être magique restant dans l'univers ordinaire. Heureuse ?

Dash sauta sur le rocher auquel j'étais enchaînée et bondit sur ma poitrine en me regardant dans les yeux.

— Et maintenant c'est à ton tour de contribuer. Je vais juste prendre un peu de ton sang.

— Hors de question !

Je me débattis et je gigotai, mais je ne parvins toujours pas à me libérer.

Dash donna un coup de patte et me griffa le visage. Je fermai les yeux lors de l'impact, et quand je les rouvris, je découvris que j'étais dans un endroit complètement différent.

20

Je regardai la caisse. Elle clignotait en m'affichant les nombres *4,15 $* — le prix de notre latte potiron classique de quatre-vingt-dix centilitres plus TVA. Dans ma main, je serrais un billet tout neuf de cinq dollars.

En levant la tête, je vis un client qui attendait en tendant une main pendant qu'il utilisait l'autre pour consulter quelque chose sur son téléphone.

D'accord. Je devais vraiment avoir été dans la lune pendant une seconde.

Je fis la monnaie et je la lui tendis.

— Votre boisson sera prête bientôt, dis-je avec mon meilleur sourire professionnel, puis je m'avançai vers Kelley qui avait déjà lancé la machine à expresso et commencé à travailler sur la commande.

Un épais brouillard envahissait les bords de mon esprit. Je ne m'étais pas sentie comme ça depuis que j'avais bêtement tenté de boire vingt et un shots pour mes vingt et un ans. Je n'en avais bu que sept avant de tout vomir sur mon rendez-vous de ce soir-là, et j'avais pour toujours laissé tomber l'alcool récréatif.

Je ne me souvenais pas que j'avais bu hier soir. En fait, je ne me souvenais de rien du tout de la veille… Ni même de ce matin. Je m'étais simplement réveillée et j'étais ici au travail.

Tiens. Apparemment, j'étais vraiment capable de faire ce travail en dormant. Il fallait que j'essaie en m'attachant une main dans le dos, pour voir.

— Comment se passe votre journée jusqu'ici ? me demanda la cliente suivante avec un sourire.

Je lui rendis son sourire et je me tournai vers la caisse. J'aimais beaucoup nos clients aimables. De plus en plus souvent, les gens me traitaient comme une nuisance, une distraction pénible de ce qu'ils faisaient sur leur téléphone… même si c'étaient eux qui choisissaient de venir dans le café.

— C'est une belle journée. Magnifique, répondis-je, même si je ne me souvenais pas de grand-chose jusqu'ici.

Mais aucun client — peu importe sa gentillesse — ne voulait entendre les délires d'une barista folle.

Parce que je devenais folle, n'est-ce pas ?

Ou bien je perdais les pédales ?

Les pédales étant mes souvenirs.

Je pris la commande de la cliente et je l'encaissai. Dès qu'elle fut partie, une autre personne vint prendre sa place.

Puis une autre.

Et encore une.

Je n'avais aucune pause entre les commandes. D'accord, il y avait toujours beaucoup de monde chez Harold, mais là, c'était ridicule. Je ne reconnaissais pas une seule personne et nous avions normalement un afflux régulier de clients fidèles.

— Kelley ? dis-je en m'éloignant de la caisse et du nouveau client qui attendait.

— Mmm ? demanda-t-elle en continuant à travailler sur la machine à expresso.

— Quelque chose te semble bizarre, aujourd'hui ? me hasardai-je en me balançant d'un pied sur l'autre.

Elle continua à travailler sans même prendre une seconde pour me regarder, mais elle répondit.

— Bizarre comment ?

Je haussai les épaules, ne sachant pas l'expliquer.

Kelley gloussa.

— On dirait que quelqu'un a bu un verre de trop, hier soir.

Je lui attrapai le bras, mais elle ne me regardait toujours pas.

— Je ne bois pas, Kelley. Tu le sais.

— Ça a dû me sortir de la tête, dit-elle froidement. Maintenant, retourne à la caisse. Il y a la queue.

Je suivis les ordres de ma patronne, même si je me sentais maintenant encore plus perturbée qu'avant. Kelley avait toujours le temps de bavarder, même s'il y avait beaucoup de monde. Pour elle, il était important de maintenir le moral de ses employés. Et j'étais une de ses meilleures amies. Quand je venais la voir parce que quelque chose n'allait pas, elle arrêtait tout pour m'aider.

— Bienvenue chez Harold. Je reviens tout de suite, dis-je au premier client de la file, puis je me tournai vers Kelley pour tester une théorie que je venais d'élaborer.

— Penses-tu que Drake pourrait te tromper ? demandai-je.

Il était vrai que c'était un risque. La dernière fois que nous avions parlé, elle avait été très inquiète que le départ soudain de Drake signifiait qu'il avait une autre femme quelque part.

Je ne voulais pas raviver cette inquiétude chez mon amie, mais il fallait aussi que j'obtienne une réaction plus forte de la part de Kelley. Cela apaiserait au moins ma propre inquiétude, car j'étais rongée par le sentiment que quelque chose clochait.

— Il ne me tromperait pas, dit-elle avec un sourire rêveur. Nous sommes bien trop heureux pour qu'il parte et mette les choses en péril.

Bon, c'était certain !

Où étais-je et qui se tenait devant moi ? Parce que ce n'était absolument pas la Kelley Carmine que j'aimais et que je connaissais.

— Pardon, mais je dois partir, lui dis-je en arrachant mon tablier et en le jetant par terre.

— Tu ne peux pas t'en aller au milieu de ton service ! cria-t-elle.

— Regarde, répondis-je en contournant le comptoir et en me dirigeant vers la sortie.

21

Avant que je puisse atteindre la porte, une main solide me saisit le bras.

Drake.

— Hé. Où cours-tu si vite ? demanda-t-il avec sa nonchalance habituelle, contrastant fortement avec son état pitoyable et en sanglots de la dernière fois.

— Quelque chose cloche ici, l'informai-je à voix basse pour empêcher la horde de clients de m'entendre. Je dois partir.

— C'est bizarre, hein ? Je traînais avec Grosmatou et la bande à Beech Grove, et tout à coup, je suis ici au travail.

Il me fallut une seconde pour traiter cette information.

— Alors, tu étais ailleurs et puis tu as soudain atterri ici ? Je pense que c'est peut-être ce qui m'est arrivé aussi.

Je me creusai la tête pour essayer de me souvenir de quoi que ce soit, mais en vain.

Drake se balança d'avant en arrière.

— Oui, sans doute, puisque ceci est une illusion.

— Une quoi ?

Ce mot me semblait familier, mais pourquoi ?

— Une illusion, répéta Drake lentement. Tu sais, une supercherie. Ce n'est pas vrai.

— Une illusion, marmonnai-je à voix haute en goûtant le mot et en méditant dessus.

Et soudain tout devint clair.

Dash !

Il était responsable. Les illusions étaient sa spécialité et il avait eu presque mille ans pour s'entraîner. Il avait capturé Merlin et moi, nous avait conduits en haut de la montagne. Il allait utiliser notre sang pour faire quelque chose de terrible. Il avait déjà une partie du mien, mais je ne savais pas s'il avait récupéré celui de Merlin.

Il fallait que j'y retourne, au cas où il restait encore du temps.

— Merlin a des problèmes, dis-je à Drake, le cœur serré par l'angoisse. Il faut que je retourne le voir.

— D'accord, dit-il en haussant les épaules. À plus tard, alors.

Il lâcha mon bras et je poussai la porte pour sortir dans la lumière aveuglante du soleil.

Non, elle était entièrement blanche. Quand la lumière s'estompa, je me rendis compte que j'étais de retour à la caisse en train de fixer les nombres *4,15 $*. En essayant de partir, j'avais réinitialisé l'illusion.

Je courus vers Drake, qui semblait être la seule personne saine d'esprit dans cet endroit.

— C'était trippant, confia-t-il.

— Comment se fait-il que tu sois toi alors que personne d'autre ne l'est? demandai-je en restant près de lui et en chuchotant.

— C'est une question bizarre, dit-il avec de grands yeux, comme si je le faisais halluciner.

— Je suis sérieuse. Kelley n'est pas elle-même. Elle agit bizarrement, mais tu es comme d'habitude. Pourquoi?

Drake inclina la tête en y réfléchissant.

— Maintenant que j'y pense, je ne suis pas vraiment moi.

Je pinçai les lèvres, ne sachant pas comment répondre à cela. Heureusement, il poursuivit.

— Par exemple, mon esprit est ici, mais pas mon corps.

— Drake, je te regarde en ce moment même. Toi. Ton corps.

Il secoua la tête.

— Non, je ne crois pas. Regarde.

Je le fixai, mais il ne se passa rien, sauf qu'il se tut pendant quelques instants.

— Tu vois, s'exclama-t-il après environ une minute.

— Que fallait-il que je voie?

À mes yeux, il ne s'était rien passé, mais Drake semblait tout enthousiaste.

— Je suis parti, dit-il comme si je devais non seulement accepter cette idée, mais aussi être impressionné. Je suis retourné à Beech Grove et j'ai dit *ça roule* à monsieur Grosmatou.

— Drake, tu n'es allé nulle part. Tu es resté ici tout le temps, argumentai-je alors que les débuts d'un mal de tête appuyaient sur mes tempes.

Il fronça les sourcils et pointa sur son torse.

— Pas moi. Ceci n'est pas le vrai moi. Enfin, ce corps ne l'est pas. L'intérieur de moi est ici avec toi, mais l'extérieur de moi se trouve avec Grosmatou.

— Drake, écoute-moi, dis-je en l'entraînant vers le mur pour que nous puissions discuter en privé. En ce moment même, je me bats contre un sorcier des illusions très puissant. Il m'a envoyée ici pour me distraire parce que je posais trop de questions ou je ne sais quoi. Mais je dois y retourner.

Drake hocha la tête. Il était adepte du laisser-faire dans tous les domaines, mais au moins, il n'était pas stupide. Je me raccrochai à cela.

— Comment as-tu fait pour partir ?

Il se tordit les mains.

— Je ne sais pas. Je l'ai juste fait.

Je poussai un grognement. Ça ne m'aidait pas du tout.

— Mais comment ? Je dois partir maintenant. Peux-tu m'apprendre ?

Il réfléchit pendant une seconde avant de reprendre la parole.

— J'ai simplement ouvert mes yeux, mes vrais yeux, et puis j'étais à Beech Grove. Quand je les ai refermés, j'étais ici. Je ne sais pas vraiment comment l'expliquer autrement.

— D'accord, dis-je en me léchant les lèvres. Je vais essayer ça.

Je fermai les yeux et j'essayai de visualiser le sommet que j'avais quitté. Quand je les rouvris, je vis que Drake me regardait.

— Est-ce que ça a fonctionné ? demanda-t-il d'un air curieux.

— Non. Laisse-moi essayer encore.

Et c'est ce que je fis. J'essayai au moins une demi-douzaine de fois, de plus en plus frustrée, mais je ne parvins pas à faire fonctionner sa technique.

— Drake, je suis coincée, gémis-je.

Il fourra une main dans sa poche et posa l'autre sur son bras opposé.

— Désolé.

— Je suis coincée… répétai-je en comprenant quelque chose. Mais pas toi. Tu peux m'aider !

— D'accord. De quoi as-tu besoin ?

— Bon. Écoute-moi, parce que c'est très important. Je veux que tu retournes voir monsieur Grosmatou et que tu lui expliques qu'un sorcier diabolique a capturé Merlin et moi et qu'il nous détient en haut d'une grande montagne à Nocturna. Je suis coincée dans une illusion et Merlin dans une cage magique. Nous ne pouvons pas sortir et le sorcier va utiliser notre sang pour lancer un sort abominable et super diabolique. Il faut que vous veniez nous sauver.

Il leva les sourcils l'un après l'autre. J'avais enfin piqué sa curiosité.

— Nocturna ? Je n'ai encore jamais entendu parler de cet endroit.

— Oui, mais j'espère que monsieur Grosmatou le connaît. Peux-tu faire ça, Drake ? Peux-tu sauver le monde ?

— Pourquoi pas ?

Et il disparut alors, laissant derrière lui l'enveloppe sans vie de son illusion.

Tout ce que je pouvais faire maintenant, c'était attendre et espérer que j'avais confiance en la bonne personne — ou le bon vampire — pour cette tâche.

22

J'ouvris les paupières en sursautant. Le café bien éclairé s'était transformé en paysage nocturne et désolé. Je ne voyais rien en dehors de la lumière brillante des étoiles et de la lune qui pendait lourdement dans le ciel au-dessus.

Une autre chose brillait également : un chaudron rempli d'un liquide vert bouillonnant.

J'étais de retour au sommet !

Mais comment ?

Un nuage rose attira mon regard, puis une autre lueur verte.

Deux chats noirs roulaient ensemble dans un mélange de magie, Grosmatou contre Dash, le bien contre le mal.

— Drake ? criai-je dans l'obscurité.

— Je suis là, dit-il calmement en se tenant dangereusement près du bord de la falaise.

— Tu nous as trouvés !

J'étais si heureuse que j'aurais pu pleurer.

— Il a fallu quelques essais, mais nous y sommes parvenus. Il y a beaucoup de montagnes dans cet endroit.

Maintenant je pleurais vraiment. Je n'allais peut-être pas mourir aujourd'hui, finalement.

— Sais-tu que tu es enchaînée à un rocher? demanda Drake pendant que les chats continuaient à se battre bec et ongles.

— Oui. Peux-tu me libérer? m'enquis-je avec espoir, luttant contre mes liens pour lui montrer que j'étais incapable de les détacher moi-même.

Drake avança vers moi d'un pas déterminé, concentré mais pas pressé, comme s'il avait tout son temps.

J'essayai de ne pas grogner, soupirer ou lever les yeux au ciel. Je savais qu'il était capable d'émotions. Je l'avais vu quand monsieur Grosmatou avait révélé que Drake était secrètement un vampire. Notre situation actuelle ne méritait-elle pas un peu d'énergie pour avancer plus vite?

Drake avait franchi plus de la moitié de la distance entre nous quand il écarquilla soudain les yeux et s'effondra en avant.

Dash se tenait derrière lui, analysant ses dégâts avec une fierté évidente.

— Drake! criai-je. Lève-toi!

— Ça devrait le mettre KO un moment, dit le méchant sorcier juste avant que Grosmatou fonce sur lui comme une comète enflammée.

Le combat des chats reprit.

Je les observai un moment, mais il était impossible de distinguer qui était qui dans cette bataille de nuit de deux chats noirs magiques. Le seul avantage était que leur magie émettait des couleurs différentes. Je me demandai pourquoi la magie de Merlin était du même vert que Dash et pas comme le rose de Grosmatou.

— Merlin ? dis-je en me souvenant que mon chat était toujours ici quelque part. Merlin, est-ce que ça va ?

— Je vais bien, répondit-il d'un ton groggy. Mais je ne peux toujours pas m'échapper.

— Dash a-t-il déjà pris ton sang ?

— N-non, je ne crois pas.

— Alors, nous n'arrivons pas trop tard.

Nous pouvions encore réussir. Et maintenant que l'infanterie était arrivée, nous allions y arriver.

— Le soleil va bientôt se lever. Nous n'avons pas beaucoup de temps, avertit Merlin.

— Tant que nous pouvons empêcher Dash de prendre ton sang, tout ira bien, promis-je en espérant être capable de tenir cette promesse.

Les deux chats noirs sifflèrent et grognèrent en roulant sur le sommet, toujours pris par leur bataille magique. Dash était bien plus fort que Merlin ou moi, mais monsieur Grosmatou était largement capable de se défendre.

Mes yeux alternaient entre eux et Merlin et Drake, attendant que l'occasion parfaite se présente. D'une façon ou d'une autre, nous allions gagner. Il le fallait.

Les chats heurtèrent le chaudron luisant de Dash et le renversèrent. Le liquide marécageux se déversa et s'enfonça dans le sol.

— C'est trop tard, tonna Dash de son étrange voix grave. Le soleil est déjà là. Il me suffit d'obtenir un dernier ingrédient et Excalibur pourra renaître.

Effectivement, le soleil s'apercevait juste au-dessus de l'horizon. Je n'avais jamais été si malheureuse de voir l'aube d'une nouvelle journée. Désormais, si nous survivions, j'allais voir le lever du soleil d'un autre œil. Comme une fin possible plutôt qu'un début prometteur.

Grosmatou jeta un coup d'œil vers le soleil. Seulement pendant un instant, mais cela suffit.

Dès que son adversaire fut distrait, Dash fonça vers la cage de Merlin, prêt à lui voler son sang et à ramener le maudit artefact à la vie.

— Non ! hurlai-je.

Mais Dash était déjà à côté de la cage, tripotant la serrure. Même s'il avait gardé sa forme de chat noir, il transforma une de ses griffes en clé qui s'adaptait sans doute parfaitement à la serrure en question.

Merlin se colla contre le côté opposé, essayant de placer autant de distance que possible entre le sombre magicien et lui.

Du coin des yeux, je vis un éclat rose aveuglant traverser le sommet et heurter Dash comme un train de marchandises lancé à toute vitesse. Il ne s'arrêta pas à l'impact, mais continua à pousser, fonçant du sommet jusque dans le ciel de l'aurore.

La boule de magie rose décrivit ensuite un arc de cercle et revint vers nous. Elle s’arrêta à côté de Drake et la magie disparut.

— Que s’est-il passé ? demandai-je à monsieur Grosmatou.

— Il ne faisait pas attention, alors je l’ai poussé de la montagne, annonça le grand patron chat en bombant le torse de fierté.

— Et tu vas tellement le regretter, tonna la voix de l’autre sorcier quand il apparut au-dessus de la crête de la montagne. Mais il n’était plus un chat ni un humain à la barbe grisonnante.

Un énorme dragon volait maintenant devant nous.

Et il n’avait pas l’air content.

23

Je fixai le monstrueux dragon vert avec la bouche grande ouverte. J'avais été témoin de beaucoup de magie au cours des derniers mois, mais rien ne m'avait autant secoué que cet horrible mastodonte qui agitait les ailes devant moi maintenant.

Le dragon Dash rugit et lâcha un torrent de flammes brûlant l'herbe à mes pieds.

— Que se passe-t-il ? cria Drake en se réveillant enfin et en se dépêchant de se lever. Waouh, ils sont cool, ces effets spéciaux.

Le dragon vomit des flammes et les envoya dans la direction de Drake.

— Non ! hurlai-je juste au moment où le brasier enveloppait mon pauvre ami.

Le dragon rit et passa à sa victime suivante : monsieur Grosmatou.

Je fixai le pilier de feu, brûlant toujours à quelques pas de là. La transpiration perlait sur mon front et au-dessus de mes lèvres. Il était impossible que Drake ait pu survivre.

Et c'était de ma faute. Je l'avais fait intervenir.

Au loin, les chats reprirent leur bataille. Même si la nouvelle forme de Dash était bien plus lourde que le petit chat noir, Grosmatou ne chercha pas à éviter le combat. Il se lança tout droit vers la menace et reprit la bagarre exactement là où ils s'étaient arrêtés.

Je me détournai de la bataille des chats et je baissai la tête en souvenir de Drake pendant que le feu s'éteignait lentement.

— Ouille, c'était chaud, murmura Drake.

Quand je levai la tête, je le vis s'écarter d'un monticule de terre roussie.

Il ne présentait pas une seule brûlure. Pas même la moindre trace de suie.

— Drake, chuchotai-je quand je fus certaine que les deux chats sorciers étaient concentrés l'un sur l'autre et ne faisaient pas attention à nous.

Quand il regarda dans ma direction, je hochai le menton vers le côté pour lui faire signe de s'approcher.

— Mes nouveaux pouvoirs de vampire ne sont-ils pas merveilleux ? demanda-t-il avec un énorme sourire. Je viens littéralement de marcher à travers le feu.

— Oui, super.

Évidemment, j'avais un milliard de questions à ce sujet, mais quelque chose m'indiquait que Drake n'avait pas non plus les réponses. En outre, nous devions nous concentrer sur des choses plus importantes en ce moment.

— Écoute, poursuivis-je. Il faut que tu sortes Merlin de cette cage. Dash l'a déverrouillée avant que Grosmatou le pousse du bord de la montagne, alors il te suffira sans doute de soulever le loquet. D'accord ?

— D'accord.

— Et avance lentement et en silence. Dash ne te considère pas comme une menace, et nous ne voudrions surtout pas le faire changer d'avis.

Drake leva les pouces vers moi, puis il se faufila de l'autre côté du sommet jusqu'à la cage de Merlin à plusieurs mètres de là. Effectivement, il parvint à débloquer la cage de Merlin sans avoir besoin de bricoler la serrure.

Je m'attendais à ce que Merlin bondisse hors de la cage, prêt à utiliser sa magie, mais il en sortit en chancelant. Le pauvre avait traversé beaucoup de choses au cours des dernières vingt-quatre heures, et je ne savais pas trop combien il allait encore pouvoir en supporter.

Je voulus lui crier des encouragements, mais cela risquait de révéler sa nouvelle liberté à Dash. Pour l'instant, il fallait que je fasse confiance à mon chat qui devait savoir ce qu'il faisait.

Et il faisait effectivement quelque chose.

Merlin s'avança lentement mais d'un pas décisif vers moi. Venait-il rompre mes chaînes ? Allais-je enfin pouvoir me joindre à cette bataille au lieu de me contenter d'encourager depuis la ligne de touche ?

Non. Le Maine coon s'arrêta tout près de moi et de mon rocher, et je compris avec horreur ce qu'il avait l'intention de faire.

— Merlin, tu ne peux pas, soufflai-je tout doucement.

Je ne pouvais toujours pas prendre le risque d'alerter Dash sur sa liberté.

Merlin leva la tête et me regarda dans les yeux pendant un court moment avant de reporter son attention sur l'épée abandonnée.

— Il ne nous reste pas d'autre choix, dit-il stoïquement.

Et avant que je puisse l'arrêter, il leva une griffe en l'air et la fit retomber vivement sur son torse, exactement comme Dash auparavant.

Son sang éclaboussa sa longue fourrure et tomba en gouttelettes sur l'épée.

Mon chat venait de forger Excalibur à nouveau, l'arme qui était censée nous détruire.

24

Désormais imprégnée du sang du dernier membre de notre trio maudit, l'épée ancienne brillait d'une couleur blanche et agressive.

Merlin inspira profondément et se leva sur ses pattes arrière, puis il bondit sur l'épée avec ses deux pattes avant.

L'épée siffla et grésilla, transmettant sa lumière au corps de Merlin également. Ensemble, ils brillaient comme un phare, attirant directement l'attention du dragon.

— Non !

Dash s'écarta de Grosmatou et fonça vers la lumière.

— Drake, criai-je en lui faisant signe de me rejoindre. J'ai un plan.

Pendant ce temps, le dragon chercha fébrilement à séparer Merlin de l'épée, mais les deux semblaient avoir fusionné.

Je chuchotai mon plan à Drake, mais il me regarda avec une grimace incertaine.

— Je ne sais pas. Ça m'a l'air un peu fou.

— Fais-moi confiance. C'est notre meilleure chance.

Il hocha la tête et s'éloigna d'un pas léger.

— Qu'avez-vous fait ? hurla Dash qui ne semblait pas poser la question à quelqu'un en particulier.

Finalement, l'épée relâcha son emprise sur Merlin et mon chat tomba sur le flanc, complètement épuisé.

Le dragon lutta pour attraper l'épée et l'obtint facilement. Il ne restait personne pour la lui prendre. Avec une confiance renouvelée, Dash fendit l'air en direction de Grosmatou, maniant l'épée avec une force gigantesque.

— Attention ! criai-je en même temps que Drake.

Monsieur Grosmatou produisit un fouet de magie rose et saisit l'épée, la libérant facilement des pattes du dragon. Il utilisa ensuite son fouet magique pour pointer l'épée vers le cœur du dragon.

Pendant que sa magie tenait Excalibur, il devint très clair que l'épée n'avait pas rempli son objectif. La magie de monsieur Grosmatou était toujours puissante et lumineuse.

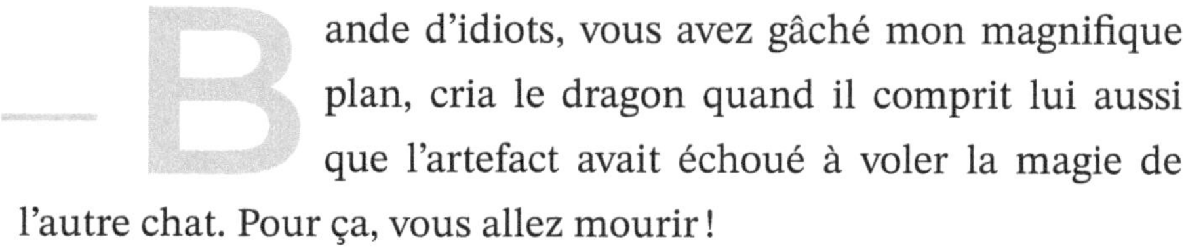

— Bande d'idiots, vous avez gâché mon magnifique plan, cria le dragon quand il comprit lui aussi que l'artefact avait échoué à voler la magie de l'autre chat. Pour ça, vous allez mourir !

Dash et Grosmatou reprirent leur bataille, tous deux encore équipés de toutes leurs capacités. Excalibur tomba sur le sol, rien de plus qu'une relique inutile désormais.

Merlin, allongé par terre et haletant, entrouvrit un œil.

Drake s'accroupit au loin, attendant le moment parfait pour agir selon notre plan.

Je demeurais toujours enchaînée à ce fichu rocher.

— Qu'as-tu fait, gros bêta ? demandai-je à Merlin.

Une fois de plus, les larmes coulaient le long de mes joues. Je devenais une vraie fontaine.

— Mon sang, dit-il avec un frisson. Il n'est plus magique. Le sort est rompu.

— Tu as reforgé l'artefact, puis tu l'as rendu inutile afin que personne ne puisse s'en servir, compris-je à voix haute.

— Oui, souffla-t-il avant de s'évanouir.

— Merlin ! hurlai-je, mais rien de ce que je pouvais faire ou dire ne le réveilla.

Pourvu qu'il ne soit pas mort, pourvu qu'il ne soit pas mort.

Ça ne pouvait pas finir ainsi. Nous ne pouvions pas gagner cette bataille pour ensuite perdre la guerre. Merlin ne pouvait pas mourir. Et ce n'était pas le cas. Je refusais de l'accepter.

Grosmatou et Dash continuèrent à se battre pendant ce qui me sembla être des lustres. Drake dut aussi avoir l'impression que cela durait longtemps, car il décida de dévier du plan d'origine.

— Hé, l'haleine de dragon ! cria-t-il en sautant sur place et en agitant les bras.

— Toi ! Je pensais déjà m'être débarrassé de toi ! rugit Dash en s'écartant de Grosmatou et en filant tout droit vers Drake.

Oh, quel idiot. Maintenant, il allait mourir aussi. Pourquoi ne pouvait-il pas simplement attendre comme je le lui avais dit ?

Je soupesais toujours cette question quand Drake disparut sous mes yeux et réapparut dans le dos du dragon, le guidant vers la cage magique dans laquelle avait été emprisonné Merlin.

À la dernière seconde possible, Drake disparut encore. Non, ce n'était pas ça. Il bougea si vite qu'il devint invisible à mes yeux d'humaine.

Il bondit du dos du dragon juste avant que l'énorme monstre s'écrase contre cette minuscule cage.

Comme il s'agissait d'une cage magique, dès l'instant où le dragon la heurta, son pouvoir fut absorbé dans ses barreaux, rendant sa forme naturelle à Dash.

Le vieil homme avec la longue barbe.

La magie de Merlin, et maintenant celle de Dash, avaient renforcé la puissance de la cage et elle quadrupla facilement de taille pour accueillir sa nouvelle cargaison humanoïde.

— Verrouille-la ! criai-je, mais Drake s'en occupait déjà.

Grosmatou s'approcha en volant et atterrit sur le sol avec un bruit sourd.

— Apparemment, ta première leçon avec Connie s'est bien passée.

— Oui, ce n'est pas si mal d'être un vampire, finalement, avoua Drake en enfonçant les mains dans les poches de son jean.

— Bon, toi, tu viens avec moi, dit monsieur Grosmatou à la

pitoyable créature dans la cage avant d'invoquer un épais brouillard rose et de les faire disparaître de notre vue.

Il ne restait plus que Drake, Merlin et moi.

— Laisse-moi t'aider avec ça, dit Drake.

Il apparut à côté de moi à une vitesse incroyable, puis saisit mes chaînes et les sépara comme s'il ne s'agissait que de fils de couture.

J'étais stupéfaite.

— Aurais-tu pu le faire depuis le début ?

— Sans doute, admit-il. Mais je dois encore m'habituer à tout ça.

Je lui donnai une tape dans la main, puis je tombai sur le sol à côté de mon chat. Je soulevai Merlin dans mes bras et il se colla contre ma poitrine. Il était toujours en vie, mais il allait être terriblement gêné de savoir ceci plus tard.

— Nous devons retourner en ville et trouver Luna, dis-je à Drake.

— Allons-y, dans ce cas, rétorqua-t-il.

— Attends, dis-je en fixant le petit visage de chat de Merlin.

Sa langue sortait légèrement de sa bouche. Il paraissait si innocent.

— Je ne peux pas t'accompagner, indiquai-je tristement. Je ne peux pas quitter Nocturna. Je ne peux plus.

25

— Si tu ne pars pas, alors je ne pars pas, insista Drake, me prenant par surprise.

— Tout ira bien, dis-je en agitant la main. Pars, si tu peux.

Il donna un coup de pied dans la terre roussie.

— D'accord, mais comment ?

— Eh bien, comment êtes-vous venus ici, monsieur Grosmatou et toi ?

Je me posais des questions à ce sujet depuis un moment, maintenant.

— Avec son espèce de magie rose, répondit Drake du tac au tac.

— Je suis certaine qu'il reviendra te chercher quand il aura fini de vérifier que Dash est bien installé dans cette prison qu'il a mentionnée.

Drake hocha la tête comme si ça n'avait pas d'importance.

— Mais toi, alors?

Je soupirai en fixant le chat sans connaissance dans mes bras.

— Merlin était le seul à pouvoir me faire entrer et sortir de Nocturna. En tant que familier, je suis liée à lui.

— Mais il n'a plus de magie, n'est-ce pas?

— Effectivement.

Le visage de Drake affichait un mélange d'émotions très différentes de sa tranquillité habituelle.

— Dans ce cas, comment allons-nous te faire sortir d'ici?

Je frissonnai en serrant Merlin contre moi, me rendant soudain compte qu'il faisait froid maintenant que l'adrénaline s'était estompée.

— C'est impossible.

Il fronça le nez comme par dégoût, puis il secoua la tête.

— Eh bien, tu ne peux pas rester sur cette montagne. Laisse-moi t'emmener quelque part.

— Non, Drake. Vraiment, ça v...

Mais avant que je puisse terminer mon argument, il me souleva dans ses bras et descendit de la montagne à une vitesse hallucinante. Je m'accrochai tant bien que mal à Merlin, car j'avais très peur de le faire tomber et de causer sa chute mortelle.

— Voilà un bon endroit, dit Drake en me reposant sur mes pieds peu de temps après.

Je gardai les yeux bien fermés, ayant peur de regarder. Au moins, j'avais l'impression que le monde avait arrêté de tourner autour de moi.

Après avoir inspiré lentement pour me calmer, j'ouvris un œil et je trébuchai.

Drake tendit la main pour me stabiliser, me tenant comme je tenais Merlin, qui était toujours évanoui.

— Tu m'as ramenée au village, dis-je en scrutant la ville bavaroise miniature qui s'élevait autour de moi.

Drake haussa les épaules.

— Je me suis dit que c'est mieux ici.

Nous regardâmes tous les deux le village pittoresque. Un vieux couple d'himalayens passa devant nous en se promenant de l'autre côté de la rue, mais sinon, l'endroit était désert.

— Excusez-moi, criai-je. Puis-je vous demander un service ?

Ils s'arrêtèrent et me fixèrent sans ciller avec des yeux énormes.

— Pourriez-vous aider mes amis à retourner de l'autre côté ?

— Oui, nous pouvons vous aider, répondit la femelle d'une petite voix aiguë et mignonne. Notre maison se trouve juste au bas de la rue. Rejoignez-nous là-bas environ dix minutes avant la tombée de la nuit et nous préparerons notre portail.

— Merci, dis-je en inclinant la tête.

Malheureusement, je venais tout juste de comprendre mon erreur.

Le couple himalayen baissa la tête en retour et poursuivit sa route.

— Ils vont te faire sortir d'ici, mais pas avant ce soir. Les portails ne s'ouvrent que la nuit, confiai-je à Drake.

Enfin, j'allais au moins avoir de la compagnie pendant que je décidais comment vivre ma nouvelle vie.

Nous levâmes tous les deux la tête vers le soleil qui avait atteint son zénith.

Drake me fit un sourire prudent.

— Eh bien, je peux imaginer de pires façons de passer la journée, surtout que je vais en avoir beaucoup pendant ma longue vie immortelle.

— Es-tu vraiment immortel ? demandai-je pendant que nous parcourrions les trottoirs vides de Nocturna.

Ses résidents félins étaient apparemment partis se coucher.

— Il existe encore des façons dont je peux mourir. Mais pas beaucoup. La plupart des vampires restent vivants très longtemps.

Il enfonça les deux mains dans ses poches et laissa échapper un long soupir.

— Comment te sens-tu à ce sujet ? D'être vampire, je veux dire ?

Il haussa les épaules.

— Ça a été un choc au début, mais j'y suis habitué maintenant.

— Déjà ? Tu ne l'as appris qu'hier.

— Oui, mais je suppose que ça fait quelques années maintenant que je le suis. Tu te souviens de la fois où je t'ai parlé de ce fantôme blanc dans la tempête ?

Je hochai la tête, fascinée par cette histoire.

— Je pense que c'est arrivé cette nuit-là. Grosmatou et son

équipe essaient de m'aider à récupérer ce souvenir. Ils pensent que c'est une clé pour découvrir en quoi je suis différent.

Il fronça un instant les sourcils, puis modifia ses traits pour reprendre son apathie habituelle.

— Tu as toujours été différent, Drake, fis-je remarquer en riant.

Il gloussa également, mais je vis que le cœur n'y était pas.

— Oui, mais ils parlent d'autre chose. J'ai des capacités que les autres vampires n'ont pas.

— Comme marcher à travers le feu ? suggérai-je.

— Entre autres.

Il haussa encore les épaules avant de poursuivre.

— Je ne sais pas. J'ai encore beaucoup de choses à comprendre.

Je voulais aider mon ami, mais je ne savais pas comment. Je pouvais seulement l'écouter pendant qu'il était à Nocturna et lui souhaiter le meilleur quand il serait parti. J'allais devoir m'habituer à l'idée que tous mes amis et ma famille vivent leur vie sans moi. Ils n'allaient même pas savoir ce qui m'était arrivé…

Mon téléphone vibra dans ma poche, annonçant un appel.

— Vraiment ? J'ai du réseau dans une autre dimension ?

En le sortant, je vis que Kelley m'appelait.

— Excuse-moi, il faut que je décroche, dis-je à Drake avant d'appuyer sur le bouton pour accepter son appel. Allô ?

26

— Gracie ! cria Kelley dans mon oreille à travers le téléphone. Tu ne devineras jamais !

Je mis le haut-parleur afin que Drake puisse l'entendre également, mais je posai un doigt sur ma bouche pour qu'il reste silencieux. Kelley n'avait pas besoin de découvrir que Drake et moi étions ensemble au petit matin. Tout était très innocent, mais je ne pouvais lui révéler aucune partie de la vérité, et j'étais bien trop épuisée pour créer un mensonge crédible.

— Quoi ? demandai-je d'une voix aussi joyeuse que possible.

— Eh bien, j'ai eu du mal à dormir hier soir parce que je m'inquiétais au sujet de Drake et moi, commença-t-elle.

Quand elle marqua une pause pour respirer, je m'empressai de défendre Drake :

— Kelley, je te l'ai déjà dit. Vous êtes tous les deux…

— Non, écoute. Ce n'est pas important. Enfin, si, mais ce n'est pas la raison pour laquelle j'appelle.

Elle respira vite et reprit immédiatement :

— Je n'arrivais pas à m'endormir, alors je suis sortie prendre un peu l'air. Et je pense avoir trouvé ton chat.

Je regardai Merlin, toujours posé au creux de mon bras pendant que je tenais le téléphone de l'autre.

— Vraiment ? Parce qu'il est ici avec moi.

— Oui, mais tu as deux chats, n'est-ce pas ? Le grand marron poilu et le plus petit blanc.

Je retins mon souffle.

— As-tu trouvé Luna ?

— J'en suis presque sûre. Attends, je t'envoie une photo.

Mon téléphone reçut un message que j'ouvris. Effectivement, les yeux bleus de Luna me fixèrent depuis l'image.

— Ce n'est pas une bonne photo, mais c'est le mieux que je puisse faire, dit-elle pendant que je l'étudiais toujours.

— Luna va-t-elle bien ? l'implorai-je. Est-elle avec toi maintenant ?

Kelley bâilla comme pour prouver son manque de sommeil. Eh bien, elle n'était pas la seule.

— J'ai essayé de t'appeler toute la nuit, dit-elle, la fatigue toujours évidente dans sa voix, mais je n'ai pu te joindre que maintenant. Où étais-tu ?

En haut d'une montagne en train de me battre contre un dragon, entre autres choses.

— Euh, ce n'est pas important, dis-je. Luna va bien ?

— Oui, enfin, il me semble. Elle est coincée au fond de mon puits, alors je n'en suis pas sûre à cent pour cent, mais elle miaule comme une folle. C'est pour ça que je l'ai trouvée.

J'imaginais Kelley penchée au-dessus du puits et regardant Luna pendant que nous parlions. Heureusement qu'elle l'avait trouvée. Merlin allait être si soulagé en se réveillant !

— Oh, mon Dieu, Kelley, il faut que tu la fasses sortir de là, criai-je, m'attirant un regard curieux de la part d'une chatte isabelle assez maigre qui passait en trottinant.

— J'ai déjà appelé les pompiers, me rassura mon amie. Ils aident les chats à descendre des arbres, alors pourquoi pas à les sortir des puits ? Ils ont affirmé qu'ils allaient passer dès qu'ils avaient une minute de libre. Je reste donc ici à les attendre. Heureusement, j'avais prévu de prendre un jour de congé, de toute façon. Bon, alors, quand viens-tu ?

Je baissai le téléphone et je ravalai une nouvelle vague de nausée. Que devais-je répondre ? Je ne pouvais pas me rendre chez elle maintenant, ni jamais. J'étais coincée à Nocturna pour toujours, mais je n'avais aucun moyen de le lui expliquer.

— J'arrive dès que possible, parvins-je à dire d'une voix étranglée avant de mettre fin à l'appel.

— Luuuunaaaa, gémit Merlin avant de se retourner dans mes bras.

— Elle est en sécurité. Kelley l'a retrouvée, lui dis-je avec un grand sourire.

J'étais si heureuse que cette petite famille de chats allait bien, même si je ne pouvais plus en faire partie.

— Nous devons repartir, insista Merlin en me tapotant avec sa patte. Pose-moi. Je dois aller voir Luna.

— Mais c'est déjà le matin et nous sommes coincés à Nocturna au moins jusqu'à ce soir, l'informai-je tout en le posant néanmoins par terre.

J'étais contente qu'il ait enfin repris connaissance. C'était une inquiétude de moins lors de cette journée très inquiétante.

— Hé, ce truc fonctionne, pas vrai? demanda Drake en pointant un doigt vers mon téléphone.

Il utilisa son autre main pour extirper son téléphone de sa poche et jeter un coup d'œil à l'écran.

— Aucune barre, m'informa-t-il en l'agitant devant moi. Rappelle-moi de prendre le même opérateur que toi quand nous serons sortis ici.

Il tendit la main, paume vers le haut.

— Puis-je?

— Euh, bien sûr.

Je posai le portable sur sa main et je l'observai pendant qu'il recopiait un numéro de son téléphone sur le mien.

— Chut, ça sonne!

Quelqu'un décrocha de l'autre côté. Je parvins tout juste à entendre un « allô » étouffé.

Le visage de Drake s'illumina subitement.

— Fauve, salut. Passe-moi Grosmatou.

27

— Euh, peux-tu charger quelqu'un d'autre du baby-sitting du méchant sorcier et venir nous chercher, s'il te plaît? dit Drake après avoir mis le haut-parleur.

— Où êtes-vous? demanda Grosmatou de son inquiétante voix de serpent.

Drake leva les yeux vers le ciel puis regarda autour de lui, cherchant sans doute des points de repère.

— Cette ville. Nocturna. Juste à côté de la place. Il y a une fontaine.

— Mais Drake, commençai-je à argumenter. Le portail n'ouvre qu'à...

Je m'arrêtai de parler quand monsieur Grosmatou apparut à quelques mètres de nous dans son fameux nuage de magie rose.

Drake mit fin à l'appel et me rendit le téléphone.

Pendant ce temps, ma mâchoire tomba presque sur mon ventre.

— Je ne comprends pas. Comment ?

— La magie de tes chats et la mienne sont différentes, expliqua Grosmatou comme si la réponse aurait dû être évidente. Les mêmes règles ne s'appliquent pas.

— Est-ce pour cette raison que leur magie est verte et la tienne rose ? demandai-je, toujours perplexe.

— Quelque chose du genre.

Le chat noir s'assit sur le trottoir pavé et agita la queue d'un air pensif.

— Je dois admettre que je n'ai toujours pas tout à fait compris comment autant de systèmes magiques peuvent coexister dans le même espace sans suivre les mêmes règles. Mais je vous assure que je ne me reposerai pas tant que je ne l'aurai pas découvert.

— Y en a-t-il d'autres ? En dehors de ta magie et de celle que j'avais ? demanda Merlin en s'installant à mes pieds.

— Oui. La tienne est originaire d'Angleterre il y a environ mille ans. La mienne est bien plus ancienne, aussi vieille que la Terre elle-même, sinon plus.

Un sourire s'étira d'une joue moustachue à l'autre. Il était évident que monsieur Grosmatou était fier de l'ancienneté de son système de magie.

— Qu'existe-t-il d'autre ? demandai-je en m'accroupissant pour faire passer les doigts dans la fourrure épaisse de Merlin.

— Je ne sais pas, mais j'ai l'intention de le découvrir. Une fois que j'aurai fini d'entraîner ma remplaçante…

— Fauve, précisa Drake avec un énorme sourire idiot.

Il était évident qu'il avait le béguin. Ce n'était pas une bonne nouvelle pour Kelley, mais d'un autre côté, leur couple n'allait sans doute pas durer beaucoup plus longtemps, étant donné le nouveau statut de créature de la nuit de mon ami.

— Oui. Quand Fauve aura pris mon poste de diplomate pour la région de Peach Plains, j'ai l'intention de voyager dans le monde et d'apprendre tout ce que je peux sur les divers systèmes de magie et comment ils fonctionnent ensemble.

— Est-ce que ça signifie que tu peux faire sortir Gracie d'ici? demanda Merlin.

Ce n'est que là que je vis que ses yeux auparavant verts étaient devenus couleur de miel. La magie en lui était morte, et de sa propre patte.

— Je peux essayer, répondit Grosmatou en hochant la tête. Que tout le monde se rapproche et pose une main sur moi.

Nous nous avançâmes vers lui en faisant ce qu'il avait ordonné.

Un brouillard rose tourbillonna autour de nous, puis il se dissipa, me laissant seule sur cette rue pavée.

Monsieur Grosmatou revint quelques secondes plus tard.

— Je suis désolée, Gracie, dit-il. Il semblerait que tu sois liée au système de magie de Nocturna et donc limitée par ses règles.

Mes larmes menacèrent de couler, mais je les ravalai.

— Je comprends.

— Ils peuvent toujours te rendre visite ici, suggéra-t-il en levant les yeux vers moi.

Je hochai tristement la tête.

— Je sais.

— Je trouverai une réponse au cours de mes recherches, un moyen de te ramener dans le monde ordinaire.

— Merci, murmurai-je.

Monsieur Grosmatou me jeta un dernier regard triste avant de disparaître pour de bon, cette fois.

À nouveau seule, je me sentis écrasée par le poids de ma fatigue. Je n'avais pas du tout dormi la nuit dernière. À la place, j'avais été mêlée à une bataille mortelle après l'autre.

J'étais tellement, tellement fatiguée.

Je m'allongeai donc dans la rue et je fermai les yeux. Il ne me fallut pas longtemps pour m'échapper dans mon propre monde.

28

Je me réveillai quand une paire de pattes me massa doucement le flanc.

— Merlin ? marmonnai-je. Luna ?

Mais quand j'ouvris les yeux, je vis la femelle himalayenne âgée assise à mes côtés avec un air très inquiet.

— Voulez-vous toujours utiliser notre portail ? demanda-t-elle en continuant à me masser avec ses pattes.

— Non merci, c'est gentil.

Je me redressai et je me frottai les yeux pour en chasser le sommeil.

— Est-ce que ça va, ma chère ? Vous avez l'air épuisée.

Ma chère. C'est ainsi que Luna m'appelait. Si je fermais à nouveau les yeux, je pouvais presque imaginer que Merlin et elle étaient ici avec moi. Mais non, j'étais toute seule.

Pour toujours.

Je lâchai un énorme sanglot qui fit trembler tout mon corps et je poussai un gémissement de douleur.

— Nous allons trouver quelque chose pour réchauffer votre estomac. Venez avec moi, dit la gentille inconnue, et je la laissai me guider jusqu'à sa maison.

— Je ne crois pas que vous puissiez passer confortablement à l'intérieur, mais attendez ici, s'il vous plaît, que je vous apporte un peu de lait, dit-elle avant de courir dans sa petite chaumière.

J'attendis avec le ventre qui gargouillait à l'idée de la nourriture. J'avais été trop effrayée, triste, fatiguée, je ne sais quoi, pour remarquer ma faim jusqu'à maintenant.

J'essayai de me concentrer sur ce qui m'entourait plutôt que la faim au fond de mon ventre.

Autour de moi, le village commençait à s'éveiller. La tombée de la nuit approchait vite, ce qui signifiait qu'il était temps pour eux de commencer leur journée. Je vis ainsi des chats de toutes les couleurs et de toutes les sortes de rayures sortir de leurs maisons et partir pour des lieux inconnus.

Une portée de chatons tachetés noirs et blancs suivait sa mère à la queue leu leu. Ils bougeaient vite les pattes pour ne pas être distancés.

Je souris intérieurement. Mon monde avait pris fin, mais tout autour de moi, la vie continuait. Il y avait toujours des fins heureuses et de nouveaux débuts. Et je pouvais faire en sorte que cela m'arrive aussi, tant que je n'abandonnais pas.

J'aperçus un chat marron aux poils longs zigzaguer à toute

vitesse sur le trottoir avec un chaton blanc dans la gueule. Quand ils s'approchèrent, je vis que le bébé ne pouvait pas avoir plus de quelques jours. Il n'avait même pas encore ouvert les yeux.

Oh, mon Dieu. J'espérais que tout allait bien.

Je me levai et je frappai doucement à la porte d'entrée du couple d'himalayens.

— Excusez-moi, madame. Je pense qu'il pourrait y avoir un problème.

Elle siffla de peur, puis elle me regarda à travers la fenêtre.

— Quel genre de problème avez-vous ramené jusqu'à ma porte ? demanda-t-elle avec de grands yeux.

— Je n'ai pas fait exprès. Je veux dire, je ne crois pas, je...

— Tu as donné ta langue au chat ? lâcha Merlin derrière moi.

Sa voix était étouffée, mais je l'aurais reconnue n'importe où.

Je me retournai et il se tenait là. C'était lui, la boule de poils qui filait dans la rue avec le chaton blanc dans la gueule.

— Est-ce... ?

Ma voix se brisa et je me mis à pleurer.

Oui, encore.

— Tiens. Prends-le, dit Merlin, la bouche pleine de poils.

Je tendis les mains et je le laissai poser le minuscule chaton dessus, puis je me mis debout en le levant jusqu'à mon visage.

— Il est tellement petit ! m'exclamai-je d'une voix aiguë. Comment s'appelle-t-il ? demandai-je avec le plus grand sourire qui ait jamais illuminé mon visage.

Merlin leva la tête bien haut et huma l'air de la nuit.

— Il n'a pas encore de nom. Luna et moi devions d'abord nous occuper d'une affaire plus pressante.

— Luna ! Elle va bien ?

— Oui, tout va bien. Elle a donné naissance comme une championne à quatre bébés en bonne santé. Trois filles et ce garçon.

— Oh ! m'écriai-je encore entre deux baisers dont je couvris le minuscule petit chou dans mes mains. Merci de venir me le montrer.

— Je ne l'ai pas apporté pour te le montrer, rectifia Merlin en se mettant à sourire. Il est là pour te ramener à la maison.

Je me redressai brusquement.

— Quoi ?

— Ma femme géniale m'a fait remarquer quelque chose quand je suis rentrée.

— Oui, quoi donc ?

— Tu es liée à mon sang.

— Oui, et tu n'as plus de magie, raison pour laquelle je suis coincée ici.

— Je n'en ai plus, mais je ne suis plus le seul avec mon sang.

Je fixai le bébé dans mes mains.

— Tu ne veux pas dire…

— Il m'a fait venir ici, annonça Merlin. Maintenant, voyons s'il peut te ramener à la maison. Nous avons besoin de toi là-bas, Gracie. Tu es l'une des nôtres.

Et voilà tout un lac de larmes de la part de mademoiselle Gracie Springs. Une vraie fontaine.

— Merci de m'avoir aidée, mais je m'en vais maintenant, criai-je à l'himalayenne qui nous espionnait avant de m'accroupir pour regarder Merlin dans les yeux.

— Rentrons à la maison, dis-je en tenant le chaton dans une main tout en le caressant avec l'autre.

— Enfin. J'ai cru que tu n'allais jamais le demander.

29

Toute la maison était exactement comme je l'avais laissée la veille. Tout, sauf l'arrivée de quatre chatons nouveau-nés qui gigotaient.

— Je les adore. Tous, m'extasiai-je auprès de Luna quand elle me présenta à chacune des trois filles.

Elles ressemblaient toutes à leur père, alors que le seul garçon était comme sa mère.

— Il faudra que tu nous aides à leur trouver des noms. Merlin et moi ne parvenons pas à nous mettre d'accord sur un seul nom, dit-elle en aidant la plus petite des trois filles à s'accrocher pour l'allaitement.

— J'en serais très heureuse.

Virginia choisit ce moment précis pour sortir du mur et hurler :

— Bouh !

Les chatons poussèrent des cris et se collèrent en sécurité contre Luna.

— Tu as osé effrayer mes nièces et neveux chatons ! grognai-je en fulminant d'une rage que je n'avais encore jamais ressentie.

Virginia gloussa.

— Je crois que ça va me plaire d'avoir ces petits morveux dans les parages.

— C'était toi ! aboyai-je en me relevant prudemment et en fonçant vers le fantôme.

— Je ne sais pas du tout de quoi tu parles, dit-elle en se lassant apparemment déjà de moi, car elle se remit à flotter vers le mur.

Je refusai de céder si facilement.

— Tu nous espionnes depuis des semaines. Tu as dit à Dash à quel moment il pouvait faire l'échange avec Luna. Je suppose que tu lui as également suggéré où il pouvait la cacher. Ou bien était-ce juste une coïncidence qu'elle ait finie au fond du puits de Kelley ?

— Mon puits. Ma maison ! rectifia Virginia. Et quelle importance ? D'une façon ou d'une autre, vous avez quand même réussi à gagner à la fin. Quel est donc l'intérêt de savoir quel rôle j'ai eu là-dedans ?

— Ça m'intéresse, dis-je en pointant le pouce vers ma poitrine. D'autant plus que tu effraies les bébés.

— Oh, bouh, snif.

Virginia partit d'un grand rire à sa propre plaisanterie.

Je passai la main dans la poche et je sortis mon téléphone portable.

— Que fais-tu ? demanda Virginia d'un ton plus inquiet.

— J'appelle l'exterminateur, dis-je avec un sourire délicieusement diabolique.

Drake décrocha après la deuxième sonnerie.

— Allô ?

— Salut, Drake. Es-tu avec monsieur Grosmatou ? demandai-je en retenant ma respiration.

— Oui.

— J'ai besoin d'une faveur.

J'expliquai rapidement notre problème.

— Oui, nous pouvons t'aider avec ça, répondit Drake avant de raccrocher.

Environ cinq minutes plus tard, Drake, monsieur Grosmatou et un vieil homme avec une longue barbe blanche apparurent dans mon salon.

Je criai et j'étirai les bras pour former une barricade protectrice pour Luna et les chatons.

— Dash est juste derrière vous ! hurlai-je pour les avertir.

Drake me fixa en fronçant les sourcils, perplexe.

— Quoi ? Oh, ce n'est pas Dash. C'est...

Virginia poussa une plainte horrible, étouffant les derniers mois de Drake.

Je jetai un coup d'œil juste à temps pour voir le sosie de Dash utiliser une énorme faux et aspirer l'esprit désincarné de Virginia dans la lame.

— Que vient-il de se passer ? demandai-je, à la fois ravie et terrifiée.

Drake agita les sourcils.

— Tu avais une âme à faucher, alors j'ai conduit mon ami faucheur ici.

Le vieux type en costume fit une courbette, puis il partit jeter un coup d'œil au contenu de mon frigo.

— Merci, criai-je dans son dos.

Il se contenta de lever la main et se remit à fouiller dans mon réfrigérateur.

— C'est un taiseux, expliqua Drake en haussant les épaules.

— Allez, venez tous les deux. Je veux que vous rencontriez les chatons, dis-je en prenant la main de Drake et en le traînant derrière moi.

Monsieur Grosmatou nous suivit jusqu'au fond de ma chambre, dans un coin où Luna avait disposé un tas de couvertures et de vieux vêtements afin de créer un nid pour les chatons et elle.

Merlin nous rejoignit également quand il revint de ce qu'il avait fait dehors. Il ne dit pas quoi, et je ne posai pas la question.

— Ils sont si minuscules, susurra Drake en s'asseyant en tailleur sur le sol.

— Tu aurais dû les voir il y a quelques heures, dis-je, fière comme une nouvelle tata. Je te jure qu'ils ont au moins doublé de taille depuis.

Tout le monde s'installa en attendant que les chatons terminent leur repas.

Le petit garçon fut le premier à s'écarter de Luna. Il agita les pattes sur le sol et s'éloigna du ventre de sa mère en se traînant. Parce que les chatons étaient toujours incroyablement jeunes — ils avaient moins d'une journée pour l'instant — ils ne s'éloignaient jamais beaucoup de Luna.

Cependant, le petit chenapan se déplaçait d'un air déterminé. Je n'avais jamais vu aucun des bébés s'aventurer aussi loin de leur mère, mais ce chaton blanc continua à avancer jusqu'à heurter le pied de Drake, puis il s'arrêta et miaula.

Drake rit et prit le bébé dans ses mains.

— Waouh, dit-il après avoir soulevé le bébé jusqu'à son visage. Pourquoi a-t-il des yeux rouges ?

Je gloussai.

— Ne dis pas n'importe quoi, Drake. Ils ne vont pas ouvrir les yeux avant au moins une semaine.

Il fit lentement pivoter le chaton afin que je puisse voir sa tête. Effectivement, il avait ouvert les paupières et ses yeux brillaient d'un rouge vif et effrayant.

— Ça, ce n'est pas une bonne chose, dit Grosmatou.

30

Au cours de la semaine qui suivit, Drake et monsieur Grosmatou vinrent nous rendre visite tous les jours. Ils expliquèrent qu'ils voulaient simplement voir comment nous allions après la grande bataille avec Dash, mais il était évident qu'ils observaient en réalité le petit chaton blanc aux yeux rouges.

Aucune de ses sœurs n'avait encore ouvert les yeux et elles rampaient et pédalaient pour se déplacer d'un endroit à l'autre. Notre garçon, en revanche, était maintenant capable de courir, de gambader et de bondir. Son activité préférée était de jouer avec les pointeurs laser que j'avais achetés à l'animalerie locale. Bizarrement, il était capable d'attraper le point rouge chaque fois que nous jouions, faisant court-circuiter la pile du pointeur laser et mettant fin à notre jeu.

Il y eut aussi cette fois où il éternua et invoqua une minuscule tornade dans la maison !

Quand il commença à mordre Luna pendant l'allaitement afin que son lait se mélange au sang, Merlin et moi sûmes que nous devions agir vite.

Ce jour-là, quand la bande de Beech Grove apparut pour leur visite, nous laissâmes Drake avec Luna et les bébés pendant que Merlin et moi allions avoir une discussion importante avec monsieur Grosmatou dehors.

— Qu'est-ce qui ne va pas avec mon fils ? demanda Merlin.

— C'est un vampire, affirma simplement Grosmatou.

— C'est un sorcier, rétorqua Merlin en frappant de la patte arrière avec colère.

Il ne pouvait plus invoquer la foudre — ou quoi que ce soit d'autre — mais il gardait encore quelques-uns de ses maniérismes magiques.

— En réalité, je pense que c'est les deux, suggérai-je.

Les deux chats se tournèrent vers moi.

— Je pense qu'il est arrivé quelque chose avec Drake le premier jour de leur rencontre. Ils se sont liés.

— Et maintenant, Drake est son familier ? demanda Merlin, stupéfait.

— Je ne sais pas qui est quoi.

— Le jour où tu es venu chercher Drake, dit Merlin à Grosmatou en se balançant d'une patte sur l'autre. Tu as dit que les vampires ne boivent plus de sang. Que c'est une pratique démodée. Dans ce cas, pourquoi mon garçon le fait-il ?

Le chat noir secoua la tête avant de répondre :

— Les vampires humains ne le font pas.

— Et les chats vampires ?

Monsieur Grosmatou secoua encore la tête et soupira.

— Je ne sais pas. Il n'y en a encore jamais eu.

Cette révélation fit taire tout le monde.

— Est-ce qu'il ira bien ? demandai-je enfin.

Le chat noir hocha la tête.

— Il est très fort et il se développe à une vitesse accélérée. Vous avez dû le remarquer.

Merlin et moi hochâmes la tête.

— Je sais que c'est difficile à entendre, mais vous devez le laisser partir. Le laisser partir avec Drake. Ils doivent être ensemble.

Les yeux de Merlin scrutèrent l'horizon.

— Mais comment saurais-je qu'il va bien ? dit-il d'une toute petite voix.

Grosmatou posa sa patte sur celle de Merlin.

— Tu as ma parole. Je les traiterai tous les deux comme s'ils étaient mes enfants.

Mon chat se tourna vers moi.

— Luna ne va pas aimer ça.

— Je sais, dis-je avec un sourire triste. Ça ne me plaît pas non plus. Mais je comprends.

— Moi aussi. Laissez-moi lui parler d'abord, demanda-t-il, et il courut vers la chatière.

Quelques instants plus tard, Drake sortit nous rejoindre dans le jardin.

— J'ai appris que tu avais rompu avec Kelley, dis-je sur le ton de la conversation, car le sujet me semblait plus léger que toute cette histoire de vampires.

Elle m'avait appelée quelques jours auparavant et elle avait pleuré toutes les larmes de son corps pendant que nous mangions de la glace en regardant un film romantique sur Netflix.

— Il fallait le faire, dit-il. S'il te plaît, promets-moi que tu lui trouveras quelqu'un de bien, quelqu'un qui la mérite.

— Évidemment ! criai-je presque.

Beaucoup de choses avaient changé au cours de la dernière semaine, mais Kelley restait une de mes meilleures amies. Cela ne changerait jamais.

— Je déménage, ajouta Drake doucement. Pas à Beech Grove, mais dans un nouvel endroit.

— Il y avait un poste de vampire de la ville, expliqua monsieur Grosmatou. Je me suis porté garant pour lui.

— Eh bien, félicitations. Je suis certaine que ton chaton et toi vous allez adorer.

J'étais trop attristée par le départ du chaton pour lui sourire, maintenant.

Drake regarda Grosmatou sans comprendre.

— Vous avez un lien indestructible. Comme Gracie et Merlin, expliqua le chat patron.

C'était vrai. Même alors que Merlin avait sacrifié sa magie, je restais liée à lui et sa famille. Il suffisait de voir Drake et le chaton pour savoir qu'ils étaient faits pour être ensemble.

— Eh bien, au moins je sais que j'aurai un ami là où je vais.

— Quel nom vas-tu lui donner? demandai-je, détestant que les chatons aient plus d'une semaine et toujours pas de nom.

— Mmm.

Drake réfléchit un instant, puis il eut un sourire comique.

— Puisque c'est un vampire comme moi, je pense que je vais le nommer d'après ce type de Twilight.

Je ris, ce qui encouragea Drake.

— Oui, ce sera donc Jacob, déclara-t-il.

Je n'eus pas le cœur de lui dire que Jacob était le loup-garou. Il semblait si fier de son homonyme.

Merlin réapparut et hocha solennellement la tête.

— Luna comprend. Elle veut seulement la promesse que nous pourrons lui rendre visite de temps en temps.

— Mon Dieu! cria Drake. Bien sûr que vous le pouvez. Venez quand vous voulez. N'importe quand. Sérieusement, n'importe quand.

— Dans ce cas, nous devrions nous dépêcher avant que la maman chat ait le temps de changer d'avis, suggéra Grosmatou.

Merlin et moi retournâmes jusqu'au nid de la famille pour faire nos adieux.

— Au revoir, Jacob! criai-je juste avant que Grosmatou, Drake et le précieux petit chaton vampire disparaissent dans un tourbillon de brouillard.

Luna leva la tête vers moi.

— Jacob ? Depuis quand est-ce son nom ?

— Drake vient de le décider, dis-je en m'excusant presque.

Elle soupira.

— Dans ce cas, nous devrions nommer les autres, mon chéri.

Merlin hocha la tête avant d'annoncer :

— Avant que nous le fassions, j'ai une demande pour Gracie.

— Bien sûr. Tu peux me demander n'importe quoi. Tu le sais.

Je m'installai sur le sol pour être plus près d'eux.

Merlin se roula en boule sur mes genoux, me regardant avec ses grands yeux couleur de miel.

— Quand j'ai cédé ma magie, je t'ai libérée du contrat de familier. C'était le seul moyen de te sauver. Mais ne te méprends pas, tu as été le meilleur familier qu'un sorcier puisse demander. Je t'aime, et je suis vraiment heureux que nous nous soyons trouvés.

— Je t'aime aussi, Merlin, avouai-je en sentant monter les larmes.

— Gracie, pourrais-tu s'il te plaît m'aider à trouver des familiers aussi merveilleux pour servir mes enfants ? Je sais que ça ne sera pas facile, mais je veux qu'ils aient ce qu'il y a de mieux, tout comme j'ai eu la m…

— Merlin, l'interrompis-je. Choisis-moi. J'aime vos chatons comme s'ils étaient les miens. Et je les servirai comme je t'ai servi. Nous resterons tous ensemble comme une famille. Enfin, si ça vous convient.

Merlin et Luna échangèrent un regard plein d'amour.

— Nous ne te méritons pas, ma chère, dit-elle. Mais je suis tellement heureuse que tu fasses partie de nos vies.

— Oui, Marguerite, Rosie et Églantine sont les chatons les plus chanceux qui existent, dit Merlin en se penchant pour lécher sa femme sur le front.

Luna lui sourit.

— Tu veux dire… ?

— Je sais que c'était difficile de voir notre garçon partir si jeune. Nous devrions donner aux filles les noms que tu as choisis pour elles. De plus, ils commencent à me plaire.

Les chats se léchèrent à nouveau et je sortis lentement de la pièce pour laisser un peu d'intimité à la famille poilue.

Moi aussi, je faisais partie de cette famille, et j'allais me dévouer à ces trois jeunes filles aussi longtemps que je vivrais.

D'accord, ce n'était pas la vie que j'avais prévue pour moi, mais c'était celle que j'avais écrite en cours de route.

Et j'allais adorer chaque seconde.

Je m'appelle Gracie Springs et je ne suis pas une sorcière. Ma vie est fichtrement magique tout de même.

ET ENSUITE ?

J'étais juste une personne normale d'une vingtaine d'années avec sept diplômes différents et aucune idée de ce que je voulais faire dans la vie. Tout a changé quand je suis morte... Enfin, presque.

Comme si une expérience de mort imminente à cause d'une vieille cafetière n'était pas assez gênante, je me suis réveillée en découvrant que je savais parler aux animaux. Ou plutôt, à un animal en particulier.

Il s'appelle Octavius Maxwell Ricardo Edmund Frederick Fulton, mais comme c'est bien trop long, j'ai pris l'habitude de l'appeler Octo-Chat. Il parle si vite qu'il est parfois difficile à comprendre, mais il semble vouloir me dire que son ancienne propriétaire n'est pas morte de cause naturelle, contrairement à ce que croit tout le monde.

Bon, on dirait bien que je n'ai plus le choix : apparemment, ma vocation est d'être la première détective privée chuchotant à l'oreille des animaux de Blueberry Bay... sous couverture de mon travail d'assistante juridique chez Fulton, Thompson & Associés. Je n'ai qu'une seule question : *comment faisait le Docteur Dolittle pour donner l'impression que c'était aussi facile ?*

APERÇU

MINOU MYSTÉRIEUX

La première chose que vous devez savoir sur moi, c'est que je déteste les avocats. La deuxième est que je travaille pour eux.

Je n'avais pas prévu ça. Pas du tout.

J'allais être une star internationale et quitter Blueberry Bay sans même un coup d'œil en arrière. Le problème avec ce plan était que, eh bien, il fallait du talent pour être une star… et je n'en ai jamais eu beaucoup. En tout cas, je ne l'avais pas découvert.

Pour l'instant.

Quand l'agence d'intérim m'a envoyée travailler en tant que nouvelle assistante juridique chez Fulton, Thompson et Associés, j'ai presque refusé. Mais ensuite, j'ai vu l'argent que cela représentait et je me suis souvenue que le loyer est une chose qui existe.

Et me voilà faisant le nécessaire tout en continuant mon chemin compliqué vers la célébrité, éliminant un par un tous les talents possibles. Si je continuais assez longtemps, j'allais finir par trouver ma véritable vocation, c'était logique. Qui sait? Je pourrais être la meilleure jodleuse hip-hop au monde…

Sauf que j'ai déjà essayé ça et je ne le suis pas.

Ce n'est pas grave, vraiment. Je profite de mon parcours, même si j'aimerais que la destination se dépêche d'arriver.

Salut, je m'appelle Angie Russo et un jour, vous verrez mon nom en haut d'une affiche.

Voyez-vous, ma grand-mère était autrefois une actrice célèbre de Broadway. En tout cas, jusqu'à ce qu'elle arrête au sommet de sa carrière pour aller vivre à Glendale, dans le Maine, et élever sa famille.

Avant que vous posiez la question, non, je ne sais pas chanter, danser, ou jouer, mais Mamie m'assure que j'ai le pouvoir d'être une star dans le sang. Tout comme elle et tout comme ma mère.

Ah oui, vous connaissez sans doute ma mère. C'est la présentatrice du JT sur la septième chaîne et mon père est leur journaliste sportif. Étant donné qu'ils sont très branchés carrière, c'est Mamie qui s'est chargée de m'élever… et ça me convenait très bien.

En fait, je vivrais encore chez elle maintenant si elle ne m'avait pas doucement poussée du nid en me disant qu'il était temps de m'envoler.

C'était il y a environ un an, peu après que je reçoive mon septième diplôme de premier cycle universitaire de Blueberry Bay Community College. Oui, j'ai effectivement toujours aimé apprendre.

Au moins, Dieu m'a rendu service en me rendant intelligente, même s'Il a bien caché mes talents uniques. En fait, un de mes diplômes est dans l'assistance juridique et les services administratifs, un étrange objet d'études pour quelqu'un qui déteste les avocats autant que moi.

Mais cette histoire sera pour un autre jour…

Voici d'abord l'histoire expliquant comment j'ai failli mourir. Et elle est bonne.

J'ai commencé ma journée en reniflant deux vestons afin de choisir le plus propre pour la lecture d'un testament au bureau. Les deux avaient une vague odeur de transpiration et de chaussures de sport, ce qui voulait dire que j'allais encore recevoir une remarque sévère de la part des avocats. D'un autre côté, c'était sans doute précisément ce que je méritais pour avoir repoussé si longtemps un trajet au pressing.

Après avoir embrumé mon placard de déodorant jusqu'à en tousser, j'enlevai le veston rose fluo de son cintre et je passai les bras dans les manches. Un chemisier noir à pois blancs et un legging complétaient parfaitement la tenue. Parce que je n'avais pas le temps de me laver la tête ce matin-là, j'attachai mes cheveux volumineux en un chignon décontracté et j'ornai la coiffure d'une jolie barrette que j'avais achetée cette semaine dans mon magasin « tout à un euro » préféré.

Et avant que vous puissiez poser la question…

Non, je n'avais pas le temps d'aller au pressing.

Et oui, j'avais toujours le temps d'aller faire les magasins.

Ce matin-là, je n'avais le temps de faire ni l'un ni l'autre. En fait, j'avais passé tant de temps à hésiter pour choisir mon veston que je n'avais plus de temps du tout. Je n'étais déjà pas du matin, mais quand il fallait ajouter à cela une course précipitée pour me rendre à un travail que je n'aimais même pas...

Eh bien, je savais déjà que cette journée allait mal se passer.

Je filai hors de chez moi — sans être douchée, sans avoir mangé et sans avoir bu de café — en espérant au moins avoir de la chance et prendre tous les feux verts en chemin. À la place, le train le plus long au monde me coupa la route à moins de deux pâtés de maisons de chez moi. La voie ferrée longe la seule grande route qui dessert notre petite ville côtière et il est impossible d'atteindre le cabinet en prenant des petites routes. Je me suis donc retrouvée coincée quinze bonnes minutes à attendre dans une file de voitures klaxonnant furieusement.

Quand je suis enfin arrivée au bureau, j'étais la dernière à passer la porte et il nous restait moins de dix minutes avant le début de la lecture du testament. Tout espoir que j'avais de me faufiler à l'intérieur sans être remarquée fut anéanti.

— Russo ! hurla M. Thompson avant même que la porte se referme entièrement derrière moi.

Si vous imaginez un vieil homme blanc portant des mocassins et une lavallière, vous aurez une assez bonne idée de l'apparence de M. Thompson et une meilleure idée de sa façon d'être. C'était un avocat fantastique, mais pas un patron très plaisant.

Une épaisse veine charnue pulsait sur le côté de sa tête et je n'arrivais pas à en détourner le regard. Il pointa un doigt tremblant vers moi et me jeta un regard noir.

— En retard et vêtue comme si vous alliez à une fête dont le thème est les années 80 au lieu d'une lecture de testament. Non. Ça n'ira pas aujourd'hui. Allez voir si Peters a une veste que vous pouvez emprunter.

Il me fallut la force d'un millier de culturistes pour ne pas lever les yeux au ciel en m'éloignant pour trouver la seule avocate féminine de tout le cabinet.

Parce que nous partagions le même sexe, nous étions souvent groupées ensemble, mais Bethany Peters et moi étions très différentes. Elle était blonde et jolie et *avait l'air* d'être adorable également — sauf que c'était en réalité le plus grand requin de tous. Je suppose que c'était nécessaire pour être prise au sérieux dans un monde masculin.

Mais qu'est-ce que j'en savais ?

J'étais une simple secrétaire qui n'avait même pas envie d'être là.

Bethany me jeta un regard dédaigneux dès que j'entrai dans son bureau en me pinçant le nez. Voyez-vous, Bethany avait une obsession des huiles essentielles et elle en vendait même à ces fêtes ringardes en ligne auxquelles elle nous invitait environ une fois par mois. Je ne travaillais au cabinet que depuis quelques mois, mais j'avais déjà commandé plus de sels de bain à la lavande que nécessaire pour toute une vie.

Le jour de la lecture du testament, le bureau de Bethany empestait le genièvre et le citron, ce qui n'était certainement pas une de ses meilleures compositions. Malgré tout, quel que soit le mélange revigorant pour le pouvoir des femmes qu'elle essayait de concocter, j'espérais sincèrement que cela fonctionne pour elle.

— Laisse-moi deviner, dit-elle avec le ton condescendant qu'elle utilisait toujours quand elle s'adressait à moi ou à un des autres employés sans diplôme de droit. Fulton t'envoie pour m'emprunter une veste.

Un sourire s'étala sur mon visage.

— Thompson, à vrai dire.

J'avais peut-être l'esprit de contradiction, mais j'adorais lui donner tort, particulièrement quand une journée commençait aussi mal que celle-ci. C'était un petit cadeau magnifique.

— Ne peux-tu pas acheter des vêtements de travail plus appropriés au lieu de toujours emprunter les miens à la dernière minute ?

Elle soupira avant de marcher pesamment vers l'autre côté de la pièce, les bras ballants et avec de grands pas exagérés. Elle ressemblait à un gorille blond BCBG, mais je décidai de garder cette comparaison pour moi.

— Thompson… Fulton… Ils paniquent tous les deux aujourd'hui, me confia Bethany. Apparemment, la vieille dame décédée fait partie de la famille de Fulton.

J'écarquillai les yeux. C'était donc pour cela que tout le monde faisait autant d'histoires aujourd'hui.

— Comment le sais-tu ?

— Eh bien, pour commencer, son nom de famille est Fulton également.

Elle tapota sa tempe pour me montrer sa puissance cérébrale supérieure.

Je me tapai sur la tête en lui faisant une grimace. Maintenant, nous étions toutes deux des gorilles de bureau, et quel spectacle !

Bethany gloussa en me tendant le veston bleu marine le plus ennuyeux jamais créé sur cette terre.

— Essaie de tenir le coup pour la lecture du testament, d'accord ?

Je hochai la tête en échangeant les vestes. Celle-ci me pinçait au niveau des aisselles, mais j'évitai de me plaindre.

— Merci, maugréai-je en m'échappant tout juste du bureau de Bethany avant qu'elle puisse une fois de plus me rappeler qu'Emmaüs ou l'Armée du Salut étaient de bons endroits pour des vêtements correspondant à mon budget.

— Il vaut mieux enlever cette barrette ! cria-t-elle.

Mince, presque.

Mais comme Bethany avait tendance à être comme un chien avec un os quand elle avait une idée, je retirai mon joli petit accessoire en arrachant quelques cheveux. Je défis également le chignon et je me peignai rapidement les cheveux avec les doigts pour les rendre semi-présentables. Avec un peu de chance, ça allait suffire à contenter tout le monde.

— Angie, est-ce toi ? demanda M. Fulton, l'associé principal, depuis l'intérieur de la salle de conférence.

Pour une raison qui m'échappe, Thompson utilise toujours nos noms de famille et Fulton nos prénoms. C'était peut-être leur façon de jouer au gentil avocat, méchant avocat, ou alors ils aimaient nous forcer à rester sur le qui-vive.

J'affichai mon meilleur sourire. Après tout, ce type venait de perdre un membre de sa famille.

— Bonjour, monsieur. Puis-je faire quelque chose pour vous ?

Son regard s'attarda brièvement sur mon visage, puis il s'éclaircit la gorge et indiqua la vieille cafetière poussiéreuse dans un coin de la pièce.

— Il va nous falloir beaucoup de café et comme tu es un peu en retard ce matin, je crains qu'il n'y ait plus assez de temps pour courir en chercher au café. Il faudra utiliser notre cafetière de secours. Un café aussi fort que possible, s'il te plaît.

— Je m'en charge !

Nous n'utilisions pas très souvent la cafetière et ne la gardions vraiment que pour les urgences caféinées d'alerte rouge. Le fait que nous en ayons besoin maintenant n'était vraiment pas bon signe.

En fait, je n'avais jamais utilisé ce vieux machin. L'unique fois où j'en avais presque eu l'occasion, un interne était arrivé au bureau en portant un plateau de Starbucks et j'y avais donc échappé. Cette chose ancienne ne devait cependant pas être très difficile à comprendre. Après tout, j'avais sept diplômes différents.

M. Thompson, Bethany et quelques autres avocats entrèrent pendant que je trafiquais le porte-filtre qui refusait de s'aligner sur les rainures de la machine. Normalement, il n'y avait qu'un ou deux avocats présents à une lecture de testament, mais ils semblaient sortir le grand jeu pour celle-ci.

Était-ce simplement parce que la personne décédée faisait partie de la famille de l'un de nos associés ? Ou bien se passait-il autre chose ? Ma curiosité était soudain aiguisée.

En travaillant dans mon coin, j'entendis quelques bribes de conversation autour de la table de la salle de conférence. Nos discussions quotidiennes au cabinet étaient en général assez inintéressantes, mais tout semblait particulièrement croustillant aujourd'hui.

— Il est vrai que c'est une situation assez inhabituelle, dit Thompson le premier.

Plus tard, Fulton ajouta :

— Étant donné les modalités, je m'attends à ce que l'un des bénéficiaires conteste.

Un associé qui s'appelait Brad installa un magnétophone — oui, une autre relique qui vivait dans nos bureaux — et Bethany remua un tas de papiers.

Quand le porte-filtre se clipsa enfin à sa place, je laissai échapper un petit cri triomphal, m'attirant les regards désapprobateurs de mes collègues.

— Je reviens tout de suite, promis-je en filant le long de la foule grandissante avec le pot de café vide.

Une belle femme blonde portant un pull et un gilet assortis ainsi qu'un collier de perles m'arrêta avant que je puisse atteindre le robinet de la cuisine.

— Angie, je suis si contente de te voir !

Diane Fulton — l'épouse de M. Fulton — secoua la tête et fronça ses sourcils trop épilés.

— As-tu vu l'épisode d'hier soir ?

Même si Diane s'habille comme une snob aristo, c'est la personne la plus cool de cet endroit. Elle et moi avions toute une liste d'émissions de téléréalité que nous aimions regarder et dont on parlait quand elle passait au bureau pour venir déjeuner avec son mari.

Elle écarquilla les yeux en attendant ma réponse. J'étais peut-être arrivée en retard au travail, mais je n'étais jamais en retard sur les épisodes.

— J'ai eu du mal à croire qu'ils aient éliminé Trace, dis-je avec un soupir tragique en ouvrant le robinet. J'espère qu'il pourra quand même obtenir un contrat pour un disque après tout ça.

— Parlons-en plus tard, dit-elle en fronçant légèrement les sourcils. Je dois…

Elle indiqua la salle de conférence. Je me sentis très mal pour elle.

— J'ai appris. Mes condoléances. Vous, euh, vous n'étiez pas proches, si ?

Elle me fixa un moment comme si elle n'avait pas entendu la question. Ses boucles d'oreilles étaient si longues qu'elles touchèrent ses joues quand elle secoua la tête.

— Ethel était la grand-tante de Richard. Elle était très vieille et malade depuis longtemps. Je pense que nous nous attendions tous à ce qu'elle décède bientôt.

— Malgré tout, c'est nul.

Diane me fit un sourire poli avant de s'excuser.

Sérieusement ? Je n'avais pas trouvé mieux que *c'est nul* ? Heureusement qu'aucun de mes diplômes n'était en psychologie. D'un autre côté, ce n'était peut-être pas une si mauvaise idée de reprendre les études. Après tout, l'école avait toujours été l'endroit où j'étais bien. C'est en partie la raison pour laquelle j'ai fini avec tant de diplômes.

Je revins avec une carafe pleine d'eau et un sachet de café moulu dont la date d'expiration était dépassée depuis l'année précédente, mais qui sentait encore bon, heureusement. Pendant ma très brève absence, la salle de réunion s'était encore remplie davantage. Les Fulton devaient être une grande famille. Ou alors grand-tante Ethel avait été une femme fortunée — et probablement généreuse.

M. Fulton me regarda en levant un sourcil interrogateur.

— C'est presque prêt, assurai-je en passant devant la salle pour me rendre à mon petit coin tranquille avec la cafetière.

Je remplis le réservoir d'eau aussi vite que possible, je versai quelques cuillerées de café dans le filtre et j'appuyai sur le gros bouton rouge pour lancer la préparation.

Il ne se passa rien.

Alors j'appuyai encore... et encore... et encore treize fois sans effet.

— Ça aiderait de la brancher, dit Bethany d'une voix assez forte pour que tout le monde l'entende et puisse rire à cause de mon incompétence pleine de bonnes intentions.

L'horreur !

Je passai la main derrière la machine jusqu'à trouver le câble.

Tout le monde riait encore quand j'enfonçai le cordon dans la prise la plus proche...

D'abord, je sentis un petit picotement au bout de mes doigts, puis tout mon corps fut animé de douleur. Pendant environ deux fractions de seconde, je devins hyper consciente de ce qui m'entourait : toutes les odeurs, les bruits, les sensations, même le goût de l'air dans cette pièce à ce moment-là. Les rires individuels se transformèrent en une exclamation collective.

Puis avec un *bzzzz* violent, tout disparut.

Je tombai sans connaissance sur le sol.

À PROPOS DE MOLLY FITZ

Même si Molly Fitz, l'autrice de bestsellers sur la liste de *USA Today*, ne sait techniquement pas communiquer avec les animaux, ses trois assistants d'écriture félins et elle ont des conversations très animées en vaquant à leurs occupations.

Elle vit avec son enfant et leur propre zoo quelque part dans la nature sauvage de l'Alaska. Molly s'aventure parfois hors de chez elle pour de bons repas, du café délicieux, ou pour rencontrer de nouveaux animaux.

Apprenez-en plus sur Molly et ses livres en français, et n'oubliez pas de vous inscrire à sa newsletter sur **minoumystérieux.com.**

LES ENQUÊTES DE LA CHUCHOTEUSE

Angie Russo vient de s'associer avec le tout premier chat détective parlant de Blueberry Bay. Avec sa bande hétéroclite d'humains et d'animaux, Octo-Chat est bien décidé à sauver la situation… tant que ça n'interfère pas avec son planning. Commencez par le tome 1, ***Minou Mystérieux***.

MYSTÈRES MAGIQUES DE MERLIN

Gracie Springs n'est pas une sorcière... mais son chat est un sorcier. Elle doit maintenant aider à garder son secret ou risquer de passer le reste de sa vie dans une prison magique. Dommage que les problèmes semblent les suivre partout où ils vont ! Commencez par le tome 1, ***Merlin affronte un familier***.

L'AGENCE D'INTÉRIM PARANORMALE

La vie simple de Tawny Bigford prend un tour magique quand elle tombe sur le meurtre de sa propriétaire et qu'elle est recrutée par un chat noir parlant nommé Fluffikins pour prendre le rôle de la défunte en tant que Sorcière Officielle de la ville de Beech Grove, Géorgie. Commencez par le tome 1, ***Sorcière à louer***.

COMMUNIQUEZ AVEC MOLLY

Si vous cherchez à rejoindre une communauté de doux dingues qui aiment les animaux autant qu'ils aiment les livres, alors nous allons vraiment nous entendre !

Suivez **ma page Facebook** exclusivement réservée à mon lectorat français : Facebook.com/lapilealire

Abonnez-vous à **ma newsletter** pour recevoir des cadeaux numériques, les dernières nouvelles et même des cadeaux occasionnels réservés uniquement à mes fans français : minoumystérieux.com/abonnez

www.ingramcontent.com/pod-product-compliance
Lightning Source LLC
Chambersburg PA
CBHW020323030826
48979CB00022B/952

* 9 7 8 1 6 4 4 5 1 6 1 1 9 *